너에겐
푸름

너에겐 푸름 · 1

1판 1쇄 찍음 2018년 6월 7일
1판 1쇄 펴냄 2018년 6월 15일

지은이 | 문수진
펴낸이 | 고운숙
펴낸곳 | 봄 미디어

기획·편집 | 김민지, 김자우, 김현주
표지 디자인 | 우물

출판등록 | 2014년 08월 25일 (제387-2014-000040호)
주소 | 경기도 부천시 원미구 길주로64, 1303(굿모닝 오피스텔)
영업부 | 070-5015-0818 편집부 | 070-5015-0817 팩스 | 032-712-2815
E-mail | bommedia@naver.com
소식창 | http://blog.naver.com/bommedia

값 9,000원

ISBN 979-11-5810-526-6 04810
      979-11-5810-525-9 04810(세트)

너에겐 푸른

1

문 수 진 장 편 소 설

목차

프롤로그 / 잊었던, 잊어야 했던 ⋯ 007

1화 \ 추억이고, 기억이고, 그리움인 너 ⋯ 023

2화 / 오해는 후회를 만들고 ⋯ 065

3화 \ 우리는 이제, 괜찮다는 것을 ⋯ 105

4화 / 부르지 못할, 너의 이름은 ⋯ 163

5화 \ 자각 ⋯ 211

6화 / 선택 ⋯ 259

7화 \ 결혼하셨어요? ⋯ 307

8화 / 온몸이 간지러운 우리, 무슨 사이? ⋯ 357

프롤로그

잊었던, 잊어야 했던

"이력서가 화려하시네요."

아무리 중소기업이라고 하지만, 한 기업의 오너가 직접 타 주는 커피를 마시게 될 줄 몰랐던 푸름은 싱긋 웃는 것으로 대답을 대신했다. 그저 인사치레라고 생각하지만, 마주 앉은 범수의 생각은 달랐던 모양인지 자기소개서를 넘겨 보는 그의 손이 유난히 느렸다.

구직자와 고용주의 태도가 바뀐 느낌이었다. 푸름은 여유 로웠고, 화려한 이력서를 손에 넣은 고용주는 긴장했다.

"정종무 교수님이 학부 때 눈여겨본 학생이라고 워낙 칭 찬을 하셔서 기대를 하긴 했는데……."

말끝을 흐리던 범수가 이력서를 맨 첫 장으로 돌렸다. 박사 공부를 한다고 해도 아까운 친구라고 덧붙였던 교수님의 목소리가 동시에 떠오르자 그의 입가에 미소가 걸렸다.

"정말 기대 이상인데요."

"감사합니다."

"우리나라 최고 대학 조기 졸업에, 수상 경력도 화려하시고. 우리 회사가 아니어도 기회는 더 많을 것 같은데요. 교수님 강제성은 없었죠?"

욕심은 났지만, 현실적으로 푸름의 입장에서 선택지는 라운코리아 말고도 많았을 것이다. 푸름의 속내를 자세히 알고 싶어 범수는 묻지 않을 수 없었다. 하지만 들려오는 대답은 없었고, 푸름은 조용했다.

꼭 합격을 해야 한다는 목적 없이 온 면접. 궁금한 것도, 할 말도 없었다.

푸름은 다른 구직자처럼 열정적이지 않았다. 굳이 이 회사가 아니더라도 갈 수 있는 곳은 많았고, 경력에 비해 화려한 스펙 덕분에 그녀를 원하는 곳 또한 많을 것이다.

그 사실을 범수 역시 알아챘다. 이미 메일로 받아 본 그녀의 이력서를 보고, H기업에 일하는 후배에게 전화를 걸어 그녀에 대해 이것저것 물어본 뒤였다.

밝은 성격은 아니지만 일 하나는 끝내주게 잘해서 선배들의 예쁨을 독차지했다. 아무 문제없었는데 왜 그만둔 건지 모르겠다. 이상이 푸름에 관한 평이었다.

범수가 다시 이력서를 꼼꼼하게 살폈다. 한 가지 특이한 이력은 학력에 있었다. 고등학교 중퇴와 검정고시 이력. 물어볼까 싶었지만 뭔가 사정이 있었겠지, 하고 생각을 마무리했다. 그는 곧장 본론에 들어갔다.

"H기업은 이 바닥에서 업계 최고나 마찬가진데 왜 그만두셨어요? 아깝잖아요. 진급도 빠른 편이었으니 조금만 있었으면 탄탄대로였을 텐데."

"많이 준 만큼 일도 많이 시켜서요."

흐음, 그런 이유. 범수가 곧장 고개를 끄덕였다. 연봉만 보고 들어갔던 대기업에서 일에 질리고, 시간에 쫓겨 도망치듯 나오는 사회 초년생들은 흔했다. 하지만 푸름은 뭔가 느낌이 달랐다. 사회 초년생이라고 볼 수 없을 만큼 어딘지 모르게 성숙함이 느껴졌다.

"뭐, 저도 한때 미친놈처럼 일만 한 적이 있는데 살아 보니 별거 없더라고요. 잃은 것도 많고. 그래서 에라 모르겠다, 대학원 다니던 친구랑 회사나 차려 버렸죠. 아마 일하시면 그 친구랑 많이 부딪칠 거예요. 직함만 팀장이지, 회사에서 힘은 저보다 세요."

푸름은 대답 없이 엷은 미소만 지었다.

말이 많은 타입은 아니군. 범수는 그녀가 보지 못하게 이력서 위에 '말이 없음, 그건 김여준과 비슷'이라 적어 내려갔다.

그러고 보니 방금 전에 읽은 자기소개서에 본 '수(數)의 정직함을 좋아한다'는 구절이 생각났다. 딱 김여준 타입이다.

경직된 입가에, 억지스러운 미소를 걸치고 있던 푸름은 범수 모르게 한숨을 쉬었다.

라운코리아. 크지는 않지만 제법 탄탄한 중견 기업으로 컨설팅 회사 중에서는 꽤 평판이 좋아 구직자들 사이에서 이름난 곳이었다. 신생 기업치고는 성장 또한 빨랐다.

8년 동안 그에게 무슨 일이 있었을까. 그는 어떤 결심들을 했던 걸까. 범수의 입에서 친구라는 소리가 나오자 푸름은 곧장 반응했지만, 침착하게 표정을 감췄다.

몇 가지 질문들이 더 오갔다. 재수는 어땠냐는, 직무와는 전혀 상관없는 물음에 푸름은 그저 오히려 여유롭게 공부했다고 대답했다. 한 모금 마신 커피가 차게 변할 만큼의 시간이 지났다고 여긴 푸름이 더 마실까, 말까 망설이는데 노크 소리가 들려왔다. 단숨에 문이 열리고, 짙은 회색 슈트를 입은 남자가 모습을 드러냈다.

"늦어서 미안합니다."

익숙하지만 잊고 있었던 목소리. 긴장한 듯 옅게 쉬고 있던 숨을 크게 들이마신 푸름이 순간, 그의 영역 안에 놓인 자신을 확인했다.

확인하러 왔고, 결국 확인받았다.

보이지 않게 아랫입술을 깨문 푸름은 눈을 들지 않았다.

"길 막힌다더니 빨리 왔네."

고개를 들 수 없었다. 여기까지 오면서 이런 순간을 끝도 없이 상상하고 떠올려 봤는데도 맞닥뜨린 지금에서야 그녀는 깨달았다.

"인사해. 이쪽은 정종무 교수님이 소개하신다던 제자, 이푸름 씨."

오지 말아야 할 곳에 와 버렸다는 것을.

"푸름 씨, 인사해요. 이쪽은 아까 말했던 김여준 팀장. 나랑 영업팀은 대부분 외근 위주고, 김 팀장이 거의 실무 담당이에요. 일하게 되면 아마 김 팀장 아래에서 일하게 될 겁니다."

들려오는 목소리가 없었다. 기대했지만 기다릴 수는 없었다. 더 듣고 싶은데. 그것 때문에 왔는데.

푸름이 앉았던 몸을 일으켰다. 응접실에 들어온 순간부터 여준의 시선은 올곧이 자신을 향해 있었다. 전보다 더 날카로워진 그의 턱을 지나, 굳게 다물어진 입술을 지나, 높게 솟은 콧대를 지나, 쌍꺼풀 없는 기다란 눈과 마주했다. 찌푸려

졌던 그의 미간이 반듯하게 펴지고 그의 입술이 놀라움으로
살짝 벌어졌다.

할 말을 잃은 건 그녀도 마찬가지였다. 중간에 낀 범수가
그들을 번갈아 보며 의아해했으나 둘 중 어느 누구도 그 궁
금증을 풀어 주지는 않았다.

푸름의 입술 끝이 파르르 경련했다. 하지만 그녀는 금세
표정을 지웠다. 지금 이 순간 누구보다 떨고 있는 제 모습을
들키고 싶지 않았다.

"이푸름입니다."

"……."

"……안녕하셨어요."

모른 척, 첫인사를 건네 놓고 푸름은 마주 오는 강렬한 시
선에 결국 시선을 떨구고 재차 인사를 건넸다.

"뭐야. 둘이 알아?"

"어."

여준의 간단한 대답에 범수의 목소리가 한 톤 더 높아졌
다.

"그래? 어떻게? 푸름 씨는 우리 동문도 아니고, 둘이 어떻
게 알아?"

접점을 대학이라고만 생각한 범수가 점점 더 생각을 넓혀
갔다. 여준은 대답 없이 범수의 옆에 앉았고, 푸름도 그를 따

라 자리에 앉았다. 방금 전, 면접 때 보여 준 여유로운 푸름의 모습은 사라진 듯했다. 아는 사이라면서 반가워하는 기색 없이 긴장한 두 얼굴을 번갈아 본 범수의 눈썹이 이리저리 움직였다. 그냥 아는 사이가 아닌 건가.

여준은 그녀에게서 시선을 돌리고, 굳은 얼굴로 범수의 앞에 놓인 이력서를 훑었다. 살짝 훑어만 봤을 뿐인데도 빼곡하게 찬 이력서는 지금껏 받았던 것들보다 훌륭했다. 욕심내지 않는다면 멍청하다 여길 정도로.

한동안 그의 경직된 시선이 이력서에 박혀 움직이지 않았다. 그 순간 다시 노크 소리가 들리고, 빼꼼 열린 문으로 직원의 얼굴이 나타났다.

"대표님. A소프트웨어 이 실장님이 미팅 전에 드릴 말씀 있다고, 지금 전화 주셨는데요."

"아, 그래요? 얘기들 나누고 있어요."

타이밍 좋게 범수가 응접실을 벗어났다. 단둘이 남은 뒤에도 여준은 고개를 들지 않았다. 이력서에 검은색으로 인쇄된 어느 글씨에 박힌 그의 시선은 움직일 줄 몰랐다. 차게 식은 커피를 흔들리는 시선으로 내려다보던 푸름이 먼저 고개를 들었다.

헤어질 때의 그는 스물일곱, 딱 지금 그녀의 나이였다. 지금보다 어리고, 장난기 넘치고, 풋풋하고, 학생들과도 곧잘 어울리던 그를 떠올리던 푸름이 손을 주먹 쥐며 힘을 주었다. 자연스럽게 떠오른 그때의 기억 속을 헤집고 나니, 지금 자신은 이곳에, 그의 영역 안에 들어와서는 안 된다는 걸 새삼 깨달았다.

대체 무슨 생각으로.

갑작스러운 혼란에 푸름의 눈동자가 정처 없이 흔들렸다. 그 순간 여준이 고개를 들었다. 사무실에 들어온 순간을 제외하고, 네 개의 눈동자가 맞물린 건 처음이었다.

"한국대 응용통계학과."

그가 낮게 읊조리듯이 입을 열었다. 동시에 그녀의 입술은 굳게 다물렸다.

"의대 희망하던 거로 기억하는데."

8년이 지나 다시 만난 그는 한껏 남성스러워졌고, 성숙해졌고, 날카로웠다. 앞머리를 헝클어트리는 장난을 곧잘 하던 그가 아니었다.

목이 쓰릴 듯 침을 삼킨 푸름의 다물렸던 입술이 열렸다.

"그랬죠."

"성적도 충분했고."

"네."

"그런데 왜 안 갔습니까?"

반말이 아닌 존댓말. 사적이 아닌 공적으로 너를 대할 것이라는 무언의 약속.

그럼 뭘 기대했던가. 아무 일도 없었던 것처럼 잘 지냈냐는 인사와 함께 앞머리를 헝클어트리는 그를 기대했었나.

"면접과 상관있는 질문인가요?"

"······상관없으면 대답 안 하겠다?"

여준의 오른쪽 입술 끝이 비틀렸다. 생전 처음 보는 그의 표정에 푸름은 당황했지만 태연한 척 대답했다.

"가능하면요."

"사적으로 물어도?"

"그러면 더 대답하고 싶지 않은데요."

푸름의 대답이 지나치게 빨랐다. 그의 표정이 미묘하게 굳어졌다.

―저희 학교 의과 대학에 그런 학생은 없는데요.

"······확실합니까?"

―네. 학생 이름이 이푸름 맞죠? 없습니다, 그런 신입생.

혼자 온갖 추측과 상상에 빠져 있었다. 대학은 가겠다고 했으니까 검정고시를 보겠지, 올해는 못 보니까 내년에 볼 것이다. 그럼 내후년 대학 입학생 중에 찾으면 될까.

막연하게 찾을 수 있을 거란 기대를 품었다. 푸름이 가고 싫었던 대학, 학과 사무실에 직접 전화를 걸어 부정의 대답을 듣고야 말았을 때 느꼈던 절망이 다시 찾아왔다. 혹시 몰라 대한민국에 있는 의대란 의대에는 전부 전화를 걸어 그녀를 찾았다. 푸름을 찾을 유일한 방도라고 생각해서, 더 절박했다.

그런데 그녀는 그 근접한 거리에서 다른 꿈을 꾸고 있었다. 그는 그걸 몰랐다. 아니, 모를 수밖에 없었다.

8년 동안 그녀의 그림자 조각 한번 보지 못했으니까.

"그럽시다, 그럼."

짧은 한숨 뒤에 터트린 대답과 함께 그는 고개를 끄덕였다. 맨 뒷장을 보고 있던 이력서를 앞장으로 다시 펼친 여준이 손을 뗐다. 이력서에 적힌 범수의 메모들을 보니, 대략적인 질문은 끝난 것 같았다. 메모 끄트머리에 범수가 고심하며 적었을 '연봉, 연봉'이란 글자가 눈에 들어왔다. 할 얘기는 이것뿐인 듯싶었다.

"아무리 경력직이라도 H기업에서 받던 연봉 그대로 계약하기는 어려울 겁니다. 뭐, 대표님이 얼마를 주실지는 나도 모르고."

"알고 있습니다."

푸름은 차분하게 대답하며, 이력서를 쥔 그의 손에 시선을 주었다. 핏줄이 붉어지도록 파르르 떨고 있었다.

"대표님께 들었는지 모르겠지만, 프로젝트에서 발생하는 성과의 20%는 모든 프로젝트 팀원들에게 직급에 따라 차등 부여됩니다. 직급에 비해 높은 성과를 보였다면, 이푸름 씨가 프로젝트에 기여한 성과만큼 더 받게 될 겁니다."

"네."

"더 궁금한 건 없습니까?"

"네."

대답이 마음에 차지 않는지 여준의 눈썹이 산을 그렸다. 이해할 수 있었다. 연봉을 더 높게 불러도, 말도 안 되는 조건을 제시해도 다 들어 주는 척이라도 해야 할 만큼 인재가 필요한 상황이라는 걸 알고 있을 터였다. 그런데 푸름은 다시 입을 열지 않았다. 붙어도, 떨어져도 저와 상관없다는 태도로 앉은 푸름을 바라보며 여준이 툭하고 내뱉었다.

"곧 연락드릴 겁니다."

아, 이제 끝인가.

면접의 끝을 알리는 말을 들었는데도 푸름은 멍하니 그를 보기만 했다.

어느새 그의 시선도 그녀를 향해 있었다. 몇 초가 지나고, 몇십 초가 흘렀다. 적막한 공기 속 그 어떤 소리도 없었다. 깊고 깊은 심연 속에 서로가 그렇게 속절없이 빠져들고만 있을 때, 먼저 정신을 차린 건 그녀였다.

푸름이 옆에 둔 가방을 챙기며 의자에서 몸을 일으켰다.

"그럼 가 보겠습니다."

그의 시선이 푸름이 든 작은 검은색 핸드백에 머물렀다. 심플하고, 깔끔한 디자인이 그녀와 어울렸다.

명품 같은 건 못 드는 앤 줄 알았는데.

그녀가 고등학생일 때, 내내 들고 다녔던 낡은 책가방이 떠올랐다. 가방 밑창이 전부 헤져서 금방이라도 찢어질 것만 같았던, 갖고 다니는 참고서와 교과서가 많아 늘 무거워만 보이던 그 가방.

긴 회의 테이블을 지나 푸름이 앉아 있는 그의 뒤쪽에 섰다. 너무 조용해서, 그녀가 문손잡이에 손을 올리고 살짝 돌리는 소리까지 귓가에 남김없이 들렸다.

여준이 깊게 눈을 감았다가 뜨며 억누르고 있던 말을 뱉어 내듯 입을 열었다.

"이푸름."

자신의 이름을 부르는 그의 목소리가 살짝 떨렸다면, 그건 착각일까.

문손잡이를 비틀던 푸름이 그에게 뒤를 보인 채로 손잡이에서 손을 떨어트렸다. 가방끈을 쥔 손에 힘이 들어갔다.

"너 알고 왔어?"

그가 무엇을 묻고 있는지 안다. 하지만 대답할 수 없다. 나도 내가 왜 여기 있는지 모르니까.

끼이익. 바닥에 의자 끌리는 소리가 들렸다. 등 뒤에 닿는 강렬한 시선이 느껴졌지만 그녀는 뒤돌아보지 않았다.

"나 여기 있는 거."

"……."

"알고 온 거야?"

차가운 여준의 목소리가 가슴을 쿡쿡 찌르는 것 같다. 반가워하지 않을 거라는 건 알았지만, 이런 냉대는 생각해 본적이 없다. 하긴. 잘 지냈냐는 안부 인사조차 사치스러운 사이니까. 그에게 무슨 짓을 했는지 이제 알았으면서, 무슨 자격으로 욕심을 부리는 걸까.

푸름이 천천히 몸을 되돌렸다. 흔들림 없는 올곧은 시선으로 자신을 내려다보는 그와 시선을 마주하고선 답답했던 속에서 응어리를 토하듯 말했다.

"네. 알고 왔어요."

"왜."

"……."

"그렇게 사라질 땐 언제고. 대체 왜."

그가 원망 어린 목소리로, 시선으로 토하는 것들을 담아보며 푸름은 숨을 참았다.

〈너한테 실망했어. 이렇게 제멋대로인 줄 몰랐다. 다시는 연락하지 마.〉

〈정말 질렸다, 다 네 마음대로 해. 전화 안 했으면 좋겠다.〉

문자에 온전하게 전해지던 감정을 확인받고자 왔을까. 오래전 기억이니까, 이제 화는 풀리지 않았을까 하는 마음에 왔을까.

그저 궁금했다. 당신의 모든 것이. 학교는 왜 그만둔 건지, 그게 혹시 나 때문인 건지, 그렇다면 어떻게 살고 있는 건지.

혹시 나를…… 기억은 할지.

푸름이 엷게 웃었다. 8년 만에 보는 미소에 그가 시선을 뺏긴 사이, 그녀가 뒤로 손을 뻗어 문손잡이를 비틀었다.

재회는 이것으로 충분했다.

그에게 어떤 기억으로 남았든, 이제 미련을 버려야 했다.

"얼굴 봬서 좋았어요."

그의 인생을 망치려 드는 건 한 번으로 족하니까.

"선생님."

1화

추억이고, 기억이고,
그리움인 너

한낮의 여름. 내리쬐는 햇볕은 마치 지옥불 같았다.

멍하니 앞을 향해 걷던 푸름이 문득 걸음을 멈추고 주변을 둘러봤다. 어느새 더위에 상기된 얼굴은 붉게 달아올랐고, 입술 사이로는 뜨거운 숨이 수시로 흘러나왔다.

푸름은 뜨거운 햇볕 아래에서 버티고 선 채 움직이지 않았다. 금방이라도 쓰러질 듯 위태롭게 서 있던 푸름이 고개를 뒤로 뻗어 하늘을 올려다봤다.

오늘 아침, 폭염 주의보가 기승을 부린다는 뉴스가 막 떠올랐다. 그래서 이렇게 어지러운가.

"아가씨. 괜찮아요?"

육교를 건널 때부터 비틀거리던 푸름을 따라 내려오던 할머니가 그녀의 팔을 붙잡았다. 하늘을 향했던 푸름의 고개가 천천히 자리를 되찾았다. 나이 지긋하신 분의 부축을 받으려니 갑자기 자신이 뭘 하고 있었는지 떠올랐다. 아무래도 어제부터 지금까지, 너무 많은 일들을 겪은 것 같다.

"네. 감사합니다."

"이 더운 날, 그렇게 서 있으면 일사병 걸려. 얼굴 뜨거운 것 봐. 얼른 들어가요, 얼른!"

손주라도 데리러 가는 길인지, 캐릭터가 크게 그려진 쇼핑백을 들고 할머니가 종종걸음을 옮겼다. 그 뒷모습을 빤히 바라보던 푸름이 땀에 젖은 이마를 쓸어내렸다.

그러다 문득 드는 생각.

할머니. 우리 할머니.

서늘한 바람조차 기대할 수 없는 길 한복판에 서 있던 푸름이 도로로 나가 택시를 잡아탔다. 시원한 에어컨 바람을 조금 쐬니 이제야 살 것 같았다. 집 주소를 말하고 편히 시트에 등을 기댄 푸름은 자연스럽게 휴대폰을 꺼냈다.

통화 연결음이 꽤 길어질 때면 습관처럼 할머니의 일과를 머릿속에 떠올린다. 지금 시간이면, 마을 회관에서 고스톱이라도 치실 시간인가. 회관으로 직접 전화를 걸어야 하나 생각하던 그때, 연결음이 끊어졌다.

이윽고 소란스러운 말소리들이 할머니, 혜옥의 목소리보다 먼저 들려왔다.

"어딘데 이렇게 시끄러워?"

─어디긴. 마을 회관에 모여 예방 접종하고 있지. 거시기, 밥은 먹었고?

역시 우리 할머니. 손녀딸 밥 생각밖에 안 하시네. 평소보다 즐거워 보이는 목소리에, 푸름은 내심 안심하며 빙그레 웃었다. 먼 지방에 홀로 사는, 나이 지긋한 혜옥에게 전화를 걸 때마다 느꼈던 불안감은 오늘 하루도 목소리를 듣기 무섭게 그 크기를 줄였다.

"먹었지. 할머니는?"

─나야 여기서 다 같이 자장면 시켜 먹었지. 오메, 내 차례 다가온다. 나는 저 주사가 그렇게 싫다.

"무서워도 맞아요. 독감 걸려서 나 또 식겁하게 하지 말고."

─그라제, 맞아야제. 그건 그렇고 푸름이 너, 할미 보러 언제 올 거야? 놈팡이처럼 놀면서 할미 보러는 안 올 거냐? 싸게싸게 내려와. 얼굴이나 보여 줘야지.

내가 또 언제 놈팡이처럼 놀았다고 그러실까. 푸름은 중학교 2학년, 열다섯에 교통사고로 부모님을 잃었다. 그때 혼자가 된 푸름을 어떻게 해야 하나 상의 중이던 장례식장 안에서 혜옥은 딸과 사위를 잃은 슬픔을 뒤로 감추며 푸름을 키우겠다고 했다.

한적한 시골 동네에 사는 노인네가 무슨 소리냐며 친척들이 모두 반발을 하고 나섰지만 아무도 그녀를 말릴 수 없었다. 혜옥은 팔까지 걷어붙이며 무작정 서울 살이를 택했다. 태어나 단 한 번도 완주를 벗어난 적 없었지만, 손녀를 위해서라면 그깟 건 일도 아니었다.

친척들은 일흔이 다 돼 가는 노인네가 노망이 났다며 영 못마땅하게 여겼다. 그러나 혜옥은 보란 듯이 순댓국 장사를 하며 그녀를 공부시키고, 입히고, 좋은 것을 먹여 가며 부모 없는 아이라 손가락질이라도 받을까 애지중지하며 키웠다.

비록 부족한 형편일지라도 최선을 다했고, 더 좋은 것을 해 주지 못해 매번 안타까워하던 그녀다. 푸름은 그런 할머니를 떠올릴 때면 늘 눈가가 시큰했다. 왕래하는 친척들도 없어, 혜옥은 하늘 아래 푸름이 유일하게 믿고 의지하는 가족이었다.

여든이란 나이가 믿기지 않게 정정하다고 믿고 싶지만, 점점 노쇠해지는 할머니를 볼 때마다 푸름은 덜컥 겁을 먹고는 했다. 언젠가는 곁에서 사라질 할머니의 부재가 점점 실감나고 있었다. 조금만 더, 라는 욕심이 오래 채워지기를 매일 바라고 있었다.

"곧 갈게. 할머니가 해 주는 순댓국 먹고 싶다."

─먹고 싶으면 어디 시원찮은 놈 말고 괜찮은 놈팡이 하나 데리고 와. 그럼 푹 고아 줄 테니까.

"할머니는 진짜. 나 아직 스물일곱이야."

─네 할미는 여든이야, 여든! 오메, 진짜 내 차례네. 이만 끊어. 밥 잘 챙겨 먹고 꿈자리 뒤숭숭하니 잠자리에서는 뭐 먹지 말고. 알았제?

자기 전에도 초콜릿이나 간식을 달고 살았던 그녀의 어린 시절을 되새겨 주며 혜옥은 전화를 끊었다.

그리웠다. 고작 할머니 고향인 완주에서 할머니와 함께 살았던 시간은 자퇴를 하고, 검정고시를 보고, 재수 준비를 했던 1년 반 정도였다. 혼자여서 싫을 때, 혼자여서 외로울 때, 찾아오는 잦은 그리움에 그녀의 눈시울이 촉촉해졌다.

일도 그만뒀고, 어차피 오늘 면접은 망쳤으니, 할머니한테 가 있을까.

푸름이 머릿속으로 날짜를 헤아리는 사이, 택시가 집 앞에 멈춰 섰다. 5평도 안 되는 원룸에서 벗어나 10평 남짓한 원룸으로 이사를 한 게 바로 3개월 전. 오늘따라 더욱 휑하게 느껴지는 집을 멍하니 바라보던 푸름은 침대부터 찾았다. 옆으로 누운 채 머리를 기댄 푸름이 눈을 감았다.

어제부터 지금까지 대체 무슨 일이 있었고, 무슨 짓을 한 걸까.

　—이푸름. 너 H기업 때려치웠다며? 그럼 이력서 들고 연구실에 좀 와. 회사 차린 제자 놈들이 잘 가르친 녀석 하나 보내 달라고 하도 성화야.

　우연히 걸려 온 전화 한 통. 소식 한번 빠르다고 생각하며, 어떻게 알았냐고 묻자 돌아오는 건 이번 주중에 연구실에 들르라는 말뿐이었다.
　학부 때부터 지도 교수셨고 방학 중에 프로젝트를 도운 적도 몇 번 있어서 다른 학생들보다 친분이 깊었다. 취업 준비할 때도 도움을 많이 받았기 때문에 이력서는 둘째로 치고, 그저 안부 인사 겸 주스 한 박스를 들고 찾았던 교수님의 연구실에서 푸름은 뜻밖의 소식을 들었다.

　"전에 있던 대학에서 가르쳤던 제자 중에 김여준이라고 있어. 원래 고등학교에서 수학 가르치던 놈인데, 갑자기 잘 다니던 학교 때려치우고 사업체 차린 지 좀 됐어. 4, 5년 좀 넘었나."

　김여준.
　그리운 이름을 듣게 된 그 순간, 푸름은 우주 끝까지 추락

하는 기분을 느꼈다.

"학교 그만두고 내 연구실 들어오겠다고 찾아왔었는데, 난 한국대로 옮길 준비 중이어서 타이밍이 안 맞았지. 들어 봤을 거야, 라운코리아라고."

잊어 본 적도, 잊을 수 없는 이름이었다. 조금은 희미해졌을지도 모르지만, 간혹 떠올릴 때마다 아픈 그 이름.
푸름은 꿈을 꾼다고 생각했다. 어차피 그 이름 자체가 그녀에게는 꿈같은 이름이니까.

"김여준, 그놈이랑 돈 많은 대기업 자제 놈 하나가 차린 회사인데, 나쁘지 않아. 이제 몸집 키우는 중이고. 대기업처럼 굴리진 않아서 거기보다 돈은 적겠지만, 괜찮은 녀석들이니 한 번 가 봐. 내가 이미 말해 놨어."

라운코리아. 전에 있던 회사 팀원들과 대화하던 중에 몇 번이나 들었던 곳이었다. 신생 기업치고는 수완이 좋아 벌써 업계에서도 평판이 나쁘지 않다고.
돈 많이 주면 뭘 하나, 회사가 죽자고 굴려 대는데. 같은 팀 대리가 경력직 채용에 지원해 볼까 고심했던 그 회사.

푸름은 잠시 숨을 쉬지 못했다.

"……김여준이요?"

"왜. 아는 이름이야?"

"아니요, 그냥. 그런데 교수님 전에 학교 어디 계셨죠?"

"남영대. 거기서 만난 제자들인데, 뭐 문제 있어?"

그 말을 듣는 순간, 단 하나만이 떠올랐다. 교수님과 친분
있는 사람이라는 것도 놀랍지 않았고, 우연에 신기할 여력도
없었다. 여준에 대해 모르는 게 없었던 푸름은 교수님이 말
하는 김여준이, 자신이 아는 그일 것이라고 확신했다.

김여준 선생님이 학교를 그만뒀다. 그것도 아주 오래전에.

설마 나 때문에?

"나 여기 있는 거 알고 온 거야?"

그 안에 들었던 감정은, 당연히 원망이겠지. 내가 미울 테
니까, 내가 싫을 테니까, 분명 나한테 질렸다고 했으니까 아
마 원망이어야 하겠지.

그렇게 사라졌던 주제에, 그렇게 놓아 버렸던 주제에 또
미련을 떨었다. 연락하지 말라는 문자를 받고도, 8년 내내

그 문자를 무서워했으면서도 그를 찾아갔다.

결국, 그를 보기 위해.

두 손으로 주먹을 꼭 쥐고 입술을 막은 푸름이 감고 있던 눈에 힘을 줬다. 울고 싶지 않았다. 비집고 새어 나오려는 눈물을, 꾹 참고만 싶었다.

그럼에도 불구하고 참고만 있던 그리움은, 참을 수 있을 거라고 생각했던 추억은 봇물 터지듯 터져만 간다.

상황은 그렇게 낯설지 않았다. 심지어 익숙한 일이다. 여고에 부임하게 됐을 때부터, 주변 친구들이 여준의 상황을 예상이라도 한 듯 잔소리를 퍼부을 때부터 직감 아닌 직감을 했었다.

열 살 차이도 나지 않는, 젊고 잘생긴 남자 선생. 여학생들 사이에서 선망의 대상이 되는 건 어찌 보면 당연했다. 여준은 애석하게도 교사 생활 2년 차에 벌써 그 잔소리를 온몸으로 실감하고 있었다.

애가 몇 명째지, 그러니까 일곱 명째던가.

한창 환상에 부풀어 있을 나이, 보호받고 보살핌 받고 싶을 때니 또래 남자애들보다 당연히 끌릴 수 있다. 심지어 여긴 또래 남자라고는 눈 씻고 찾아봐도 찾을 수 없는 여고였다.

늘 그렇게 생각해 왔다. 수줍게 좋아한다고 고백하는 제자의 마음을 다치지 않게 위로하는 일이라면 어렵지 않다고. 교편을 잡은 후로 제일 먼저 터득한 것 중에 하나였으니까.

하지만.

이건 진짜.

"좋아해요."

예상 밖이지 않은가.

공부도 잘한다. 심지어 예쁘다. 아마 여고가 아니라 남녀공학이라고 하면 대다수 남학생의 첫사랑으로 불렸을 것이라고, 그는 감히 상상했다.

얼마 전 수학 경시대회에서 수상했다는 말도 들었다. 한국대 의대는 눈을 감고도 갈 아이라며 동료 선생님들 사이에서도 칭찬이 대단했다.

한국대 의대냐, 카이스트냐, 아니면 유학을 보내야 하나. 진로를 결정해 주려고 신난 선생님들 사이에서 그녀는 늘 화젯거리였다. 소꿉친구이자, 같은 학교에 부임한 민세연 선생의 지나가는 말 또한 떠올랐다. 선생님이 하는 말 한마디, 한마디를 전부 흡수하는 학생은 처음 봤다는 말이었다.

그런데 그런 애가. 대체 왜.

전혀 수줍지 않은 얼굴로, 내가 당신을 좋아하게 됐으니까 당신은 날 책임질 의무가 있다는, 그런 말도 안 되는 당당한 표정으로 왜 내게 고백 따위를 한단 말인가.

기가 찬 여준이 입을 열지 못하자 그런 반응을 예상했다는 듯 푸름이 고개를 끄덕였다.

"당황하실 줄 알았어요. 이해해요. 뭐, 일반적인 일은 아니니까요."

아니, 여준에게는 충분히 일반적이고 보통의 일이었다. 전혀 놀랍지 않을. 다만, 상대가 푸름이기에 조금 놀랐을 뿐이다.

그래. 네가 모르는 게 어디 있겠냐. 시험 시간에 문제 푸는 것보다 모르는 문제 찾는 게 더 어려울 텐데. 너무나 태연하게 내뱉는 푸름의 말에 여준은 오히려 더 황당했다. 이해해 줘서 고맙다고 해야 할까.

그녀와 말을 섞은 건 푸름이 문제집을 들고 교무실을 찾을 때, 혹은 수업 중에 푸름이 질문했을 때를 제외하고는 전혀 없었다. 그래서 더욱 이 순간이 당혹스러울 수밖에 없었다.

팔짱을 끼고 그의 앞에 서 있던 푸름이 물끄러미 그의 얼굴을 올려다봤다. 졸지에 이해를 받은 상황에 도저히 적응할 수가 없었다. 아니, 이게 애초에 자신이 이해받을 상황인지 그는 그것부터 따져 보고 싶었다.

낯빛이 어두워진 여준이 뒷목을 주무르며 피곤한 기색으로 물었다.

"내가 왜 좋은데?"

단 한 번도 마음을 전해 오는 학생에게 이런 걸 물어본 적은 없었다. 그만큼 푸름은 이상하고, 특이했다.

"잘생겨서요."

"……뭐?"

"그래서 다 좋아졌어요."

푸름이 싱그럽게 웃으며 대답했다. 잘생긴 외모 때문에 첫눈에 반했다는 다른 애들처럼 시시한 대답을 하고 싶지는 않았지만 오늘은 이것으로 족했다. 그의 외모가 눈에 띄는 건 또 사실이니까. 왜 배우나 모델이 아닌 선생을 하는지 모르겠다는 우스갯소리를 교무실에서 주워듣던 그녀는 저도 모르게 고개를 끄덕였었다.

처음에는 이게 뭘까 싶다가 자연스레 빠져들었고, 다음은 목소리에 반했고, 그 뒤로는 그의 행동 하나하나 모든 게 좋아졌다. 생전 처음 모르는 문제가 있다며 교무실을 찾은 것도 그 때문이었다.

"푸름아."

여준이 부드럽게 그녀의 이름을 불렀다. 학생들을 달래는 방법은 뻔하다. 일단 부드러운 어조로 이름을 부른 다음에 타이르자. 똑똑한 애니까 잘 알아듣겠지. 누구보다 자기 미래에 열심인 고등학교 3학년을 설득하는 방법은 어렵지 않다. 타일러서 어떻게든…….

"그렇게 불러 주시는 거 처음이에요."

"뭐?"

"저 방금 선생님이 더 좋아진 것 같아요."

아니, 그런 표정으로 좋다고 하면 나는 어쩌라고!

당황한 여준의 말문이 턱 막혔다. 물끄러미, 마치 나는 이 일과 아무런 상관없다는 듯이 싱긋 미소 짓던 푸름이 한 걸음 그에게 다가섰다. 열아홉 여고생이 가까워지자 여준은 한 걸음 뒷걸음질 쳤다. 아, 꼴사납게 너무 없어 보인 것 같았는데.

"그런데 지금은 사귀자고 안 할 거예요."

"뭐?"

"어리다고 무시할 거니까 스무 살 되면 다시 고백할게요. 대학도 가고 화장도 하고 옷도 예쁘게 입고. 지금 사귀면 선생님은 저랑 손잡는 것도 죄책감 느끼실 거잖아요."

떡 줄 사람은 생각도 안 하는데 혼자 김칫국부터 들이킨다는 말이 딱 걸맞았다.

손을 잡다니, 죄책감이라니! 뭘 하는데 죄책감을 느껴야 해!

"네가 사귀자고 하면 나는 무조건 사귀냐?"

"저 예쁘잖아요."

"너 열아홉이야."

"심지어 어리기까지 하네요."

한마디도 지지 않는 푸름을 내려다보며 여준이 조금 언성을 높였다.

"너 스무 살이면 내가 몇 살인 줄 알아?"

"여덟 살 차이가 뭐가 많아요. 전 딱 적당해요."

적당하다니, 대체 뭐가? 아니. 애초에 네가 적당하면 나도 적당해야 하는 거야?

당당함을 지나친 제자의 당돌함에 여준은 일부러 크게 한숨을 쉬며 두 손을 주머니에 넣었다.

아니지, 이게 아니잖아. 침착하게 대처하자. 일단 타일러야 할 거 아니야. 삐딱한 시선으로 푸름을 내려 보는데도, 그녀는 입가를 길게 늘어뜨리며 씨익 웃을 뿐이었다. 그의 입에서 무슨 말이 나올지 아는 얼굴이었다.

"여자 친구 있다고 거짓말할 거면 하지 마세요. 없는 거 아니까."

"네가 어떻게 아는데?"

"제가 생각보다 선생님에 대해 많이 알아요. 놀라실까 봐 더는 말씀 안 드릴게요."

이보다 더 놀랄 수 있다니. 난 그게 더 놀라운데. 여준이 미간을 모으며 인상을 썼다.

반면, 푸름은 뭐가 좋은지 싱글벙글이었다.

이게 누구 놀리나.

"너 왜 자꾸 웃냐?"

"좋아서요."

"뭐가."

기가 차서 물었다. 궁금해서가 아니라.

"선생님이요. 저 때문에 고민하고 계시잖아요."

"야, 그건……."

"저 5교시 이동 수업이라서 이만 가 볼게요. 그럼 수업 때 뵙겠습니다."

해맑게 웃으며 푸름이 90도 가까이 허리를 숙였다가 폈다. 멀어지는 푸름을 멍하니 바라보던 여준이 헛웃음을 내뱉었다.

방금 뭐가 왔다 간 것 같긴 한데.

그것도 아주 깜찍한 게.

"나 지금 말린 거지?"

그녀가 떠나고 빈자리를 멍청한 시선으로 내려다보던 여준이 짧은 한숨을 내뱉었다. 설명할 수 없는 불안감이 막 몰려오는데, 그 불안을 떠안기고 간 주인공은 그의 앞에 없었다. 수업을 핑계로.

그래, 그녀는 이제 겨우 열아홉이었다.

"어때, 넌?"

큐브를 손에 쥔 채 생각에 잠긴 여준의 상념을 깨워 주듯,
그의 앞에 차가운 커피를 내려놓은 범수가 물었다.

"뭘."

멍하니 있던 여준이 커피를 손에 들며 되물었다. 당연한
거 아니냐는 눈초리로 그를 바라보던 범수는 미간을 좁혔다.
이 자식, 왜 이렇게 정신 빼놓고 있지.

"이푸름 씨. 느낌 어떠냐고."

"아."

"우리 회사 입장에서는 감지덕지야. H기업 기획전략팀에
있는 후배 녀석한테 물어보니까 잘 알더라고."

복잡하게 섞인 큐브를 말없이 바라보던 여준이 손을 움직
였다. 머릿속에 계산된 대로 손을 움직이자 색깔은 빠르게
맞춰졌다.

"회사에서 3년 동안 근무하면서 굵직굵직한 프로젝트 참
여도 많이 했고, 성과도 꽤 높고."

탁탁 감기는 소리와 함께 큐브가 맞춰지는 동안에도, 범수
는 말을 멈추지 않았다.

"대리 단 지도 얼마 안 됐대. 진급도 동기들 중에는 제일
빨랐다던데? 다른 팀에서도 데려가겠다고 어지간히 기웃거
린 모양이야. 그만둘 때 부장이 어디 스카우트된 거냐고 닦
달을 했다더라."

여준은 애써 대답을 삼켰다. 어디에 있든, 어디를 가든 잘
할 것이라고는 생각은 했다. 성실했고, 누구보다 최선을 다
했고, 열심히 살았으니까. 자신이 줄곧 가지고 있던 그녀의
미래와 조금 달라서 의아했을 뿐.

"의대가 목표야?"

"네."

"왜?"

"폼 나잖아요. 멋있고, 인정도 많이 받고. 또 할머니가 원하세
요."

"네 성적이면 장학금 받고도 남지."

"알아요, 저도."

의대는 왜 안 갔을까. 그때 너한테 다른 길은 없어 보였는
데.

검정고시를 본 후에는 수시 지원이 어려웠을 것이다. 하지만 정시 원서를 넣었다 해도 모자랄 성적은 아니다. 대학교 입학 시즌이 지나고, 대한민국에 있는 의과 대학에는 전부 전화를 걸어 푸름에 대해 물었던 것도 그 때문이다. 의대 말고는 찾아볼 방법도 없었다.

　"그런데 이푸름 씨는 어떻게 알아?"

　응접실 회의 테이블 위에 놓여 있던 큐브를 만지작거리는 여준을 향해 범수가 되물었다. 순식간에 큐브를 맞춘 여준이 다시 블록을 감았다. 머리가 어지러울 때, 생각할 게 많을 때, 복잡한 문제에 직면했을 때 보이는 그의 버릇을 가만히 바라보며 범수가 테이블 위에 걸터앉았다.

　"이푸름 씨랑 어떻게 알았냐니까."

　"제자였어."

　"제자?"

　말이 끝나기 무섭게 여준은 또다시 큐브를 맞췄다. 더 정확한 설명을 듣고 싶은 마음에 범수가 그의 손에서 큐브를 빼앗았다. 허전해진 손이 마음에 안 들었는지, 여준이 미간을 찌푸리며 고개를 들었다.

　"그러니까, 너 교사할 때 만난 제자라는 거야?"

　"어."

　다시 큐브를 뺏어 든 여준이 섞고, 맞추기를 무한 반복했다. 큐브 대신 푸름의 이력서를 다시 손에 든 범수가 학력란을 찾았다. 고등학교부터 기재된 학력란에 인쇄된 검은 글씨들을 읽어 내려간 범수가 머리를 바쁘게 움직였다.

"진짜네. 이푸름 씨 중퇴한 고등학교가 너랑 세연이가 있던 학교 맞지? 자퇴는 왜 한 거야?"

여준이 미간 사이를 짙게 찌푸렸다. 그도 알지 못하는 걸, 그가 제일 알고 싶어 했던 걸 물어보니 괜스레 짜증이 일었다.

"몰라. 물어보지 그랬어."

큐브를 맞추던 행동을 멈추고 그의 손에서 이력서를 빼앗아 든 여준이 다시 푸름의 이력서를 세세하게 뜯어봤다.

다음 해 대입 검정고시에 합격하고, 예정보다 1년 뒤 한국대학교 응용통계학과에 입학한 기록을 살펴보는 여준의 눈이 차게 가라앉았다.

자퇴 후 그녀의 흔적을 쫓는 눈에 실망감이 번졌다.

"뭐야. 별로 안 친했어? 그래서 자퇴했는지 모르는 거고?"

"응, 그랬어."

갑자기, 한순간에 그렇게 되어 버렸어.

"알려 줘. 이푸름 어디로 갔어."

"몰라, 나도."

"말이 되는 소리를 해, 네가 담임이잖아!"

"그래. 그런데 나 걔 담임이기 전에 네 친구야. 그러니까 나는 모르는 일이야."

"……너, 그게 무슨 뜻이야?"

"안다는 뜻이야. 네가 걔를 어떻게 보는지. 이사를 가야 하는 상황인데, 지방으로 가야 할 것 같다고 했어. 그러니까 신경 꺼, 이제 걔한테."

"장난해? 그렇다면 전학을 보냈어야지! 자퇴가 말이나 돼? 지금 자퇴하면 올해 검정고시도 못 봐. 대학도 못 간다고! 너 생각이 있어, 없어!"

"자퇴서에 보호자 서명까지 받았어. 내가 무슨 수로 그걸 막아? 막을 이유가 있긴 해? 아니, 대체 내가 왜 막아야 하는데?"

어디로 갔는지 알 수가 없어서 내내 헤매고, 찾았지만 알 방법이 없었다. 푸름의 할머니가 순댓국집을 운영하던 시장 상인들에게 물어도 찾을 수 없었다. 체념하고, 포기하고, 어느새 교사로서의 자신을 잃어버린 여준은 더는 학교에 남아 있을 이유가 없다고 생각했다.

제대로 된 선생이 될 수 없을 것 같아 선택한 다른 길이 지금의 길이었다.

수학과를 졸업해, 운 좋게 남들보다 빨리 임용 고시에 합격했고 남자 선생치고는 이른 나이에 시작할 수 있었다. 푸름이 떠난 후, 그는 모든 것에 회의를 느꼈고 스물여덟이 되던 해에 사직서를 냈다. 푸름이 스무 살이 되던 해였다.

곧장 대학원 입학을 준비했고, 공부를 마쳤다. 졸업 후에는 쉬지 않고 범수와 회사를 차렸다. 그렇게 쉴 틈 없이 자신을 몰아붙였다.

길을 가는 여고생들만 봐도 푸름을 떠올렸고, 백팩을 멘 대학생들만 봐도 그녀를 떠올렸다. 의대에 간다고 했으니 의사가 됐겠지. 병원에 흰 가운을 입고 돌아다니는 의사들만 봐도 이푸름, 열아홉의 그녀를 떠올렸다.

찾아볼까 했던 열망은 무뎌졌고, 그래서 남아 있는 기억만이 색깔을 더해 강해졌던 시간 동안 늘 추억하고, 기억했다. 그리워도 했다.

실감이 나지 않았다.

방금 전 10여 분 정도 제 눈앞에 앉아 있던 그녀를 다시 한번 느껴 보고 싶었다.

"네. 알고 왔어요."

네가 무슨 생각으로 나를 보러 왔는지, 나는 모르지만.

"그럼 너 제자랑 일할 수도 있는 거네? 나쁘지 않네, 뭐.

연봉이야 최대한 우리 쪽에 맞출 분위기였고. 또 H기업 출신이면 비싸게 줘도 데려올 용의가 있지."

팔짱을 낀 채로 범수가 몇 번이나 고개를 끄덕거렸다. 몇 번을 생각해도 마음에 드는 직원을 찾기란 어려운 일인 만큼 푸름을 놓치고 싶지 않았다.

"뽑을 거야?"

"응? 아아, 너는 어떤데?"

평소 전반적인 회사 운영에 대해 여준과 상의하는 일이 빈번했던 범수는 당연하다는 듯 되물었다. 하지만 날아오는 대답이란.

"알아서 해. 네가 대표잖아."

"이럴 때만 대표라고. 야, 너 어디 가!"

"회의."

여준은 범수가 잡을 새도 없이 밖으로 나갔다. 꼭 이럴 때만 꼴에 대표라고 부려 먹지. 회의 테이블 위에 그가 남겨 둔 큐브를 손에 든 범수가 희한한 것을 본 얼굴로 중얼거렸다.

"웬일이야. 안 맞춰진 건 죽어도 못 보는 성격에."

그가 짧은 한숨을 내뱉으며 교탁 위에 수업 자료를 내려놓았다. 보충 수업 심화반 중에서도 전교에서 난다 긴다 하는 애들을 위해 개설된 수리 영역 심화반.

여준은 나중에야 깨달았다.

자신이 만든 보충 수업에 당연히 이름을 올렸을 푸름의 존재를.

"너희 반 이푸름?"

"응. 개야 다른 보충반 들어가 봤자니까. 뭐 들을지 고민하는 것 같아서 내가 추천했어."

"수학 잘하는 것 같던데."

"못하는 것 없이 골고루 잘하긴 하는데, 수학 머리가 특히 좋긴 한 것 같더라."

어릴 때부터 함께 자란 소꿉친구이자, 그보다 앞서 임용고시에 합격한 선배나 마찬가지인 세연은 푸름의 담임이었다. 푸름에게 고백이라는 걸 받기 전, 휴게실에서 세연과 보충 수업 얘기를 나눴던 걸 떠올린 여준이 쓴웃음을 삼켰다.

내 무덤을 내가 팠지.

뭐, 무시하면 그만인 일이었다. 지금까지 모든 학생들에게 그랬듯이. 젊고 잘생긴 총각 선생님한테 마음을 빼앗긴 여고생은 이 학교에 널리고 널렸다. 맨 앞자리에 앉아 물끄러미 저를 올려다본 채 웃고 있는 푸름을 본체만체한 여준이 신청 학생들의 이름이 적힌 프린트를 들었다.

총 25명. 미간이 구겨질 수밖에 없는 숫자다.

"뭔가 착각한 모양인데."

낮고 울림이 좋은 여준의 목소리가 교실에 울렸다. 초롱초 롱한 눈동자들을 지켜보던 여준이 미간을 좁혔다. 성적순으 로 받았어야 했나, 급격한 후회가 밀려왔다.

"수리 영역 1등급 받는 애들, 수능에서 만점 받으라고 만 든 심화반인 거, 알고 신청한 거지?"

일순간 조용해진 교실을 빙 둘러본 여준이 학생들에게 수 업 자료를 흔들어 보이며 재차 말을 이었다. 이 순간에도 푸 름의 시선은 그에게 떨어질 줄 몰랐다. 그는 당연히 모른 척 했고.

"첫 시간은 테스트로 대체한다. 당연히 기준 넘는 사람들 만 수업 듣게 할 거고."

말이 끝나기 무섭게 그런 게 어디 있냐며 학생들이 아우성 을 쳤다. 무슨 수업인지도 모르고 담당 선생님 이름만 보고 신청한 여학생들이었다. 문제없다는 듯이 펜을 준비하는 애 들은 애석하게도 몇 되지 않았다. 푸름 역시 그중에 하나였 고.

슬쩍 푸름에게 향했던 시선을 거둔 여준이 말을 이었다.

"중간에 포기하고 싶으면 여기 적힌 이름 지우고 나가도 좋다. 하루에 두 시간을 이해도 못 하는 문제와 씨름하느라 버리지 말고 더 생산성 있는 수업 들어, 그게 더 이득이니까. 뒤로 넘겨."

앞에 앉은 학생들에게 한 움큼씩 시험지를 나눠 주며 여준이 교탁 앞에 섰다. 시험지를 받아 든 학생들을 둘러보던 여준과 푸름의 시선이 부딪쳤다. 마치 '나는 아무것도 몰라요'라는 얼굴을 한 채로 문제는 안 풀고, 그녀의 시선은 그의 얼굴에만 박혀 있었다.

설마 어려운 건가. 팔짱을 낀 여준이 미간을 구기자 푸름은 기다렸다는 듯 싱긋 웃으며 펜을 손에 들었다. 마치 그의 반응을 살펴보기 위한 사람처럼.

탁상 위에 턱을 괸 푸름이 한 문제씩 문제를 풀어 가는 것을 지켜보던 여준이 찝찝한 듯 눈썹을 삐죽였다.

20여 분쯤 지나자 학생 한 명이 거의 백지상태인 시험지를 들고 교실 앞으로 나왔다. 자신의 이름을 지우고 시험지를 반납하는 학생을 보며 여준은 태연하게 턱짓으로 교실 밖을 가리켰다.

그 학생을 시작으로 하나둘씩 포기자가 나오기 시작했다. 그렇게 절반쯤의 학생들이 남았을 때, 어느 정도 갈무리가 된 건가 싶어 여준은 교실을 오가며 문제와 씨름하는 학생들을 지켜보았다.

최근 3년간 모의고사와 수능 수리 영역에서 오답률 80% 이상인 문제들만 모아 온 터라 큰 기대는 하지 않았다. 절반도 못 풀고 다음 장을 넘기는 학생이 있는가 하면, 시험지 가득 풀이 과정을 적어 놓고 오답을 쓰는 학생들도 꽤 있었다.

뒤에서부터 앞으로 걸어오며 학생들 시험지를 유심히 살피던 그의 걸음이 푸름의 자리 옆에서 멈춰 섰다. 턱을 괸 편한 자세로 차분하게 문제를 푸는 푸름의 모습은 처음 보는 것이 아니었다.

그런데.

"좋아해요."

"당황하실 줄 알았어요. 이해해요."

여준은 눈썹을 팍 구기며 교탁 앞으로 걸어갔다. 젠장, 내가 지금 무슨 생각을 하는 건지.

교탁 바로 앞에 앉아 여전히 문제 푸는 것에 집중하고 있는 푸름은 가까워도 너무 가까웠다. 얼핏 보기만 해도 답안지가 꽤 빼곡했다.

이미 풀어 본 문제일 수도 있겠지만, 유형을 조금 비틀거나 숫자를 바꿔서 낸 문제라 쉽지 않을 거라 생각했는데 푸름은 꽤나 어려움 없이 문제를 풀어 나갔다.

하긴, 전교 1등인데.

칠판 턱에 걸터 선 채로 팔짱을 낀 여준은 그저 시간이 가기만을 기다렸다. 숨죽인 50분은 금방 지나갔다. 잔뜩 숙이고 있던 고개를 든 학생들이 저마다 한숨을 쉬며 어렵다는 말을 연발했다. 뒤에서 걷어 온 시험지를 하나둘씩 모은 여준은 열 명 남짓 남은 교실을 둘러봤다.

"앞으로 한 시간은 테스트, 한 시간은 문제 풀이하는 식으로 진행할 거다. 채점 결과는 알려 주겠지만, 이 인원 그대로 수업할 생각이고 어렵다 싶으면 말해도 좋아. 다른 반으로 옮겨 줄 수는 있으니까."

결국 포기하는 사람들 빼고 끝까지 버텨 문제를 푼 학생들은 이 수업을 들어도 좋다는 말이었다. 허탈해진 학생들은 쉬는 시간을 이용해 화장실을 가고, 단어장을 손에 들거나, 책상 위에 엎드려 잠을 청했다.

그중에 푸름은 여전히 교탁 앞에 선 여준을 올려다보는 일에 열중했다. 시험지를 넘겨 보던 여준이 짧게 한숨을 내뱉었다. 이제는 얼굴이 뚫어졌다고 해도 믿어야 할 지경이었다.

"선생님한테 할 말 있어?"

여준은 일부러 '선생님'을 강조하며 물었다. 그의 의도를 알아챈 듯 푸름이 씨익 웃었다. 진짜 환장할 노릇이다.

"할 말 있으면 해도 돼요?"

"아니."

"없었으니까 괜찮아요."

젠장. 이거 말리고 있는 거 맞잖아. 여준이 짧게 한숨을 내뱉었다.

"쉬든가, 공부를 하든가."

그녀가 다시 빙그레 웃었다. 빨간 펜을 들고 시험지를 채점하는 그의 손길이 신경질적으로 변했다.

"전 이게 쉬는 거예요."

"남들 볼까 무섭다."

"누가요? 여기 있는 애들 다 공부밖에 몰라서 선생님한테 관심 없어요. 선생님 보러 온 애들은 선생님이 다 쫓아냈잖아요. 완전 잔인하게."

작게 속삭이듯이 내뱉은 그녀의 말을 확인이라도 해야겠다는 듯 여준이 고개를 들었다. 자거나, 밖에 있거나, 이어폰을 끼고 영어 단어를 외우는 몇몇 학생들만이 보였다. 그녀의 말대로 여준과 푸름을 관심 있게 볼 학생들은 없었다.

"문제는 쉬웠어?"

말이라도 돌려야겠다는 생각에 여준이 방금 전 본 시험에 대해 물었다. 머릿속으로 외운 답안지에 따라 채점하는 손길이 애써 빨라졌다.

"나쁘지 않았어요. 그런데 선생님."

"왜."

"저한테 말 걸어 준 거, 처음인 거 아세요?"

다음 시험지를 채점하려던 그가 행동을 멈추고 다시 그녀를 향해 고개를 들었다. 시선이 마주치자 기다렸다는 듯이 그녀가 방긋 웃었다. 이젠 푸름의 웃음이 무서워질 정도였다.

"왜 자꾸 웃냐?"

"좋아서요."

"뭐가."

"선생님 보는 거요."

와, 나 진짜.

누가 들었을까 무서운 말을 아무렇지도 않게, 교실에서, 그것도 다른 학생들이 있는데 막무가내로 내뱉는 푸름의 머릿속을 한번 뜯어보고 싶다는 생각을 하며 여준이 다시 시험지로 시선을 내렸다.

작은 한숨과 함께 그가 다시 채점을 시작했다. 턱걸이인 50점. 얼굴이 기억나지는 않지만, 나쁘지 않은 성적이다.

"마음 접어. 선생님, 애는 취급 안 한다."

"거절하실 거면 스무 살에요. 저 아직 고백 안 했어요."

"했잖아. 내가 들었거든?"

"잊어 주세요. 스무 살에 다시 할 거니까."

뭐 이런 막무가내가 다 있어.

채점을 마친 시험지를 옆으로 넘긴 그가 다음 시험지를 집어 들었다. 마침, 푸름의 시험지였다.

다른 것들과 다르게 정갈하고 깔끔하게 정리된 풀이 과정이 빼곡하게 적힌 시험지를 대충 흘겨보며 그가 펜을 바로잡았다. 알면 알수록 새로운 모습만 보여 주는 푸름에게 벌써 지친 얼굴이지만, 그녀가 낸 시험지는 마음에 들었다.

아니, 기대 이상이었다.

"너 성격이 원래 이랬냐?"

동그라미, 동그라미, 동그라미. 마치 답안지를 옆에 두고 베껴 쓴 듯이 정갈하게 정리한 풀이 과정들이 마음에 들면서도 뭐가 그렇게 불만인지 여준이 잔뜩 표정을 구겼다.

"제가 어떤데요?"

"뻔뻔……."

……하다고 말할 생각이었다가, 제자한테는 할 말이 아니다 싶어 입을 다물었다. 빗금이 겨우 하나 그려진 시험지를 뒤로 넘겼다.

그나마 틀린 문제도 제대로 된 풀이 과정에서 아주 작은 실수가 있었다. 평소 같으면 세모를 주겠지만, 여준은 빗금을 쳤다. 상대가 푸름이기에 한 선택은 결코 아니었다.

"저 뻔뻔해요?"

이미 들었구나. 여준이 다시 동그라미를 연달아 그리며 대답했다.

"그럼 아니야?"

"할 말 다 하고 사는 게 뻔뻔한 건 아니라고 봐요."

"그래서 고백했다?"

할 말, 하지 않아야 될 말을 구분하는 잣대는 없는 건지 여준은 다시 묻고 싶었다.

"선생님이 우리 선생님이랑 사귄다는 소문이 나서. 아닌 거 아는데, 너무 화가 났거든요."

앞뒤가 안 맞다. 아닌 거 아는데, 화가 나서 고백했다? 고개를 잘게 저으며 마지막 문제까지 채점을 마친 여준이 입안에서 혀를 굴렸다. 시험지를 앞장으로 넘긴 그가 빨간 펜으로 '一'이라 빠르게 적었다.

뻔뻔한 건 뻔뻔한 거고, 기특한 건 기특한 거니까.

"다음에는 전부 맞아. 실수해도 봐주는 건 수능에 없어."

채점을 끝낸 시험지를 내밀며 여준이 야박하게 말했다. 칭찬은 못 해 줄망정 잔소리가 날아오자 푸름의 입술이 삐죽 앞으로 내밀어졌다.

타이밍 좋게 종이 울리고 학생들이 속속들이 교실에 나타

55

났다. 자리에 앉았던 학생들은 허리를 세우고 이제야 여준을
바라봤다.

나 수시로 갈 건데. 속으로 말을 삼킨 푸름이 그가 건네는
나머지 시험지들을 받아 들고 학생들에게 나눠 주기 시작했
다.

이름을 부르자, 학생이 답하고 시험지를 받아 갔다. 그중
에는 고작 보충 수업 테스트로 울적해 하는 학생도 있었고,
만족스럽다는 듯 고개를 끄덕이는 학생도 있었다.

"이푸름, 일어나."

자리에 앉아서 시험지를 확인하고 있던 푸름은 멀뚱멀뚱
이유를 모르겠다는 듯이 고개를 번쩍 들었다. 여준은 대답
없이 턱짓만 할 뿐이었다.

여전히 입술을 삐죽 내밀고 있는 푸름이 몸을 일으키자,
답안지를 손에 들고 여준이 학생들을 둘러봤다. 관심 반, 무
관심 반. 학생들이 내보이는 반응 속에 여준이 입이 열렸다.

"앞으로 심화반 반장은 이푸름이다."

교실을 낮게 울리는 목소리가 멋있다고 생각할 때, 푸름이
화들짝 놀란 얼굴로 책상을 탁 소리 나게 쳤다.

"제가 왜요?"

반장이나 책임감을 떠안아야 하는 일은 내키지 않아 하던
푸름의 대답이 반사적으로 튀어나왔다. 지금껏 임시 반장 노

릇은 해 봤어도 정식으로 반장을 맡아본 적은 없어 일단 거부 반응부터 나타났다.

당연한 결과에 손뼉을 치려던 학생들도 덩달아 행동을 멈췄다. 팔짱을 낀 여준이 짓궂게 웃으며 눈을 반짝였다.

"누가 1등 하래?"

역시 그럴 줄 알았다는 듯이 교실 이곳저곳에서 끄덕거림이 난무했다.

푸름은 아랫입술을 질끈 깨물며 불만스럽게 얼굴을 구기다가, 이내 심화반 반장이면 대놓고 그를 찾아 교무실에도 갈 수 있다는 생각을 하며 씨익 웃었다. 동시에 불안해진 건 여준이었다.

"할게요. 반장."

그래. 너라니까.

"자, 박수."

학생들의 감흥 없는 박수 소리가 이어지고 푸름이 자리에 앉았다. 분필을 든 여준이 칠판 앞에 섰다. 등 뒤가 유난히 따끔거렸지만 애써 무시했다.

"운용 시스템은 대부분이 수리 가능한 아이템인 데다

가, MTBF(Mean Time Between Failures)*나 MTTF(Mean Time to Failure)*가 주요 척도로 사용됩니다. 또 초기 설계 단계에서 부품의 형태나 품질 수준, 적응 환경 등을 고려해 봤을 때 장비 고장률은……."

앞에 나서서 PT 중이던 현석이 괜히 가운데 상석에 앉은 여준의 눈치를 살폈다.

오늘따라 정신을 다른 곳에 놓고 온 듯한 팀장의 분위기는 평소보다 더 험악했다. PT에 문제라도 있는 건가, 그래서 저렇게 죽일 듯이 노려보는 건가. 아니 볼 거면 화면이라도 보지, 설마 팀장이 다른 생각 중인 건가? 그것도 회의 중에?

여준을 제외하고 기획조사팀 총 네 명이 모인 회의실에 어느새 적막이 흘렀다. 데이터를 모아, 의뢰인이 가장 원하는 정보를 전달해 주는 것. 쉽게 말하면 그렇고, 더 쉽게 말하면 리서치가 그들의 주된 업무였다.

데이터 과학을 다루는 일이고 사람을 상대하는 일. 리서치 회사를 와서, 머릿속에 있는 각종 소프트웨어를 쏟아부어 단단한 결과 값을 도출하고, 그 사업이 의뢰인에게 이득일지

---

*Mean Time Between Failures:평균 고장 간격. 신뢰도 척도의 하나로, 수리 가능한 장치의 어떤 고장과 다음 고장 사이, 즉 수리 완료로부터 다음 고장까지 무고장으로 작동하는 시간의 평균값.
*Mean Time to Failure:평균 고장 시간. MTBF 시스템 및 설비상에서 발생하는 고장 시간 간의 평균 시간.

아닐지를 숫자로 점쳐 보는 일. 무한 회의와 반복이 이뤄지는 그 과정 속에서 팀장인 여준은 항상 중심에 있었지만 오늘은 아닌 듯싶었다.

"팀장님. 현석 씨 발표 끝났는데요."

발표가 끝났음을 알리는 혜정의 목소리에 이제야 여준이 반응했다. 그의 미간에 곧장 주름이 새겨졌다.

팀원들은 그가 마음에 들어 하지 않는다고, 곧장 말들이 날카로운 가시가 돼서 날아올 것이라고 생각했지만 여준은 달랐다. 결과 값이 도출된 PT 마지막 장면이 프로젝터를 통해 보였지만, 그는 기억할 수 있는 게 아무것도 없었다.

왜? 이푸름 생각에 빠져 발표를 듣지 않았으니까.

이걸 팀원들이 알면 자신을 뭐라고 생각할까 싶어 웃음이 났다.

"미안합니다. 집중이 안 돼서."

팀장의 이실직고에 눈이 두 배로 커진 팀원들이 침을 꿀꺽 삼켰다.

"오늘은 일찍들 퇴근하고 내일 다시 합시다. 미안합니다, 장현석 씨."

"아, 아닙니다. 괜찮습니다."

아무런 결과 값도 없이 회의를 끝내는 것도 모자라 퇴근이라니. 대리인 혜정이 급하게 시간을 확인했다.

오후 5시 30분. 급하게 처리할 일은 없었지만, 아무래도 잘못 말하지 않았나 싶어 혜정이 고개를 드는데, 마침 여준은 몸을 일으키고 있었다.

"그럼 전 먼저 들어가 봅니다."

어디를? 집을? 지금 퇴근을 한다는 거야? 팀원들이 놀라 눈을 동그랗게 뜨는데도, 여준은 무심하게 돌아서 회의실을 나왔다. 팀장실로 걸어가는 사이, 다른 직원과 얘기 중이던 범수가 급하게 그를 붙잡았다.

"회의 끝났어? 어디 가?"

"퇴근. 왜?"

"퇴근? 누가? 네가?"

"왜 붙잡았냐고."

등 떠밀지 않는 한 곧 죽어도 회사에 붙어 있던 녀석이 웬일일까 싶은데, 왜 붙잡았냐 성질까지.

"넌 대표가 말을 하는데. 이따 면접 있어. 같이 봐."

"무슨 면접."

"팀 충원 필요하다며. 안 필요해?"

처음에는 무슨 소리인가 싶었다. 면접이라니. 그럼 어제 본 면접은 뭔데? 여준이 대답 없이 보기만 하자 범수가 설명을 덧붙였다.

"우리가 까였어."

"뭐?"

"다시 생각해 보래. 착오가 있을 거라고."

"무슨 소리야, 대체."

"이푸름 씨가 자기 뽑는 거 다시 생각해 보라고 했다고. 이건 뭐 보통 그만두겠다는 사람 붙잡고 내가 하는 말인데 왜 자기가 하는 건지. 아무튼 그래. 아, 네 의견도 들어간 거냐고 묻더라."

제대로 된 설명인가 싶어 머릿속으로 이해를 하려는데, 그것조차 어려웠다.

대체, 뭘? 무슨? 그러니까 합격 전화를 했는데 지가 거절했다는 거야? 내가 설마 널 깠을 거라고 생각하는 거야, 이 푸름?

여준이 한층 낮아진 목소리로 되물었다.

"그래서 뭐라 했는데."

"내 의견이 제일 중요하다고 했지. 그래서 난 이푸름 씨랑 일하고 싶다."

"야, 너 그렇게 말하면."

여준의 눈썹이 사정없이 찌푸려지자 전혀 이유를 모르겠다는 얼굴로 범수가 귓등을 만지작거렸다. 여기서 내가 뭘 잘못한 건가.

"그런가? 네가 싫어할 거라고 알아들었나? 왜? 제자라며.

그리고 너도 좋다, 싫다 얘기 안 했잖아. 아니야? 뽑아? 너도 좋아한다고 할까?"

대체 서른다섯이란 나이는 어디로 처먹은 건지. 직원들 앞에서 대표 종아리를 깔 수도 없어 여준은 한숨만 삼켰다.

뻔했다. 대표가 직접 건 합격 전화. 자신의 의견은 배제됐을 것이라 확신했을 것이다. 그리고 엉뚱한 생각을 하면서 혼자 멍청한 결론을 내린 게 분명하다.

그럼 면접은 왜 보러 온 건데. 아니, 나는 왜 보러 온 건데?

"얼굴 봬서 좋았어요."

단지 얼굴만 보러 왔다? 그러니까 결국 이게 끝이라는 거잖아.

8년 만에 다시 만났다. 흔적조차 찾을 수 없던 그녀를.

시작이라는 생각도 없었다. 끝이라는 생각은 더더욱 없었다. 조금의 여유도 주지 않고, 생각할 시간 고민할 시간 따위 없이 그녀는 기적처럼 나타났다가 꿈처럼 사라지고자 한다.

뭘 시작하든, 뭘 끝내든 항상 제멋대로인 이푸름이다.

네가 사라지면 나는 또 어떻게 버티라고, 어떻게 견디라고.

"미치겠네, 진짜."

한층 굳어진 얼굴로 낮게 중얼거리던 여준이 다시 등을 돌려 마저 가던 길을 걸었다.

범수가 의아해하는 사이, 다시 걸음을 멈춘 여준이 그에게 되돌아왔다. 그 기세가 워낙 흉흉해 보여 범수가 저도 모르게 움찔거렸다.

"이푸름 이력서 어디 있어?"

"내 책상 위에. 야, 너 어디 가. 면접은!"

대답이 끝나기도 전에 자기 사무실도 아닌 대표실로 성큼성큼 걸어가는 여준의 뒤에 대고 소리쳤지만 대답은 없었다. 그렇다고 멈출 놈도 아니고.

"그러니까 면접을 보라는 거야, 말라는 거야."

갑갑한 듯 넥타이를 살짝 풀어 내린 범수가 중얼거렸다.

—뭔가 착오가 있으신 것 같습니다. 합격, 아닐 텐데요.

합격이다, 같이 잘해 보자는 말을 건네고 한참 후에 들려온 대답은 예상 밖의 것이었다.

보통은 감사 인사가 먼저 나와야 정상 아니야? 정신을 차려 보니 전화는 끊어져 있는데 이걸 어떻게 해야 하나.

다시 걸어 봐도 들려오는 대답은 같았다. 그럴 리가 없단다. 이쪽에서 합격이라고 하는데.

"아, 대체 뭐지."

김여준과 이푸름. 이푸름과 김여준.

과연 저 둘을 한 팀에 둬도 괜찮은 건지 범수는 진지하게 고민하기 시작했다.

2화

오해는 후회를 만들고

무작정 이력서에 적힌 주소로 찾아온 여준은 건물 앞에 차를 세워 두고 내렸다.

빌라들이 밀집된 평범한 동네. 신축 건물인 듯 깨끗해 보이는 건물을 올려다보던 여준이 휴대폰을 꺼냈다. 출발하기 전에 저장해 놓은 그녀의 번호. 통화 버튼만 누르면 목소리를 들을 수 있는데, 무슨 이유 때문인지 그걸 못하고 있었다.

차에 기대선 채로 여준이 주소에 적힌 주소를 다시 떠올렸다. 주소 끝에 적힌 글자, 301호.

3층 창문을 올려다보던 여준이 짧게 한숨을 삼켰다. 여기까지 오긴 왔는데, 막상 전화를 걸어 뭐라고 해야 할지 착잡

했다. 일단 얼굴을 봐야 할 것 같긴 한데.

"이푸름……."

여준은 읊조리듯이 그녀의 이름을 입에 담았다. 허공에 뿌려지는 이름은 그대로 그에게 날아왔다.

3층 창문이 있는 두 곳 중 한 곳의 불이 어느새 꺼져 있었다. 여준은 속으로 푸름의 집을 지레짐작했다. 기억해야 할 이유가 있는지는 모르겠지만, 왠지 기억하고만 싶었다. 오랜 기간을 그리워하다 다시 만난 그녀의 흔적, 그 어떤 것이라도.

8년 만에 다시 나타난 그녀를 마음만 먹으면 이제 볼 수 있다. 목소리를 들을 수 있다. 늘 기억하고 추억했던 모습 그대로 나타난 푸름의 생각은 알 수 없다. 단순한 호기심일지, 그저 그런 반가움일지, 아니면 애틋한 그리움일지.

나는 그동안 널 기억하고, 추억하며 그리워도 했는데 너도 그래서 날 찾아온 걸까.

여전히 자신의 앞에 나타난 그녀는 얼떨떨했고, 신기했고, 믿어지지 않았다. 동시에 불안했다. 언제든 그녀는 신기루처럼 사라질 수 있다. 그때처럼 숨어 버릴 수 있다.

바로 지금처럼.

"……."

작은 캐리어를 끌고 건물 입구를 나서는 푸름을 마주한 여준의 눈동자가 어둡게 가라앉았다. 데자뷰. 과거에 있었을, 그는 전혀 몰랐을 어느 날이 떠올랐다. 8년 전 그때. 자퇴를 마음먹은 후, 내게 비밀로 했던 어느 날들 중에 넌 이런 모습으로 내게서 도망치고 있었겠지.

그럼 난 이번에도 멍청하게 놓쳐야 하나?

푸름을 보며 여준은 새삼 자신이 이곳에 온 이유를 깨달았다. 그녀를 만나러 왔다. 다시 멀어지려는 그녀가 조금이라도 가까워진 순간, 붙잡고자 왔다. 도망치려는 그녀를 눈에 담은 순간, 집 앞까지 찾아오면서도 길었던 망설임은 이제 사라졌다.

여자가 되어 눈앞에 나타난 그녀를 이제는 놓칠 수 없어 이곳에 왔다.

어깨에 걸친 핸드백 끈을 꼭 잡으며 푸름이 마른침을 삼켰다. 다시는 볼 수 없을 거라 생각했던 여준이 제 눈앞에 있음이 믿어지지 않았다.

넓은 어깨, 큰 키에 딱 맞춘 듯한 진회색 슈트를 입고 선이 날카로운 검은색 구두를 신은 지금의 그의 모습과 무늬 없는 흰 셔츠에 니트를 즐겨 입고 출석부를 들고 있는 8년 전 그의 모습이 대비됐다.

두어 번 눈을 감았다 뜬 푸름은 그가 제게로 걸어오고 있음을 똑똑히 지켜봤다. 한 걸음, 두 걸음. 여준은 어느새 그녀를 마주 보고 서 있었다.

믿기지 않을 만큼 가까워진 거리. 처음 좋아한다고 마음을 꺼내 보였을 때, 과거의 그는 학생과 선생으로서 용납할 수 있는 거리를 뛰어넘는 것을 허락하지 않았다. 당연했던 금기. 그랬던 그가 8년이 지난 지금, 이토록 가까이에 있었다.

어째서.

"어디 가나 보네."

그의 시선이 그녀가 등 뒤로 감춘 캐리어로 향했다.

"……네."

"어디?"

그가 짧게 되물었다. 뭐라 대답해야 할까 망설이던 푸름이 솔직하게 말했다. 그게 이 상황을 빨리 피할 수 있는 방법이라 착각했다.

"외할머니 댁이요."

"어딘데."

"멀어요."

"그러니까 어디냐고."

그는 이렇게 강압적인 사람이 아니다. 명령조처럼 말하는 사람도 아니다. 그래서일까. 낯선 모습을 발견하고 얼음처럼 굳은 푸름은 저도 모르게 입을 열었다.

"완주요."

"버스? 기차?"

그는 막힘없이 물어 왔다. 꽤 먼 거리인데도 당황하지 않은 게 오히려 이상할 정도였다.

"버스요."

"도착하면 꽤 늦겠네."

여느 30대 중반의 남자들처럼, 꽤 멋있는 시계를 손목에 차고 시간을 확인하는 여준을 보며 푸름이 느리게 고개를 끄덕였다.

"그렇게 됐어요."

대체 왜 여기에서 이런 걸 묻고 있는 걸까. 푸름이 마른 입술을 깨물었다. 그의 표정 위로 드러나는 것들이 무엇이든 그저 자신의 착각일 것이라고만 생각했다. 마치 화가 난 것만 같지만 지금 이 상황에서 그가 화를 낼 이유는 뭐란 말인가.

설마 내가 면접을 봤기 때문에? 그를 찾아가서? 다시는 보지 말자고 했는데, 질렸다고 했는데 내가 나타나서?

머릿속이 백지장처럼 하얘졌다. 아무것도 생각할 수가 없다. 푸름이 고개를 돌려 괜스레 그의 시선을 피했다. 얼굴을 마주할 자신이 없었다.

그 순간 그가 그녀의 손에서 캐리어를 빼앗았다.

"타. 버스는 취소하고."

"네?"

말릴 틈도 없이 그는 빠르게 차 뒷좌석에 캐리어를 실었다. 그리고 다시 되돌아와 그녀의 손목을 잡아 무작정 조수석에 태웠다. 무슨 짓이냐고 물을 새도 없이 일사천리였다. 어느새 그는 운전석에 오른 다음이었고, 그녀가 정신을 차릴 즈음 시동을 켜는 소리가 들려왔다.

"이게 무슨……."

"데려다줄게. 그동안 얘기 좀 해."

데려다준다니. 대체 어디를? 푸름이 운전석에 앉은 그와 앞쪽 창을 번갈아 봤다.

"괜찮아요. 버스 타고 갈게요."

"취소해. 안 멈추고 완주까지 갈 거야."

"저기."

선생님. 해맑은 목소리로 제 앞에서 끊임없이 조잘거리던 그 목소리가 아니었다. 핸들을 쥔 그의 손에 힘이 들어가며 파란 핏줄이 서렸다.

상관없다. 고작 선생님 소리를 듣자고 널 찾아온 건 아니니까.

"할 말도, 들을 말도 있어. 그러니까 예매 취소. 멈출 생각 없으니까."

그가 액셀을 더 밟았다. 속력기의 바늘이 올라가는 걸 가만히 바라보던 푸름은 옅은 한숨을 내쉬며 버스표를 취소하기 위해 휴대폰을 들었다.

"출근 거절했다며?"

경부 고속 도로에 들어선 지 10분이 지나고서야 그는 말을 꺼냈다. 스스로 내뱉고도 말장난 같았다. 출근을 거절하다니. 앞쪽을 향하던 시선을 거두지 않고 푸름이 침묵했다. 대답을 기대하지 않았던 여준은 기다리지 않고 말을 이었다.

"착오가 있을 거라고 했다던데."

"네."

지독하리만큼 차분한 대답은 그녀답지 않았다. 언제나 긍정적이고, 밝고, 그 어떤 순간이 오더라도 꿋꿋했다. 자기 마음을 표현하는 것엔 거침이 없었다.

"대표가 직접 전화했어. 출근하라고 했고. 대체 무슨 착오를 말하는 거야?"

그동안 넌 어떻게 살아왔을지, 내 생각을 조금은 했었는지, 나처럼 너도 나를 그리워했는지. 여준은 그녀에게 묻고 싶은 마음을 겨우 억눌렀다.

"그냥 네가 싫었던 건 아니고?"

차갑게 들려오는 목소리에는, 그가 가지고 있지 않았던 비릿함까지 묻어 나왔다. 스물일곱의 그는 다정했고, 장난기가 가득했고, 웃음이 많았다. 지금의 그는 조금 낯설었다. 처음엔 자신에게 화가 났다고 생각했는데, 그도 아닌 것 같았다.

"그럼 면접은 왜 봤어."

아무 대답 없는 푸름을 향해 여준이 다그치듯 물었다. 푸름의 시선이 그를 향했다. 날카로운 턱을 따라 아랫입술을 깨물고 있는 입술로, 그리고 조각상이 빚어 놓은 듯한 높은 콧대를 지났다.

가까이에 있지만, 실감할 수 없는 사람.

손만 뻗으면 닿을 거리에 있지만, 그게 믿어지지 않는 사람.

어째서 당신은 여기에, 이렇게, 내 옆에 있는 걸까.

"면접이 장난이야? 네가 그러면 정 교수님 입장은 뭐가 돼. 생각은 해 봤⋯⋯."

"선생님."

빤히 그의 운전하는 옆모습을 지켜보던 푸름이 말을 가로막았다. 선생님. 그 한마디에 그가 입을 다물었다. 8년 만에 들어 보는 말. 그녀가 떠나고서야 알았다. 언젠가부터 선생님이라 부르는 그녀의 목소리에 왜 그토록 가슴이 아팠는지를.

"학교는 왜 그만두셨어요?"

그제야 앞을 향해 있던 그의 시선이 그녀를 향했다. 무섭게 일렁이는 눈동자를 마주한 푸름의 입술이 망설임 없이 열렸다.

"좋아하셨잖아요. 자부심도 있으셨고 학생들 가르치는 일, 즐거워하셨잖아요."

면접 핑계를 대고 그의 얼굴을 마주 보던 순간, 묻고 싶었던 질문이기도 했다. 그때 하지 못한 말을 지금에서야 묻게 된 푸름은 가만히 그의 대답을 기다렸다.

여준은 대답 없이 다시 시선을 앞으로 돌렸다. 평일, 밤이라고 하긴 이른 시각. 한산한 고속 도로 위를 막힘없이 달리는 차들 사이에서 푸름은 그에게 시선을 떼지 않았다.

"선생님."

"그럼 너는."

여준이 다시 푸름의 말을 가로막았다.

"그렇게 사라져야 했던 이유가 뭔데. 나한테 말할 수 있어?"

확신을 가진 그의 물음에 푸름은 그저 입술을 깨물기만 했다.

그의 눈앞에서 신기루처럼 사라져야 했던 이유. 그는 왜 이제야 그걸 묻는 걸까. 전엔 들어 보려고도 안 했으면서. 그런 문자를 남기고, 휴대폰 전원까지 꺼 버렸으면서.

"어렸거든요. 그래서 무서웠고."

"나도 그랬어. 어렸고, 무서웠어."

알 수 없는 말들만이 서로를 오갔다. 허무해진 푸름이 헛웃음을 내뱉으며 이제야 조수석에 편히 등을 기댔다. 처음부터 끝까지 맞춰지지 않은 어지러운 퍼즐 속에 놓인 느낌이다. 왜 이렇게 된 건지 알 수는 없지만, 이해하지 못할 상황에 놓인 지금이 불편하지만, 나쁘지 않다는 것. 인정할 수밖에 없었다.

"선생님, 그때 스물일곱이었어요. 미성년자 아니고 어른."

"넌 지금 네가 어른 같아?"

"네."

"틀렸어. 어른 되려면 멀었지."

마치 정해진 대답을 얘기하듯 그는 막힘없이 대답했다. 푸름의 미간이 자연스럽게 구겨졌다. 퉁명스러운 목소리가 튀어나왔다.

"어른이에요."

"그건 네 착각이고. 내가 날 어른이라고 여겼던 그때처럼."

여준은 후회가 가득 담긴 목소리로 말했다. 그가 후회하는 과거 어느 날은, 대체 무슨 날일까. 그를 가만히 바라보던 푸름의 심장 박동은 갑자기 빨라지고, 시선은 아득해졌다.

"그게 무슨 소리예요?"

"후회한다는 거야. 내가 날 어른이라고 여겨서, 자만했던 모든 날을."

"……."

"애처럼 더 굴어 볼 걸, 더 치대 볼 걸. 어른이라고 기다리는 짓 따윈 그만할걸."

"선생님이 이러니까 이상해요. 원래는 내가 이랬는데."

"나도 이상해. 자꾸 애 같아진다, 네 앞에서는."

여준과의 기억은 미친 듯이 또렷했다. 갖고 있는 추억들이 얼마 없어서, 손안에 쥔 기억들이 희미해질까 봐 몇 번이나 붙잡고 또 붙잡았다. 과거의 기억 속에서 그는 내내 어른처럼 그녀를 기다렸다.

푸름은 직감적으로 느꼈다. 그가 지금 후회하는 그 순간이 무엇인지. 아니라고 말하고 싶었지만, 달라지는 게 없었다. 선생님이 기다렸어도 어쩔 수 없었을 거라고 푸름은 속으로만 되뇌었다.

"무슨 소리인지 모르겠지만, 저는 애 아니에요."

"애 아니라고 하면 나한테 또 고백하게?"

턱 하고 말문이 막힌 그녀가 그를 돌아봤다. 그는 별다른 표정 변화 없이 그녀를 흘겨보고서는 짧게 웃어 보였다. 방금 전까지 생생했던 그의 진지한 목소리, 과거 어느 날을 짚어 보던 그의 눈빛은 사라진 채였다.

"번호는 왜 바꿨어? 스무 살 되면 고백한다면서."

여준은 대답을 듣지 못할 질문이라는 걸 알면서도 물었다. 너의 스무 살을 나는 꽤 기다리고 있었노라고 말해 주고 싶었다. 일정한 속도로 액셀을 밟고 있던 그의 발에 자연스레 힘이 가해졌다. 순간 높아진 속력에 여준이 옆자리를 확인하며 속력을 낮췄다.

"근데 아까부터 왜 그래요?"

가만히 있던 푸름은 발끈해서는 아예 운전석 쪽으로 몸을 틀었다. 뭐가. 단순하게 묻는 그의 입술이, 그의 목소리가 원망스러울 정도로 침착했다.

아까부터 그가 던지는 물음들이 죄다 이상했다. 사라진 이유? 사라지다니? 난 분명 이사 간다고 알려 줬잖아. 번호는 왜 바꿨냐? 그걸 몰라서 물어?

〈너한테 실망했어. 이렇게 제멋대로인 줄 몰랐다. 다시는 연락하지 마.〉

〈정말 질렸다, 다 네 마음대로 해. 전화 안 했으면 좋겠다.〉

알려 주려고 했어, 다 말하려고 했어, 그런데 밀어냈잖아.

실망했다고 밀어낸 건 선생님이잖아. 그런데 왜 물어봐요. 이유조차 듣지 않으려고 했으면서 왜 궁금해하는 건데요.

"왜 그렇게 봐. 내가 뭘?"

황당하다는 듯 여준이 되묻자, 오히려 당황한 건 푸름이었다.

혹시 기억 못 하나? 아니, 기억에도 없는 건 아닐까? 8년간 내내 의심했던 일이다. 믿고 싶진 않지만 정말 그게 사실일까 봐, 그 문자를 보낸 사람이 여준일까 봐 무서워 다시 파헤칠 수도 없었던 일이다.

갑작스럽게 결정된 자퇴와 이사. 내내 고민하고 망설이다가 떠나기 직전, 여준에게 문자를 했다. 그리고 날아온 답장들은 슬픈 것보다 아팠고, 억울한 것보다 속상하기만 했다. 그에게 박힌 자신의 마지막 기억이 나쁠 것이라 생각해본 적이 없는데, 다시는 목소리를 듣지도 얼굴을 보지도 못하겠다는 생각에 무섭기도 했다.

서두르라는 할머니의 부름에도, 한 글자 한 글자 내내 정성을 다해 썼던 문자였다. 꼭 통화하고 싶다고, 사정이 있으니 이해해 줄 수 없겠냐고. 온 마음을 다해 보냈는데, 무너지고 무너졌던 열아홉의 그녀는 그런 문자를 받았다.

다시 그 문자함을 열어 볼까, 한 번 더 연락해 볼까 고민했지만 어느새 혜옥이 휴대폰을 버린 뒤였다. 떠나는 마당에 이게 다 무슨 소용이냐고.

지금 생각해 보면 이상한 일이다. 그때도 의심을 했었지만, 지난 8년 동안 내내 믿고 싶지 않았던 일이지만 그를 만난 지금 그 의심은 더 짙어졌다.

"혹시 저한테 문자 보내셨어요?"

"언제?"

"제가 문자했었잖아요, 선생님한테."

모르는 척하는 걸까, 정말 모르는 걸까. 끝내 의심하고 싶지 않아 푸름은 고개를 흔들었다.

그는 모른다. 기억하지 못하는 게 아니라, 그는 모르고 있다. 고로 그 문자는 그가 보낸 것이 아니다.

"너, 나한테 문자 보냈었어? 언제. 이사할 때?"

그가 아니라면 대체 누가, 속으로 혼잣말로 중얼거리는 사이 퍼뜩 떠오르는 얼굴에 푸름이 낮게 웃었다. 밀려오는 허탈감과 허무함은 말로 설명할 수 없었다.

의심했을 때, 왜 바로 확인하지 않았을까. 아닐 수도 있었는데, 그가 보냈으리라는 생각에 덜컥, 겁부터 먹었을까. 후회하고 괴로워해 봤자 이미 늦은 일이다. 늦어도, 너무 늦었다.

이미 우리는 8년을 돌아왔고, 이렇게 되어 버렸으니까.

"아무것도 아니에요."

그녀가 두 손으로 얼굴을 가린 채 대답했다. 약간 상기된 그녀의 목소리가 심상치 않았는지, 여준이 몇 번이나 옆을 돌아봤다.

"뭐가 아무것도 아닌데. 너, 나한테 문자 보냈냐니까."

아무런 말도 없이, 언질도 없이 사라졌다고 8년을 그렇게 여겼던 여준은 그게 아닐지도 모른다는 생각에 목소리를 높였다.

한순간에 차분해진 푸름이 얼굴에서 손을 떼고, 다시 그에게로 시선을 옮겼다. 대답하라니까. 그가 재촉하듯이 말하자, 푸름은 또다시 허탈한 웃음을 터트렸다.

그의 번호로, 그의 이름으로 온 문자였다. 실망과 원망이 덕지덕지 묻은 문자를 읽고, 또 읽고, 또 읽어 가면서 푸름은 혜옥의 품에서 오열했었다. 이젠 다시 찾아갈 수도 없고, 연락할 수도 없다고.

그녀가 여준을 찾지 않은 이유. 다른 사랑을 하려고 노력하고, 그가 없는 세상에서 버티기 위해 일만 했던 나날들이 전부 헛짓이었다. 내가 그때 얼마나 많이 울었는데. 얼마나 무서웠는데. 선생님한테 나쁜 기억으로 남았을까 봐 얼마나 끔찍했는데.

"네, 보냈어요."

"……뭐라고."

그가 조심스레 물었다. 머릿속이 엉망진창이다. 모든 것이
또렷해져, 환하게 불이 들어오는 것처럼 깨끗해질 만한데도
그랬다.

손바닥으로 눈을 가린 푸름은 사실대로 말할 여력도 없어,
아무렇게나 대답했다.

"기억 안 나요, 그냥 잘 지내라는 내용이었겠죠."

더 들출 것도, 알고 싶은 것도 없다는 목소리에 여준은 기
억을 떠올렸다. 수업에 돌아와 보니, 가만히 충전되고 있어
야 할 휴대폰이 바닥에 떨어져 있었다. 평소 같으면 높은 곳
에 떨어져도 멀쩡할 휴대폰이 그날따라 액정까지 깨져 전원
도 켜지지 않았었다.

"너 사라진 날, 나 휴대폰 고장 났었어."

푸름은 상상했다. 그 휴대폰 고장은 정말 우연이었을지.
더는 생각하고 싶지도 않았다. 생각만으로도 나쁜 마음을 먹
는 기분이다. 그녀는 피식 소리를 내며 웃었다. 제게 닿는 여
준의 시선이 느껴졌지만, 그를 신경 쓸 여력이 없었다. 8년
간 갖고 있던 의심이 풀렸다. 그것도 이렇게나 쉽고 허무하
게.

"타이밍이 정말 거지 같았나 봐요. 그렇게 엇갈린 걸 보
면."

혹시 모른다. 정말로 엇갈렸어야 할 운명이었을지도.

"모의고사는 잘 봤어?"

심화반 숙제 노트를 걷어 교무실로 가져온 푸름에게 여준은 대뜸 그렇게 물었다. 매달 치르는 모의고사. 과목별로 상위 다섯 명은 교무실 앞 게시판에 항상 명단을 붙이는데 그걸 봤을 텐데도 일부러 묻고 있었다. 두 손을 공손히 모은 푸름이 자신 있게 고개를 끄덕였다.

"네."

"몇 등급?"

그가 보고 있던 수학 참고서 페이지를 넘기며 물었다. 왔는데 쳐다보지도 않고. 서운함을 감춘 푸름이 대답했다.

"가채점 결과로는 1등급이요."

"만점은 아닐 거고."

다 맞을 수도 있지, 아닐 거라고 확신하는 말투가 묘하게 기분이 나빠 푸름은 한 박자 늦게 대답했다.

"……두 개 틀렸어요. 주관식."

"한눈만 안 팔면 만점 받았겠네."

"제가 언제 한눈을 팔았어요?"

"나한테 팔고 있잖아, 한눈."

모의고사 만점 받는 건 뭐 그렇게 쉬운 거냐고 쏘아붙이고 싶은 걸 참고 푸름이 삐죽 입만 내밀었다.

고백한 뒤로 여준은 자꾸만 이렇게 사람 속을 긁고 있었다. 그를 좋아하는 일을, 한눈판다고 표현하는 게 벌써 몇 번째인지도 모르겠다.

아무래도 제 마음을 쉽게 생각하고 있는 모양이다. 어렵게 생각하도록, 더 표현을 해야 할까 푸름은 혼자 행복한 고민에 빠졌다.

"노트 두고 가. 다음번은 만점 받고."

"이상해요."

"뭐가."

"고백하기 전에는 저 잘 모르셨는데, 고백하고 나니까 저 막 신경 써 주시잖아요. 제 성적도 체크해 주시고."

"……뭐?"

"갑자기 선생님이 더 좋아진 것 같아요."

이게 무슨. 여준이 미간을 좁히고 보고 있던 참고서를 덮었다. 그가 드디어 시선을 마주쳐 오자 푸름이 씨익 입가에 미소를 그렸다. 불안한 마음에 여준이 급히 주변을 살폈다. 다행히도 석식 시간과 맞물려 교무실은 텅텅 비어 있었다.

"너는 진짜. 야, 놀랐잖아."

가슴을 쓸어내리는 그의 모습에 그녀가 작게 웃었다.

"왜 긴장하고 그러세요. 설마 제가 그런 눈치도 없을까 봐요?"

이런 캐릭터, 진짜 적응 안 되는데. 그녀가 책상 옆에 올려놓은 노트를 앞으로 가져온 여준이 한숨 쉬듯이 말했다.

"너 때문에 수명 10년은 줄겠다."

"어? 그러면 안 되는데. 여덟 살 차이에 수명까지 줄면……."

그게 좋은 건지, 나쁜 건지 셈을 하겠다며 손가락을 접어보는 푸름을 바라본 여준이 헛웃음을 내뱉었다. 장난이었다는 듯이 푸름이 손을 거뒀다.

홧김에 한 고백이지만 이런 장면을 꿈꿨던 적은 없었다. 그와 웃고, 떠들고, 장난을 치며 일상 속에 함께인 지금은 그저 꿈만 같았다. 물론, 여준은 어떻게 생각하고 있는지 알 수 없지만 푸름에게 이 현실은 그저 핑크빛이었다.

"그리고 나, 너 알았어. 작년에 내가 2학년 수학 담당이었거든? 전교 1등 모르는 선생이 어디 있어."

"지금처럼 말 걸어 주신 적은 별로 없으니까."

못되게 굴어도 말 걸어 주니 좋다는 건지 푸름은 헤헤 웃기만 했다. 뭐가 좋다고 아까부터 실실 웃는 건지. 못마땅하다는 듯 여준이 팔짱을 끼며 그녀를 올려다봤다.

"진짜 특이하네."

"저요?"

"보통 애들은 고백을 해도 그게 끝이고, 우유나 초콜릿 사다 바치는 게 전부거든?"

"그렇겠죠. 걔들 목적이야 선생님한테 관심받는 거니까."

"너는 다르다?"

"저는 선생님하고 연애하는 게 목적인데요?"

벌떡 허리를 세운 여준이 다시 교무실을 둘러봤다. 다시 확인해도 다른 선생님들은 보이지 않았다. 와, 이게 진짜. 크게 한숨을 내쉰 여준이 조금 전보다 더 활짝 웃고 있는 푸름을 멍하니 올려다보았다.

휘둘리고 있다. 학생에게, 그것도 선생이. 이거 지금 정상인가.

"진짜 이러다 큰 사고 치겠다, 너."

"걱정하지 마세요. 스무 살을 기다리고 있으니까."

"스무 살 되면 받아 주겠다고 누가 그래?"

"열 번 찍을 각오하고 있어요. 그런 의미에서 이거."

서 있는 내내 한 손을 뒤로 감추고 있더니 매점에서 파는 초코바 두 개를 노트 위에 올려놓으며 푸름이 수줍게 웃었다. 방금 전 우유나 초콜릿 사다 바치는 애들 어쩌고 운운했던 말이 떠올랐다.

그녀의 귀여운 행동에 얼떨결에 여준의 입꼬리가 저도 모르게 올라갔다. 그러다 곧 이건 아니라 생각했는지 웃음기를 싹 거둔 여준이 연달아 헛기침을 내뱉었다.

"가서 야자나 해."

"오늘은 일찍 가야 해요. 할머니 생신이거든요."

"그럼 집에 가서 맛있는 거나 먹든가."

"그러려고요. 내일 봬요, 선생님."

얼른 내쫓으려고 한 말인데도 푸름은 실실 웃으며 90도 가까이 허리 숙여 인사까지 하고서는 교무실을 나섰다. 방금 전까지 사람을 들었다 놨다 하던 푸름이 없어지고 교무실에 홀로 남은 여준이 긴 숨을 내뱉었다.

"금방 늙겠네, 이러다."

이제 스물일곱인데 그럼 쓰나. 의자에 목을 기대 천장을 올려다보던 여준이 곧 자세를 바로잡았다. 푸름이 두고 간 숙제 노트들 중에서 가장 맨 위에 있는 노트를 펼쳤다. 글씨 체만 보아도 푸름의 노트라는 걸 알 수 있었다.

깔끔하게 정리된 문제 풀이와 해답. 심지어 명필이다. 마치 참고서 답안지 같은 노트를 보며 여준이 입가에 기특하다는 미소를 그렸다.

"역시 이푸름."

이상한 소리만 안 하면 완벽한데. 여준이 다음 노트를 뒤적이며 생각했다.

순간 잠에서 깬 푸름이 눈을 크게 깜빡였다. 어느새 익숙한 톨게이트가 보였다. 대체 언제 잠이 든 건지. 괜히 민망해진 푸름이 뒷목을 문지르며 은근슬쩍 여준을 흘겼다.

꿈에서 나온 여준은 더 앳된 얼굴을 하고 있었다. 지금의 그는 조금 더 남자답고, 시간이 묻어난 무심함을 가장한 성숙함을 갖고 있었다. 교무실을 나가 문에 있는 작은 창문 틈으로 자신의 공책을 펼쳐 보는 그를 몰래몰래 훔쳐보던 자신의 모습은 영락없는 여고생이었다.

나 역시 많이 변했을까. 아니. 오해가 풀렸기로서니 어떻게 이렇게 금방 꿈을 꾸냐고, 이푸름.

턱을 괸 채로 한 손으로만 핸들을 잡고 있던 여준이 그녀를 살짝 돌아봤다.

"깼어?"

잠들었으면 깨우지 그랬냐, 대체 내가 언제부터 잔 거냐, 언제 여기까지 왔냐. 다다다 묻고 싶은 걸 꾹 참으며 푸름이 고개만 끄덕였다. 그를 옆에 두고, 그의 꿈을 꿨다는 사실이 못내 부끄러웠다. 잠꼬대는 안 했을지 갑자기 걱정도 되었다.

"주소 좀 찍어 봐. 어디로 가야 해?"

"아, 네."

여기서 내린다고 우겨 봤자 택시 잡기도 힘들어 푸름은 할 수 없이 그가 시키는 대로 내비게이션에 주소를 입력했다. 도착지까지 10km가 남았다는 음성이 나오자 다시 적막이 흘렀다. 갈증 때문에 푸름이 몇 번 헛기침을 터트리자 여준은 기어 옆에 뒀던 생수병을 들어 그녀에게 내밀었다.

"마셔. 먹던 거 아니야."

할 수 없이 받아 든 푸름이 머쓱한 얼굴로 생수병의 뚜껑을 열어 마셨다. 대체 어쩌다 여기까지 같이 오게 된 건지. 아무리 머리를 굴려 봐도 답은 나오지 않았다. 여준 혼자 알고만 있는 답을 어떻게 자신이 찾을 수 있단 말인가.

물을 마시자 차 안은 다시 조용해졌다. 여전히 턱을 괸 채 한쪽 팔로 운전을 하던 여준은 조용한 그녀를 힐끔거리다 입을 열었다.

"할머니는 잘 계셔?"

"네. 잘 계세요."

"자퇴하고 쭉 완주에 있었어?"

"네."

푸름이 작게 고개를 끄덕거렸다. 그가 주변을 돌아봤다. 어두워서 잘 보이지 않았지만, 시골 냄새가 그윽했다. 가로

등 불빛 아래 언뜻 보이는 밤길 풍경들은 유난히 평화롭고, 조용했다. 밭이며, 논이며, 근처에 학교가 있을 만한 풍경은 아니었다.

전학은 일부러 가지 않았던 걸까. 검정고시밖에 답이 없었나. 준비는 혼자서 했을까. 도움 줄 만한 어른이 없었을 텐데. 묻고 싶은 것을 삼키고 또 삼켜 내고, 여준은 톨게이트를 지나 어두운 시골길을 계속해서 달렸다. 살짝 열린 창문 사이로 비료 냄새가 들어왔지만 나쁘지 않았다. 이 순간, 옆에 있는 푸름을 의식한 여준의 입가에 엷은 미소가 그려졌다.

"버스가 다닐 만한 곳은 아닌데."

"자전거 타고 다녔어요."

"힘들었겠네."

"공기도 좋고, 마을 분들도 좋았어요."

"원래 연고가 있었어?"

"할머니 고향이요."

그가 알아들었다는 듯이 다시 고개를 끄덕였다. 부모님 없이 할머니와 사는 그녀가 갑자기 사라질 수 있는 곳. 그게 가능했던 곳. 그가 다시 확인하듯이 주변에 온통 산뿐인 길을 훑었다.

"여기서 내려도 되는데요."

"할머니도 뵙고 좋지. 여기야?"

"네?"

뵙다니, 누구를? 그와 앞쪽 창을 번갈아 보며 놀란 푸름이 되물었다. 어느새 마을 입구로 들어선 차가 굽이진 길을 지나 산속으로 들어서고 있었다.

"저희 할머니 뵙고 가시게요?"

설마 아닐 거라는 얼굴로 물어 오는 푸름을 보며 여준은 당연하다는 듯이 대답했다.

"여기까지 왔는데 인사라도 해야지."

"하지만……."

그래. 여기까지 왔는데 상식적으로 인사는 해야. 그런데 뭐라고 설명해. 반가워하시지도 않을 텐데.

산길만 한 시간을 걸어야 나오는 마을은 차를 타자 금방 모습을 드러냈다. 마을 입구에 있는 오래된 기와집이 눈에 들어오는 것과 동시에 낡은 대문 앞을 서성거리는 혜옥을 발견한 푸름의 마음이 급해졌다. 한 시간쯤 전에 전화를 드렸던 터라 시간을 맞춰 나와 계신 게 분명했다.

"저기 계시네."

"그냥 저만 내려 주세요. 인사는 다음에 하시고."

점점 속도를 줄이던 여준이 그게 무슨 소리냐는 듯이 그녀를 돌아봤다.

"다음에 또 데려다 달라는 말이야?"

"아니, 그게 아니라……."

어느새 차가 멈췄다. 여준은 푸름보다 먼저 차에서 내려 혜옥에게 다가갔다.

이게 무슨 일이야. 뜨악한 얼굴로 푸름이 서둘러 차에서 내렸을 때는, 이미 혜옥과 여준이 인사를 마친 다음이었다.

눈에 띄게 당황한 혜옥이 손녀딸과 눈앞의 여준을 번갈아 봤다. 옛 기억 때문인지, 무작정 반가워할 수는 없는 심정이 그대로 표정에 드러났다. 혜옥의 입장에서는 반갑고 달가워할 수 없는 사람이니 당연한 일이었다.

"……네, 기억하죠. 선생님."

"건강해 보이셔서 다행이네요. 푸름이가 완주 내려가는 길이라 그래서 할머님 뵐 겸 같이 왔습니다. 잘 지내셨죠?"

"아, 우리 푸름이랑 계속 연락을 했었던가?"

그럴 리가 없다는 얼굴로 혜옥이 의미심장한 물음을 던졌다. 굳어진 혜옥의 얼굴에 당황한 건 여준이었다.

"며칠 전에 푸름이가……."

"할머니!"

그의 입에서 행여나 면접 소리가 나올까 무서워 푸름이 두 사람 사이에 급하게 끼어들었다.

"선생님 금방 가셔야 해요. 바쁘신데 저 데려다주신 거라."

"거시기, 그래도 여기까지 왔는데……."

혜옥이 집 안쪽과 여준을 번갈아 봤다. 아무리 반가운 사람이 아니라지만 고마운 점 또한 있었다. 식당과 집에 큰불이 났을 때 나서서 도와준 이가 바로 여준이었다. 불편하면서도 고마운 사람.

"할머니. 선생님 가셔야 한다니까."

그녀 옆에 붙어선 푸름이 혜옥의 팔에 팔짱을 꼈다. 여준은 입을 다문 채 푸름의 행동을 지켜보기만 했다. 바짝 마르는 입술을 안쪽으로 말며 푸름이 어색하게 웃었다. 여준의 미간이 희미하게 찌푸려졌다.

뭘까, 이 불편한 분위기.

"시간도 늦었고 다음에 봬요, 다음에."

그러니까 다음에 언제? 출근도 안 한다며? 갑자기 굳어진 분위기에 이유를 찾는 와중에도 의문을 던진 여준의 눈썹이 비쭉 산을 그렸다.

"아니, 그래도 저녁 한술 뜨고 가야 내 마음이 편할 텐데."

혜옥의 약한 마음은 여준을 고마운 사람이라고 가리키고 있었다. 푸름이 차 쪽으로 눈짓을 주는데도 여준은 모른 척 그런 그녀를 빤히 내려다보기만 했다.

얼른 가요, 지금! 표정으로 훤히 드러나는 그녀의 속말에 여준이 머리를 굴렸다. 이내 푸름의 뜻대로 움직여 주기에는

두 시간 내내 운전만 한 자신이 너무 억울해진다는 결론이
나왔다.

"저녁 주시면 감사히 먹고 가겠습니다."

"그래요, 그럼. 서둘러 밥부터 차려야겠네."

오히려 대답을 대신해 준 여준을 보며 혜옥은 편안히 미소
를 지었고, 푸름은 경악했다. 믿어지지 않는 듯 그녀의 큰 두
눈이 크게 깜빡이는 것을 보며 여준이 싱긋 웃어 보였다.

"찬밥에 물만 말아 주셔도 됩니다."

"그라믄 안 되지. 걱정하지 말고 어여 들어와, 어여."

손녀딸의 불만도 모르고, 혜옥은 부리나케 집 안으로 향
했다. 기와가 얹어진 기억자집은 혜옥이 시집왔을 때부터 살
았던 곳이었다. 썰렁한 외갓집 마당을 빤히 바라보며 푸름이
한숨을 삼켰다. 뭐가 재미있는지, 여준의 입가에는 미소까지
걸려 있었다.

"갑자기 이러시면 어떡해요? 물어보면 어쩌려고. 저 면접
얘기 말씀 안 드렸어요."

"하면 안 돼?"

"안 되죠, 당연히."

여준의 회사에서 면접을 봤다고 하면, 혜옥은 다시 옛 생
각에 괴로워할 게 뻔했다.

여준의 잘못은 없었지만 혜옥은 그를 불편해했다. 방금 전

의 표정만 봐도 그랬다. 다만, 고마움이 남아 있으니, 아주 천대는 하지 못하는 거지.

푸름은 지금쯤 쓴 한숨을 삼키고 있을 혜옥을 걱정하며 발을 동동거렸다. 아무것도 모르는 그가 가 줬으면 했다.

"우연히 만났다고 하든가."

"그걸 믿으시겠어요?"

"둘러대는 건 네 몫이야. 참고로 난 거짓말 싫어해."

이 사람이 진짜. 누구는 거짓말 좋아하는 줄 아나.

푸름이 억지로 대답을 삼키며 먼저 등을 돌렸다. 그와 마주 앉아 저녁 먹을 생각을 하니 머릿속이 바빠졌다. 그렇다고 이대로 그를 보내는 것도 마음은 편치 않을 것이다. 식사 시간이 한참 지나긴 했지만, 여기까지 운전을 한 건 여준이고, 도움을 받은 건 그녀 자신이니까.

마당을 가로지르던 푸름이 마음을 먹고서는 등을 돌렸다. 여준은 세 걸음 정도 뒤에서 그녀를 따라 걷고 있었다. 꽤 가까운 거리에 놀랐는지 푸름이 숨을 크게 들이켰다.

두 시간을 내리 운전만 해서 꽤 피곤한지 뒷목을 문지르던 여준이 푸름과 눈이 마주치자 다시 입꼬리를 올렸다.

왜 자꾸 웃는 거야. 푸름의 미간 사이가 옅게 찌푸려졌다.

"다시 만나서."

한 걸음, 두 걸음. 여준과의 거리는 고작 한 걸음.

푸름이 대답 없이 마른침을 삼켰다. 여준은 천천히 그녀를
비켜 다시 한 걸음을 뗐다.

"좋다, 이푸름."

멍하니 남겨진 푸름을 뒤로하고 여준이 먼저 마루에 올랐
다.

"조금만 차리셔도 되는데요, 할머님."

여준의 말소리에 뒤이어 혜옥이 앉아 있으라는, 어색하지
만 다정히 말하는 소리가 들렸지만 푸름에게는 아무것도 들
리지 않았다. 들려오는 소리들은 멍멍하고, 눈앞의 현실은
마치 어느 순간 떠올렸던 망상 같았다.

다시 만나서 좋다. 그가 남긴 한마디에 푸름의 가슴은 파
란이 일었다.

두근. 그리고 다시 두근. 익숙했던 감정과 잊지 못한 사람
이 다시 날아 들어온 순간. 푸름은 이 순간이 현실임을, 눈앞
에 놓였음을 다시 깨달았다.

그가 완주 외갓집에 있는 것도 믿어지지 않는데, 지금은
더 믿어지지 않았다. 푸름의 방으로 꾸며 놓은 작은방에 이
불을 펴고 있는 여준은 아무리 눈을 씻고 봐도 사라지지 않

앉다.

상황은 이랬다. 불편해하던 혜옥은 언제 그랬냐는 듯 냉장고를 털어 상다리 부러지게 상을 차렸다. 그 후 여준은 넙죽할머니가 숟가락에 얹어 주는 반찬을 받아먹으며 운전하느라 피곤하다는 말을 가볍게, 아주 가볍게 흘렸다.

마음 약한 혜옥은 고민을 하다가 결국 푸름의 방에서 자면 된다고 지나가듯이 말했고, 여준은 당연하게도 그 말을 또다시 넙죽 반겼다. 푸름이 끼어들 틈도 없이 벌어진 일이었다.

이 사람, 원래 이렇게 철면피였을까. 거절하라고 내뱉은 말에 덥석 물면 어쩌자는 거야.

"내일 출근 안 하세요?"

콧노래까지 흥얼거리며 이불을 반듯하게 펴는 여준을 보며 푸름이 물었다. 대답은 듣지 않아도 알 수 있었다.

"해야지."

"그런데 자고 가게요?"

"어. 가다 졸음운전 할 것 같아."

이렇게 나오면 할 말이 없다. 얻어 타고 온 건 나니까. 아니, 누가 태워 달라고 한 것도 아니잖아. 팔짱을 낀 채 문틈에 기대어 있던 푸름은 8년 전과 변함없는 제 방을 둘러봤다. 이 작은 방에, 여준이 있는 게 어색했다.

그녀 혼자 누워도 꽉 차는 방인데 그가 누우면 책상 아래까지 발을 뻗어야 할 것 같았다.

"누울 수 있겠어요?"

"걱정하지 마. 구겨서라도 잘 테니까."

"그냥 지금이라도 서울로 가는 게……."

"졸음운전 하라고? 너 나 평생 보기 싫어?"

무슨 그런 간지러운 말을. 푸름이 윗입술과 아랫입술을 동시에 깨물며 입을 다물었다. 종알종알 말대답하면 이푸름이었는데, 지금의 푸름은 너무 조용해서 이상했다.

이불을 마저 다 편 여준이 앉은 채로 그녀를 올려다봤다. 어느새 편한 옷으로 갈아입은 푸름이 자기 방 문지방에 어색하게 서 있었다.

"치사하다."

"뭐가요?"

"혼자 편한 옷으로 갈아입고."

투정 어린 말을 듣자마자 푸름은 그제야 그의 차림을 확인했다. 여준은 넥타이와 재킷만 벗었을 뿐, 아직 불편한 슈트 차림이었다. 저대로 자기에는 불편할 거고.

그러게 왜 사서 고생을 해. 푸름이 한숨과 함께 입을 열었다.

"갈아입을 옷 없어요. 여기 남자 옷이 왜 있겠어요, 그러게 가랄 때 갔어야죠."

"자꾸 구박하지 마."

탁탁. 소리 나게 베개 위를 털며 여준이 말했다. 아주 자기 물건 대하는 것처럼 자연스러운 모습에 푸름이 내가 무슨 구박을 했냐고 따지려던 찰나, 그가 그새를 기다리지 못하고 말을 이었다.

"잔소리하니까 마누라 같잖아."

"마, 마누라는 무슨!"

"얼굴 되게 빨개졌다. 목도 빨개졌는데?"

장난스럽게 입꼬리를 올리는 여준을 쏘아보며 푸름은 괜스레 목 끝까지 옷을 올렸다. 직접 만지지 않아도 피부 위로 느껴지는 열기가 제법 뜨거웠다. 마누라라니, 그러게 왜 이상한 소리를 해서는.

"여기는 네 방이야?"

방금 전까지 이상한 소리를 해 놓고서, 여준은 또 아무렇지 않은 얼굴로 방을 돌아보며 물었다.

"그럼 누구 방이겠어요."

"난 또 시골이라서 메주 걸려 있고, 고추 말리고 있는 거 상상했는데."

그건 바로 옆방이라는 말은 차마 하지 못하고 푸름은 대답을 삼켰다. 자신을 올려다보는 그의 시선이 느껴졌지만, 여전히 옷을 목 끝까지 올린 채 방바닥에만 시선을 주었다.

"산책할래?"

그의 부드러운 목소리에 푸름이 고개를 들었다. 자신의 방 한가운데에, 자신이 덮고 쓰던 이불 위에 앉은 여준과 시선이 마주치자 그녀의 얼굴은 또 화르륵 붉어졌다.

"시골이라 밤에는 추워요."

"그런가. 너무 많이 먹어서 배부른데."

여준이 배를 만지작거리며 숨을 크게 내쉬었다. 잘 먹는 여준을 보니, 혜옥 역시 마음이 동해 계속해서 반찬을 꺼내며 그의 빈 그릇을 채워 주기 바빴다. 여준은 또 주는 대로 그릇을 비우다 보니 이미 평소보다 많은 양을 먹었을 터였다.

왜, 거절을 또 못 해서는. 가만히 혼잣말을 삼킨 푸름의 시선이 여준의 얼굴에서 떠날 줄 몰랐다. 여전히 그의 존재가 믿어지지 않았다. 상상한 적도 없었다. 그를 다시 만나, 그와 얘기하고, 그와 마주 보며 웃는 순간을 생각해 본 적도 없었다.

그런데 우린, 어쩌다가 여기에 이렇게 함께인 걸까.

"왜 그렇게 봐?"

"이상해서요. 지금 나만 이상한가."

푸름이 말끝을 흐렸다. 여준이 더 해 보라는 듯이 눈썹 사이를 슬며시 모았다. 푸름은 괜히 발끝을 내려다봤다. 그가 얼마나 이상하게 들을지 알면서도 마치 제멋대로 입이 움직이는 것 같았다. 혼란스러운 이 마음을 제발 누가 알아줬으면 했다.

지금 나 혼자만이 혼란스러운 게 아니기를 바라면서.

"선생님은 왜 내 방에 있고, 나는 왜 선생님이랑 있고. 분명히 우리는 8년 동안 만난 적이 없는데 왜 이러고 있는지 진짜 하나도 모르겠어서……."

무슨 정신으로 말을 하는 건지, 그녀 스스로도 알 수 없었지만 뭔가 말을 해야만 할 것 같았다. 말하던 와중에 고개를 들던 푸름은 여준과 시선이 부딪치자 그대로 입을 다물었다.

그 역시 아무런 말이 없었다. 돌아오는 대답이 없자 민망해진 푸름이 한 걸음 물러섰다. 무슨 소리를 한 걸까. 갑작스러운 후회가 한꺼번에 밀려왔지만 모른 척했다.

"아니에요. 잘게요. 주무세요."

푸름이 황급히 돌아서며 미닫이문을 닫기 위해 손을 뻗었다. 문이 반쯤 닫히려 할 때, 미동도 않던 여준의 입이 열렸다.

"이푸름."

닫히려던 문이 멈추고, 그 작은 틈으로 푸름의 옆모습이 보였다. 완전히 돌아설 수도, 완전히 저를 볼 수도 없어 망설이는 모습이었다.

"잘 자라."

담백하게 내뱉어진 말. 푸름은 잠시 가만히 있다가, 대답 없이 문을 완전히 닫고 사라졌다.

복도를 따라 멀어지는 푸름의 발걸음 소리를 배경 음악 삼아 홀로 생각에 잠겨 있던 여준은 몇 없는 가구 중에 작은 탁상이 자리 잡은 곳으로 다가가 그 위에 놓여 있는 고등학교 참고서들을 들췄다. 대부분이 수학 참고서였다.

"제가 수학 공부 왜 열심히 하는데요. 선생님한테 잘 보이려고 하는 건데."

"⋯⋯너 그런 말 하면 안 창피하냐?"

"전혀요. 뿌듯한데요?"

"어련하시겠어."

"저 수리 영역 1등급 맞으면 맛있는 거 사 주세요."

"너 사 주면 다른 애들도 사 줘야 하잖아. 그거 차별이야."

"쳇, 넘어올 줄 알았더니."

맛있는 거 말고, 매점에서 주스 정도는 사 줄 수 있다고 했더니 정말 1등급 성적표를 들고 와서는 매점에 가자고 떼를 쓰던 그녀였다. N수생들까지 다 몰려 1등급은 어려울 거라고 생각했는데, 푸름은 거뜬히 해냈었다.

그는 수학이 그래서 좋았다. 정직한 학문. 정해진 해답. 여러 개수의 문제 풀이 방법. 풀이 방법은 여러 가지일 수 있겠지만, 정해진 결과 값은 하나였다.

내가 왜 여기 있는지 아무리 파고든다고 해도 어차피 답은 나왔다. 정답은 하나. 단 하나일 수밖에 없다. 처음부터 그래 왔으니까.

"선생님은 왜 내 방에 있고, 나는 왜 선생님이랑 있고. 분명히 우리는 8년 동안 만난 적이 없는데 왜 이러고 있는지 진짜 하나도 모르겠어서……."

지금 네가 겪는 혼란이 무엇인지 알지만 잠시 내버려 두기로 했다. 다시 만난 너를 놓칠 바보 같은 이유 따위는 없다. 너를 놓쳤던 건, 수년 전 그 한 번으로 족했다. 그러니 너 스스로 내게 올 때까지, 아주 잠시만 네 고민을 눈감을 것이다.

8년 전, 시작도 끝도 전부 그녀가 냈었다. 다시 만난 지금도 시작은 그녀의 몫이었다.

하지만 끝은 아니다. 끝은 더 이상 없었다.

"그래도 나는 좋다, 이푸름."

너를 만난 것만으로도 앞으로의 일상이 즐거워질 예정이니까.

여준이 이불 위에 긴 몸을 누웠다. 이불은 그의 몸보다 작았고, 방은 턱없이 좁았지만 나쁘지 않았다. 뭔가 몸에 딱 맞는 기분이랄까.

그가 피식 웃으며 눈을 감았다. 잠이 오지는 않겠지만 그래도 자 볼 생각이었다. 그래야 이푸름이 덜 미안하게 여길 테니까.

그 순간, 장지문 위로 갑자기 그림자가 졌다. 똑똑. 희미한 노크 소리에 여준이 눈을 뜨는데, 드리워졌던 푸름의 그림자는 쏜살같이 복도를 달려 제 모습을 감췄다. 방 안에서 누워 그 모습을 빤히 바라보던 여준은 조용히 문 앞으로 다가가 장지문을 열었다.

문 앞에는 제법 커 보이는 트레이닝 바지와 품이 넓은 반팔 셔츠가 놓여 있었다. 푸름의 걱정이고, 푸름의 정성이고, 푸름의 손길이 깃든 잠옷을 내려다보던 여준의 입가가 길게 기울어졌다.

"귀엽게."

아무래도 쉽게 잠에 들긴 어려울 듯싶었다.

3화

우리는 이제,
괜찮다는 것을

"그냥 가라고 하지, 뭐하러 이불까지 내줘요."

깨끗한 이불을 자리에 펼치며 혜옥은 푸름을 넌지시 쳐다
보았다. 마음에도 없는 소리를 하기는 손녀딸도 마찬가지였
다. 무슨 말을 듣고 온 건지 얼굴이 붉어져서는 열이 있는 것
도 같았다. 이불을 내줬다고 한 소리를 들을 줄은 몰랐다. 지
는 자기 입는 옷까지 내줘 놓고서는.

"여기 온다고 고생했는데 우째 그러냐. 시간도 많이 늦었
고."

한쪽 무릎을 세우고 앉은 혜옥이 베개 솜 위에 베갯잇을
씌우며 말했다. 푸름은 대답 없이 무릎을 모으고 앉아 새 이

불을 턱 하니 여준에게 내어 준 혜옥을 빤히 바라봤다. 내심 반가워하는 것 같으면서도, 불편해하는 혜옥의 태도는 이해가 갔다. 이해할 수 없는 문제는 아니었다.

다만.

"할머니, 선생님 아직도 미워?"

베갯잇을 씌워 자리에 갖다 놓은 혜옥이 별소리를 다 한다는 듯 푸름을 보았다.

"미운 것보다 고마운 게 더 크지. 은혜를 좀 입었어? 그때 그 일 터지고, 계속 찾아와서 신경 써 주고, 챙겨 주고."

"근데 왜 그래. 불편한 사람처럼."

여준은 아무 잘못이 없는데, 잘못한 일이 없는데 미움을 받는 것 같아 푸름은 혜옥이 그를 어떻게 생각하고 있는지 알면서도 물었다. 굳어진 얼굴로 푸름을 바라보며 혜옥은 걱정스러운 기색으로 물었다.

"저 선생님 만난 거면, 너…… 혹시 그 여자 선생님도 만난 거 아니냐?"

알면서도 물었다. 할머니의 걱정은 온통 나라는 걸. 푸름은 작게 고개를 흔들었다.

"아니야. 김여준 선생님도 정말 우연히 만난 거야. 선생님 학교도 그만두시고 다른 일 하신대요."

"……"

"진짜라니까. 못 믿겠으면 선생님 데려올까? 물어볼래?"

푸름이 몸을 일으키려고 하자 오히려 혜옥이 말렸다. 운전하느라 피곤한 사람, 괜히 깨우지 말라는 소리도 덧붙이며. 이렇게 걱정할 거면서 괜히 데면데면하게 굴 건 또 뭐 있다고.

"나 아무 일도 없어. 선생님도 우연히 만난 거고, 그러니까 너무 그러지 마요. 선생님 자기 미움받는다고 오해하면 어떡해."

"미움은 무슨, 넙죽넙죽 다 좋다고 하드만."

저녁 먹고 가라는 말에도, 자고 가라는 말에도 알았다고만 대답하는 여준을 다시 떠올리며 혜옥은 그 모습이 싫지는 않은지 옅게 웃었다. 그러다 손녀딸이 보고 있다는 생각에 금방 웃음을 거두고, 올해 고추가 어떻고 배추가 어떻다는 말을 늘어놨다. 가만히 듣고만 있던 푸름이 고개를 끄덕이는데, 혜옥이 벌떡 몸을 일으켰다.

"왜, 할머니?"

"아니, 뭐 좀 챙겨 볼까 해서."

혜옥이 향한 곳은 다름 아닌 주방이었다. 잠자리 바로 전인데 뭘 드시려고. 당황한 푸름이 그녀를 따라 주방으로 향했다. 혜옥은 냉장고 안에서 이것저것 반찬을 꺼내 새것이나 다름없는 반찬 통에 덜고 있었다.

"할머니, 뭐 해?"

"아까 보니 잘 먹더라고. 챙겨 주면 들고 가겠지."

또 밥 잘 먹는 것 보니 기분 좋아졌구나, 우리 할머니.

낮게 웃던 푸름은 혜옥을 도와 반찬을 쌌다. 처음엔 조금
씩만 담겠다던 혜옥은 결국 다른 반찬 통까지 찾더니, 어느
새 냉장고에 다듬어 놓은 채소까지 꺼내기 시작했다. 한 시
간여를 반찬과 씨름한 뒤에야 푸름과 혜옥은 이불 위에 누울
수 있었다.

비누 냄새가 물씬 풍기는 이불 속으로 들어가 할머니의 손
을 꼭 붙잡고 눈을 감은 푸름의 입가에는 어느새 미소가 걸
렸다. 바로 건넛방에 여준이 자고 있다는 사실을 상기하고,
혼자 얼굴을 붉히기를 여러 번. 그녀는 평소보다 따뜻한 품
안에서, 평소보다 늦게 잠에 들었다.

"뭐야. 너 왜 여기 있어?"

귀에 꽂은 이어폰을 잡아 뺀 여준이 황당하다는 얼굴로 눈
앞의 푸름을 내려다봤다. 한 손 가득 전단지와 다른 한 손에
는 가위와 테이프를 들고 있는 푸름 역시 그를 만날 거라는
생각은 못 했는지 꽤 놀란 얼굴이었다. 그는 운동을 하고 돌

아오는 길이었지만, 그녀는 아닌 듯했다.

"왜 여기 있냐니까?"

여준이 재차 묻자 푸름은 들고 있던 전단지를 괜히 품에 안으며 어깨를 으쓱였다.

"아르바이트요. 선생님 동네인 건 알았는데 진짜 만날 줄은 몰랐네요. 와, 신기해라."

푸름이 주변을 두리번거리며 말했다. 학교 근처는 아니지만 그렇게 먼 거리는 아니었다.

아파트와 주택들이 밀집된 동네. 행여나 마주칠까 항상 몸 사리면서 다녔는데 오늘은 또 날이 아닌 모양이라고 생각했다. 이렇게 금방 마주치는 걸 보면.

"수험생이 무슨 아르바이트를, 아."

순간 말을 잇던 여준이 다급하게 입을 다물었다. 푸름의 사정이 어떤지 모르고 말을 너무 쉽게 내뱉을 뻔했다. 푸름은 상관없다는 얼굴로 재차 어깨만 으쓱였다.

"용돈도 벌고 운동 삼아 하는 거예요. 체력 관리 같은 거."

운동이라고 하니 할 말이 없어진 여준이 아예 이어폰을 주머니에 집어넣었다. 운동복 차림인 건 여준 혼자였다.

"넌 운동을 전단지 돌리면서 하냐?"

"제가 운동을 잘 못하거든요. 체육 점수가 매일 제 성적을 갉아먹어요."

그 소리가 아니잖아, 지금. 여준이 대답 없이 빤히 바라보기만 하자 푸름은 할 수 없다는 듯 친절하게 덧붙여 설명했다.

"미성년자가 쉽게 돈 벌 수 있는 유일한 수단이죠."

그러니까 네가 돈을 벌어야 하는 이유가 뭐냐니까? 여준의 눈썹 사이가 불만으로 일그러지다가 곧 푸름의 어깨에 무거워 보이는 백팩을 발견했다. 눈에 익은 걸 보니 책가방으로도 쓰는 모양이다.

"설마 안에도 들었어?"

"네."

손에 들고 있는 전단지만 해도 양이 상당했다. 무슨 사정일까. 물으면 알려 줄 것 같긴 한데, 쉽게 입이 열리지 않았다.

예쁘고, 공부 잘하고, 싹싹하고, 친구도 많아 보여 그는 그저 그렇게 단정 지었다. 좋은 부모님 밑에서 가정 교육 잘 받고 자란, 그런 모범생. 어느새 그런 편견으로 그녀를 보고 있었던 걸까. 캔디형 캐릭터라고는 생각 못 했던 여준은 괜히 미안해져 저도 모르게 툴툴거리는 말투가 튀어나왔다.

"너 이러면 공부는 언제 해?"

푸름이 뭘 그런 걸 묻냐는 듯이 여준을 봤다. 우습게도 푸름의 성적은 그의 걱정 밖에 있을 만큼 군더더기가 필요 없었다. 그도 입 밖으로 말을 꺼낸 다음에야 깨달았다.

"아니, 수험생이 아르바이트를 한다니까."

그가 변명하듯이 말을 늘어놓자 푸름은 전단지를 들어 보이며 입을 열었다.

"밥 먹고 자고 아르바이트하는 시간 빼고 전부 공부만 하죠, 당연히."

당연하다니, 그거 다 하고 남는 시간 얼마나 된다고. 여전히 못 미더운 여준의 얼굴을 말간 얼굴로 올려다보며 푸름은 말을 이었다.

"저 이거 시작한 지 2년 넘었어요. 그동안 전교 1등 놓친 적 한 번도 없는데."

"어련하겠냐."

민망해진 여준이 뒷목을 만지작거렸다. 푸름이 알면 됐다는 듯이 고개를 끄덕거리며 백팩을 앞으로 고쳐 맸다. 금방이라도 찢어질 듯 바닥이 낡게 해진 책가방을 내려다보며 여준은 쓴 한숨을 삼켰다. 대체 뭘 보고 부잣집 딸이라고 생각을 했던 건지.

가방에 가위와 테이프를 넣고 다시 뒤로 돌려 맨 푸름이 그를 물끄러미 올려다봤다.

"선생님, 어느 쪽으로 가세요?"

"그건 왜."

그가 대수롭지 않다는 듯 되물었다. 또 폭탄이 날아올 거라 상상조차 하지 못하고.

"이쪽으로 가시면 같이 가려고요. 이거, 마저 돌려야 하거든요."

도저히 미워할 수 없는 웃음을 지으며 푸름이 말했다. 대꾸할 말이 없어 여준이 헛웃음만 내뱉었다.

얼마 전, 친구 녀석들이 등을 떠밀어 억지로 봤던 사주가 떠올랐다.

"올해 아주 위험한 운이 꼈어. 그런데 후에 대운될 상이야. 지금은 위험해도 훗날 너한테 아주 큰 사람이 될 사람이라는 소리야."

그게 설마 너는 아닐 텐데. 아니, 무조건 아니어야 한다. 네가 나한테 큰 사람이 될 리가 없지. 저도 모르게 확신하며 여준은 주머니를 뒤졌다. 다행히 지갑이 있었다. 목도 마른 참이었고.

"따라와. 뭐 좀 마시자."

"우와. 저도 사 주시는 거예요?"

"그럼 내가 너한테 얻어먹겠냐?"

"신난다."

고작 몇천 원짜리 음료수에 좋다고 웃는 푸름을 내려다보
며 여준은 먼저 등을 돌려 앞서 걸었다.

같이 가요, 선생님! 푸름이 빠르게 걷는 그를 거의 뛰다시
피 따라잡아 옆에 걸었다.

굳어진 그의 입술 끝이 메말랐다. 뭐가 이렇게 답답하고
불만인 건지. 스스로도 알 수 없는 감정에 여준은 억지로 짜
증을 삼켰다.

"할머니. 나 왔어."

낡은 철로 된 미닫이문을 열고 식당 안으로 들어선 푸름은
마침 테이블에 앉아 콩나물을 다듬고 있는 혜옥을 발견했다.
작고 낡은 텔레비전에서 방송 중인 드라마에 빠져들고 있는
모습을 보니, 손녀딸의 귀가 소리는 안 들리는 듯했다.

"나 왔다니까?"

푸름이 혜옥의 옆에 자리를 잡고 앉으며 물었다. 콩나물
꼬리를 뜯으며 드라마에 열중하던 혜옥이 그제야 테이블 위
로 가방을 내려놓는 푸름을 발견했다.

"아이고. 내 정신 좀 봐. 언제 왔어?"

"방금."

"공부는 많이 했고?"

푸름이 어색하게 웃으며 '그렇지, 뭐' 하고 대답했다.

혜옥에게 거짓말을 하는 건 늘 어렵다. 주말마다 전단지 아르바이트를 하는 것을 알게 되면, 아마 두 팔을 걷어붙이고 주말마다 그녀를 붙잡아 둘 게 분명했다.

생활에 아주 큰 어려움은 없었지만 그렇다고 유복한 편도 아니었다. 푸름은 혜옥이 힘들게 식당 일을 하면서 제게 온 정성을 쏟아붓는 것을 알고 있었다. 비싼 참고서들, 감당하기 어려운 학원비. 큰 도움은 못 되겠지만, 그녀가 도움이 되는 것이 있다면 조금이라도 돕고 싶었다.

그런데 학교 선생님을 마주칠 거란 상상은 단 한 번도 한 적이 없었다. 그동안 꽤 조심해서 다녔는데. 그것도 알게 된 상대가 하필 여준이라니.

과일 주스를 사 주고 들어가라며 바로 돌아서던 여준은 그녀에게 더는 묻지 않았다. 뭔가 사정이 있을 것이라고 지레짐작한 듯했다.

"손녀딸 온 것도 모르고, 드라마가 그렇게 재미있어?"

"저것 봐라, 저것 봐. 나쁜 짓 하면 저렇게 벌 받게 되는 거야. 내 저럴 줄 알았지, 저 싸가지 없는 년 같으니라고."

걸쭉한 욕을 내뱉으며 콩나물 꼬리를 신랄하게 뜯는 혜옥을 보며 미소 짓던 푸름이 몸을 일으켜 옷 위에 앞치마를 입었다. 당연하게 혜옥의 큰소리가 날아왔다.

"얼른 들어가 공부나 할 것이지, 앞치마는 왜 입어?"

"너무 공부만 해도 머리 굳어, 할머니. 잠깐 도와주고 들어갈게."

"아야, 너 이러면 내가 욕먹는다. 얼른 들어가, 얼른!"

"이 시장에서 누가 할머니를 욕해. 별걱정을 다 하셔."

시장 초입에 있는 오래된 2층 건물. 1층은 혜옥이 하는 순댓국집, 2층은 혜옥과 푸름, 둘만의 보금자리였다. 2층으로 올라가지도 않고 바로 식당으로 온 푸름은 부지런히 부엌에 들어가 설거지를 시작했다. 직원 하나 두지 않고 홀로 일하는 혜옥을 돕는 건, 식당을 열었을 때부터 계속된 습관 같은 것이었다.

부모님을 사고로 잃고, 아무도 맡기 꺼리던 푸름을 선뜻 키우겠다고 나선 건 외할머니, 혜옥이었다. 하나밖에 없는 금지옥엽의 딸을 잃은 것도 억울한데, 그 딸이 남긴 하나뿐인 손녀딸이 천덕꾸러기 신세가 되는 건 두고 볼 수가 없었다.

고향 집을 그냥 비워 놓고 무작정 올라온 서울. 딸네 부부 사망 보험금이 있지만, 그건 푸름이 성인이 된 다음 그대로 돌려주고 싶어 혜옥은 식당을 시작했고, 푸름은 식당을 하겠다는 혜옥에게 선뜻 그때 살고 있던 아파트에 대한 권리를 양도했다.

"그럼 이사해요, 할머니. 이 집 팔아서 식당도 구하고 작은 집도 구하자. 할머니 오래 걸으면 안 되니까 식당하고 제일 가까운 곳으로 구하면 되잖아."

한순간에 부모를 잃었는데도, 혼자가 아니라는 안도감에 푸름은 혜옥의 품에 안긴 채 그렇게 말했다.

콩나물을 마저 다듬은 혜옥이 소쿠리를 들고 부엌으로 향했다. 설거지를 마무리하고 부엌 한쪽에 쭈그려 앉아 양파를 다듬는 푸름이 보였다.

"아이고! 두고 올라가서 공부하라니까."

"학원 가기 전에 잠깐. 어차피 가면 또 공부해야 해. 나 지금 머리 식히는 거야."

다른 부모가 자식에게 해 주는 것은 다 해 주고 싶다는 일념 하나로 혜옥은 근처 시장 사람들에게 물어물어 푸름의 학원을 직접 알아보기도 했다. 넉넉하게 용돈은 줄 수 없어도 공부 잘하는 손녀딸에게 뭐 하나라도 더 해 주고 싶은 마음이었다.

"그러다 성적 떨어지믄?"

"걱정 붙들어 매. 절대 안 떨어져."

푸름이 해맑게 웃으며 자신 있게 고개를 끄덕였다. 혜옥이 앞에 마주 앉아 양파와 칼을 손에 들자마자 문 열리는 소리가 들렸다.

"있어요. 내가 주문받을게."

푸름이 벌떡 일어나 부엌 밖으로 향했다. 근처 공사장에서 온 인부들이 식사를 주문하는 소리가 들리자, 혜옥은 서둘러 그릇과 쟁반을 준비했다.

"저거 뭐라도 먹여 보내야 할 텐데."

또 순댓국으로 저녁을 먹일 수도 없고. 혜옥이 한숨을 내쉬며, 학원 가기 전 푸름에게 차려 줄 저녁 밥상을 고민했다.

시골 새벽의 으스스한 기운을 머금은 공기가 자꾸만 방 안으로 새어 들어오는 듯했다. 푸름은 팔에 머리를 기댄 채 낮은 콧소리를 내며 잠든 혜옥을 빤히 바라봤다. 건강했던 혜옥은 식당 일을 한 후로 꽤 많이 쇠약해졌다. 허리도 굽고 오래 걷지도 못하고 시력도 점점 떨어지고 있었다.

여든이 가까운 나이. 당연한 것이라 생각되지만, 푸름에게는 단순하게 여겨질 문제가 아니었다. 혜옥이 깰까 조심스럽게 몸을 일으킨 푸름이 옷 위에 카디건을 걸쳐 입으며 방 밖으로 나섰다.

좁은 복도를 지나 마루로 나온 푸름은 새벽안개가 낀 하늘을 멍하니 올려다보다 곧 마루 끝에 엉덩이를 걸친 채 무릎을 세워 앉았다. 떨어질 듯 아슬아슬한 자세가 불안했지만, 푸름은 흙더미 위로 비추는 달빛만 내려다보았다.

어렵게 선잠이 들었는데, 새벽녘이 되자 곧장 잠에서 깼다. 그 후로 계속해서 뒤척이기만 반복했다. 잠이 오지를 않는다. 마치 당연한 수순처럼. 푸름은 무릎에 턱을 괸 채 그대로 한참을 있었다.

머릿속이 복잡했다. 자신의 방에서 잠들었을 여준의 존재도, 점점 더 쇠약해져만 가는 혜옥의 모습도. 미닫이문이 열리고, 닫히는 소리도 듣지 못할 정도로 생각에 빠져들던 푸름은 제 어깨 위에 내려앉는 무언가를 느끼고 고개를 들었다.

그녀의 방에 있던 담요를 가져와 어깨에 둘러 준 여준은 넥타이와 슈트 재킷을 손에 든 채 푸름의 옆에 서 있었다. 놀란 그녀가 말을 잇지 못하자 여준은 냉큼 옆에 자리를 잡고 앉았다. 마루 높이가 높지 않아 다리를 꽤 길게 뻗어야 했다.

"왜 벌써 일어났어?"

새벽 나절에 마주 보게 된 그는 낯설면서도, 편안했다. 편할 수가 없는 사람인데도.

"일찍 깼어요."

"아, 난 또. 나 때문에 잠 설쳤나 했지."

그가 장난스럽게 웃었다. 저런 대사는 항상 푸름의 것이었는데. 푸름이 대답을 속으로 구겨 넣고, 담요 끝을 꼭 잡았다.

조용한 침묵이 찾아오자, 아침을 맞이하기 전 시골에서 들리는 새벽 소리가 그들을 찾아들었다. 어느 집에서는 닭이 울고, 어느 집에서는 개들이 짖기 시작했다.

옆집에서 들리는 소 울음소리는 다른 소리보다 컸다. 새들 지저귀는 소리, 옆집 낡은 대문이 열리는 소리가 가까이서 들려왔다.

여준이 엷게 웃으며 등 뒤로 손을 뻗어 몸을 지탱했다.

"좋네. 이 맛에 시골 사나."

"……."

"할머님, 좋아 보이시더라. 건강해 보이셔서 다행이야."

딱히 대답할 말이 없어 푸름은 그저 마루 밑만 내려다봤다. 옆으로 빤히 닿는 시선이 느껴졌지만 애써 알은체하고 싶지는 않았다.

"근데 나 할머님한테 미운털 박힌 거 있어? 왠지 그런 것 같은데."

뭔가를 눈치챈 듯 여준이 물어 오자 푸름은 그런 게 어디 있냐며, 나이가 드셔 그런 거라고 둘러댔다. 빤히 바라보는 그의 시선은 거둬지지 않았다. 그가 무엇을 눈치챘다고 해도 설명할 수 있는 게 없어 푸름은 숨을 죽였다.

그때, 그의 휴대폰 알람 소리가 울렸다. 푸름이 마루에 달린 시계로 시간을 확인했다.

오전 5시 30분. 유난히 이른 시간이다. 아무래도 늘 이 시간마다 일어나는 모양이다.

"가야겠다, 나는."

여준이 몸을 일으키자, 푸름도 얼떨결에 마루에서 일어났다. 드러난 맨발이 부끄러워 푸름은 얼른 운동화에 발을 구겨 넣다가 생각난 것이 있어 번쩍 고개를 들었다.

"잠시만요. 드릴 거 있어요."

간밤에 한 시간 동안 씨름한 커다란 반찬 통을 들고 푸름은 다시 여준 앞에 나타났다. 주방에 다녀오더니 뭔가 싶었는데 그녀의 손에 들린 것이 분홍색 보자기에 싸인 반찬이라는 것을 알고 여준은 낮게 웃었다. 그는 가뿐하게 무거운 반찬 통을 건네받았다.

"잘 먹겠다고 말씀드려."

"네."

대문 앞에 다다르고, 여준은 다시 등을 돌렸다. 말간 푸름의 맨얼굴은 어두운 새벽이라 잘 보이지 않았다. 또, 고집스럽게 푸름은 그의 눈을 쳐다보지 않았다.

"가세요, 그럼."

"그게 끝이야?"

"네?"

"우리."

우리. 말끝에 그는 짧은 호흡을 주고, 다시 말했다.

"더는 안 볼 사이 아니지 않아?"

혼잣말처럼, 여준은 정확히 푸름을 향해 되물었다. 예상치 못했던 말에 당황한 푸름이 말을 잇지 못하자 여준은 연이어 입을 열었다.

"너 나한테 문자 보냈었다며, 잘 지내라고."

"그거야……."

"그래도 난 속은 기분으로 8년을 살았어. 억울하니까 갚아야지. 틈틈이."

휴대폰이 고장 났었고, 그는 문자는커녕 그녀에게서 아무런 연락도 받지 못했다. 푸름의 입장에서는 할 말이 없었다. 혼자 오해하고, 혼자 의심하고, 혼자 확신하고 겁을 먹었으니까. 왜 휴대폰을 안 갖고 다녀서 그런 문자를 보게 만들었냐고, 8년이 지난 다음에야 따질 수도 없었다.

하지만 갚으라니, 대체 무엇으로, 어떻게?

억울해할 상황도 아닌데 입을 모으고 잘근잘근 깨문 푸름이 불만을 있는 그대로 삼켰다.

"완주에 얼마나 있을 거야?"

"생각 안 하고 내려왔어요."

"지금 생각은 어떤데?"

그가 무작정 물었다. 생각 안 하고 왔다는 말을 대체 뭐로 들은 걸까.

"이제 할머니랑 같이 있을 기회가 점점 적어지잖아요."

"그건 그렇지."

"네, 뭐."

더 이상 할 말이 없다는 듯 푸름이 끄덕거렸다. 무성의하고, 불만 가득한 대답을 읽은 게 분명한데도 여준은 웃으면서 입을 열었다.

"그럼 2주 줄게. 그동안 여기서 보내고, 그다음 주부터 출근해."

차마 얼굴을 볼 수는 없어 애꿎은 그의 가슴팍에 시선을 고정하고 있던 푸름이 번쩍 고개를 들었다.

이제야 봐 주네. 여준의 한쪽 입꼬리가 자연스럽게 위로 향했다.

"얼굴 못 보고 가는 줄 알았다."

그가 주머니에 넣어 놓고 있던 손을 들어 그녀의 머리를 작게 쓰다듬었다. 아주 짧은 흔적만 남긴 여준의 손이 다시 제자리를 찾아갔다. 옛 기억을 떠올리게 만드는 그의 작은 행동에 푸름은 두 손을 꼭 맞잡았다.

"출근으로 갚아. 그 대답 듣자고 지금까지 기다린 거니까."

어제 오는 길에 닦달해 봤자 그녀가 듣지 않을 거라는 걸, 여준은 알고 있었다. 8년 전 그렇게 사라질 만큼 제멋대로인 푸름을 설득하는 건 무리고, 일단은 시간을 주고 싶었다.

그리고 깨달았으면 했다. 이제 우리는 무엇보다 괜찮다는 것을.

"나 시간 없는데. 9시에 회의야."

여준이 손목에 찬 검은색 가죽 시계로 시간을 확인했다. 푸름의 눈동자가 세차게 흔들렸지만 그는 애써 알은체하지 않았다. 흔들리면 흔들리는 대로, 그것도 나쁘지 않다고 생각했다.

네가 스스로 내게만 온다면.

"잘해 줄게."

너한테 뭐든 해 주고 싶은 나니까.

"진짜야. 나 이런 말 잘 안 해."

여준이 웃음기가 깃든 목소리로 말했다지만 푸름은 선뜻 말을 꺼내기 어려웠다. 불안감만 더 커져 갔다. 어째서 웃을 수가 있는 걸까. 그저 당신은 옛 추억을 공유한 제자를 만나서 반가운 걸까.

그가 쓰다듬은 머리칼을 괜히 만지작거리며 푸름은 생각

했다. 여준을 만나러 면접에 갔던 자신의 행동, 면접 결과를 부정하며 다시 그의 세상에서 벗어나려 했던 치기 어렸던 결심들을.

보고 싶었어, 보고 싶었던 거야.

나는 선생님이…… 정말 보고 싶었던 거야.

푸름이 지그시 입술을 깨물며 여준을 똑바로 올려다봤다. 약속이나 한 듯이 다시 시선이 마주쳤다. 8년간 쌓여 있던 문자에 대한 오해도 너무나 허망하게 풀어졌다. 그는 그녀에게 질렸단 말을 한 적이 없다. 덧붙여, 다신 연락하지 말라는 말도 기억에 없다.

그를 볼 수 있다면, 그를 봐도 괜찮다면.

그 정도는 괜찮잖아.

"괜찮으세요?"

어렵게 꺼낸 한마디. 여준이 무슨 소리냐는 듯이 고개를 기울이자 푸름은 그가 묻기도 전에 말을 덧붙였다.

"제가 출근해도 괜찮으시겠어요?"

"내가 괜찮아야 하는 문제야?"

"네."

만일 그가 부정의 대답을 내놓는다면, 망설임 없이 거절을 택할 기세였다. 괜찮다. 괜찮지 않을 리가 없다. 나는 네가 내 눈앞에서 계속 보이기를 원하니까.

푸름의 생각을 알 수 없어 여준은 쉽게 대답을 내놓지 못했다. 그의 대답 여하에 따라 그녀의 길이 결정된다는 건 어려운 문제였다. 누군가의 삶에 영향을 끼칠 수도 있다는 것 역시.

"내가 괜찮으면 너도 괜찮은 거야?"

"……아마도요."

대답에 뜸을 들였다. 그래서 다시 물을 수밖에 없었다.

"확실해?"

"네."

그의 의중을 알았는지, 이번엔 대답이 빨랐다. 부드럽게 풀어진 여준이 그녀를 응시하며 고개를 끄덕였다.

"그럼 나도 괜찮아."

푸름이 큰 숨을 들이켰다. 어디서부터 잘못된 걸까. 그를 보겠다고 회사로 면접을 가장해 찾아간 것부터? 아니, 이게 왜 잘못된 일이지?

우리가 보지 못할 이유가 있을 리 없잖아. 질끈 입술을 깨물었다. 어떤 게 옳고 그른 일인지 인지하는 능력이 사라진 것 같다. 아무것도 생각할 수가 없다. 그저 눈앞에 그가 있고, 앞으로도 그를 볼 수 있다는 것. 그것 외에 더는 생각하고 싶지 않다.

다시 푸름의 심장이 세차게 뛰었다. 맞잡은 두 손에 땀이 맺혔다.

"그럼 할래요, 할게요."

몇 번이나 입술이 들썩였지만 곧 튀어나온 대답은 이랬다. 여준의 입가에 옅은 미소가 그려지더니 곧 그가 푸름의 앞으로 정갈한 손을 내밀었다.

반듯하게 정리된 손톱, 긴 손가락. '손이 예쁜 남자'라는 말을 자연히 떠올린 푸름이 내밀어진 손과 그를 번갈아 봤다.

미소 짓던 그의 입술이 천천히 열렸다.

"잘 부탁한다. 이푸름."

"푸름이? 우리 반 이푸름 얘기하는 거야?"

한적한 교사 휴게실. 자판기 커피를 손에 든 세연이 여준의 앞에 마주 앉으며 되물었다. 여준이 종이컵을 입에 문 채 고개만 끄덕였다. 가르치는 학생이라고 해도 쉽게 개인 정보를 알 수 있는 건 아니지만 적어도 담임 선생님인 세연은 알 것이라고 생각했다.

"응. 맞아. 부모님 안 계시고 할머니랑 살아. 외할머니인가 그럴걸?"

"형편은?"

"글쎄 그 조건이면 학교에서 등록금, 급식비, 보충 학습비 전부 나올 거고. 내가 알기로는 단과 학원도 다니던데. 형편 나쁘면 다니겠어?"

세연은 꽤 쉽게 단정 지었다. 아주 틀린 말이라고는 할 수 없지만, 너무 단편적인 것들로, 눈에 보이는 것들로만 쉽게 내린 결론이었다. 그래서 마음에 들지 않는 거고.

형편이 괜찮은 애가 주말마다 전단지를 돌리러 다닐 리가 없다. 그렇게 해지고 낡은 가방을 들고 다닐 리가 없다. 적어도 그 또래의 여고생들은 보여지는 것들에 관심이 많으니까.

안쪽으로 혀를 굴리며 생각에 잠긴 여준이 테이블 위를 손가락으로 두드렸다. 주말에 우연히 만난 푸름 때문에 여전히 머릿속이 바빴다.

너는 대체 나한테 무슨 짓을 한 건지.

"푸름이는 왜? 설마 심화반에서 무슨 일 있었어?"

"아니, 그냥."

"그냥? 그냥이 어디 있어. 뭐야, 무슨 일인데."

세연이 재촉했지만 여준은 어색한 웃음으로 넘어갔다. 세연은 어릴 적부터 한동네에서 자란 소꿉친구로 부모님들끼리도 사이가 각별했다.

초등학교, 중학교를 함께 다녔고 심지어 대학도 같았다.

같은 대학에서 여준은 수학과, 세연은 사범대에 진학했다. 어릴 때부터 수재로 불렸던 여준은 당연히 유학을 가거나, 공부를 더 할 거라 생각했는데 그는 교육 공무원 쪽에 관심을 기울였다.

세연은 좋았다. 그와 같은 꿈을 꾸게 되는 시간들이.

그녀는 여준을 오랜 시간 짝사랑했다. 정확히 언제부터라고 할 수는 없겠지만, 그와 함께 임용 고시를 준비하며 꽤 자주 시간을 보낼 때가 있었다. 그때의 그는 완벽했다. 적당히 붙은 근육, 훈훈하게 생긴 얼굴, 친구를 향한 배려와 다정함. 주변 동기들에게서 온갖 부러움을 샀다. 세연은 으쓱해졌다. 그저 '남자애'라고만 여겼던 그에게서 '남자'를 느낀 것과 동시에 뭔지 모를 우월함을 가졌다.

그때 깨달았다. 그에게 어울릴 만한 여자는 자신뿐이고, 자신에게 어울릴 남자 또한 그뿐이라는 것을. 둘이 함께라면 어디서든 빛이 날 거라고 생각했다.

더는 말이 없는 여준을 보며 세연은 대답 듣기를 포기하고 방금 생각난 듯이 말했다.

"안 그래도 상담했는데 의대 가고 싶은 모양이야."

"의대?"

"응. 형편 안 되는데 의대 욕심낼 리가 없잖아. 너무 걱정하지 마."

욕심. 그 성적으로 그걸 욕심이라 부를 수는 없을 텐데.

여준은 애써 표정을 굳히며 세연의 말을 올바르게 잡아 주지는 않았다. 부임하자마자 3학년을 맡게 됐다며, 걱정이 많다고 학생들한테 꽤 많은 신경을 쓴 거로 알고 있는데 생각 없이 내뱉어진 세연의 말투가 묘하게 거슬렸다. 분명 한국대 의대는 거뜬히 갈 성적이라고 대견하다는 듯 자랑을 했었는데, 순간의 실수였을까.

때맞춰 수업 종이 울렸다. 다음 수업이 있는 세연은 서둘러 교무실로 향했고, 수업이 없는 여준은 휴게실에 남았다. 식은 커피를 손에 쥔 채 한참을 내려다본 여준이 휴게실을 나섰을 때는, 이미 수업이 한창 진행 중일 때였다.

교무실을 가려고 했는데, 어쩌다 발은 푸름의 반으로 향하고 있었다. 뒷문 쪽으로 다가선 여준은 창문을 통해 교실 안을 들여다봤다. 영어 수업이 한창인 교실 안에서 여준은 단번에 푸름을 찾아냈다.

수업 중인 선생님에게 끊임없이 집중하는 모습이 영락없는 전교 1등이다. 벽에 기대선 채 그 모습을 빤히 바라보던 여준이 바지 주머니에 손을 집어넣으며 한숨을 삼켰다. 대학 가기 전까지 제 모습이 어땠는지를 떠올렸다.

여유로운 환경 속에서 공부에 충실했고, 교우 관계도 나쁘지 않았다.

좋은 성적, 좋은 대학, 원하는 꿈을 이루기 위해 최선을 다했던 삶.

예체능에 소질이 있는 것도 아니고, 그가 할 수 있는 건 공부뿐이었다. 어렸을 때부터 이과 쪽에 탁월한 재능을 보이던 그에게 선생님들은 온갖 길이 열려 있다며 꾸준히 얘기했었다. 그 후 원하던 대학, 수학과에 입학했고 교사의 꿈을 꾸기 시작했다. 사람들은 너무 평범하다고 얘기했다.

너 같은 애가. 너처럼 똑똑한 놈이, 고작 교사?

유학을 권유받고, 대학원 진학을 권유받아 박사가 되는 건 어떠냐는 제안이 수도 없었다. 한국은행, 금융감독원, 세계에서 이름을 떨치는 금융 회사들. 그에게 선택지는 많았지만 그는 교사를 선택했다.

문제 풀이 과정 자체를 좋아했다. 수를 입력하고, 정확한 답안이 내려지는 그 과정에 중독된 것처럼 여준은 빠져들었다. 직업이 갖는 윤택함과 성공, 명예보다 그는 교사라는 직업이 갖는 투철한 직업의식을 선택했다.

수를 좋아하는 이들에게, 수가 얼마나 정직한 학문인지를 알려 주고 싶었다. 누군가가 수에 대한 이해를 알아가는 과정을 지켜보는 것 자체가 그에게는 즐거움이었다. 자신이 그랬던 것처럼.

최대한 빨리 시작하고 싶은 마음에 남들보다 빨리 군대에 다녀왔고 스물여섯이 됐을 때, 임용 고시에 합격했다. 외로웠고, 고되고, 수재라고 불렸었던 그의 인생에서 제일 열심이었던 시기였다. 앞을 보고 달려가는 것조차 벅차서 넉넉하고 여유로운 지갑 사정이 꽤나 다행이었다는 것을 차마 깨닫지 못했다.

푸름은 다르다. 어쩌면 그보다 더 똑똑하고, 더 많은 선택지를 가질 수 있고, 꿈을 향한 여러 갈림길이 존재할 텐데도 그녀는 그보다 더 힘들게 그 길을 가야 한다.

그래서 그런가. 나랑 달라서, 그것 때문에 이렇게 신경이 쓰이나.

이게, 동정인가?

어쩌면 모르고 지나갔으면 좋을 사실과 마주한 여준은 한참을 그 자리에 있었다.

아마 그때부터였을 것이다. 자꾸만 이푸름을 보게 됐을 때가.

어디를 가도 이푸름이 보였다. 수업 들어간 교실 안은 물론이고, 삼삼오오 모여 있는 다른 학생들 사이에서도, 학생들이 자유롭게 드나드는 교무실에서도, 심지어 심화반 수업에서 내내 고개를 숙인 채 문제만 보는 푸름에게로 항상 시선이 옮겨졌다.

푸름이 아닐 때도, 푸름인 줄 알고 항상 시선이 머물고는 했다. 가여움 혹은 측은함이라고 생각했다. 그런데도 밝게 웃는 푸름이 신기했고, 안쓰러웠고, 챙겨 주고 싶다고 생각했다.

스물일곱. 딱, 지금 그녀의 나이. 열아홉의 푸름보다는 분명 어른이었지만, 그때의 여준은 어렸다. 자신의 감정에 충실히 따르기에는 머뭇거림이 많을 수밖에 없는 나이였다.

차에 앉아 시간을 보내던 여준은 차에서 내려 엘리베이터에 올랐다. 총 10층짜리 빌딩 중에서 라운코리아는 7층부터 10층을 쓰고 있었다. 사무실이 있는 9층 버튼을 누른 여준이 휴대폰으로 시간을 확인했다.

"늦었네?"

겨우 회의 시간에 맞춰 도착한 여준은 기획조사팀 쪽에서 걸어오는 범수를 발견했다. 간신히 집에 들러 옷만 갈아입고 나온 그는 넥타이를 올바르게 조여 매며 고개를 끄덕였다.

"웬 넥타이?"

"이따 YS인터내셔널이랑 미팅 있어."

"아, 맞다. 그런데 그건 어떡할까?"

범수가 그의 옆에 바짝 붙어서 조용히 속삭였다. 근처를 지나가는 직원들이 나란히 선 범수와 여준에게 인사를 하고 지나갔다.

여준이 귀찮은 듯 범수가 잡은 팔을 털어 냈다.

"뭘."

"뭐긴. 이푸름 씨 문제지. 다른 친구 면접 보긴 했는데 회사 나오라고 전화를 해야 하는 거야, 말아야 하는 거야?"

여준이 피곤한 듯 뒷목을 주물렀다. 좁은 방에서 몸을 구기고 잤더니 온몸이 뻐근했다.

"면접은 어땠는데."

"그냥 그랬어. 이푸름 씨 이력서 보다가 그 친구 보니까 영 심심하더라. 나쁘지는 않았는데."

"그럼 말아."

"뭐?"

"2주 후에 출근하기로 했어. 그렇게 알고 있어."

"진짜? 어떻게? 너, 멋대로 연봉 올려 준다고 한 건 아니지?"

사무실 쪽으로 향하는 여준의 뒤를 범수가 바짝 따라붙어 걸으며 물었다. 팀장을 졸졸 쫓아다니는 대표를 구경하는 직원들은 항상 보던 광경이라는 듯이 대수롭지 않다는 얼굴로 의미 없는 인사만을 건넸다.

"뭐야. 왜 대답을 안 해. 이푸름 씨 어떻게 꼬셨냐니까?"

말을 해도. 여준이 사무실 앞에서 바로 걸음을 멈췄다. 회의 시간에 딱 맞춰 출근한 팀장을 본 팀원들이 몸을 일으켰다. 범수가 손을 들며 일들 하라는 뜻으로 웃어 보였다.

"대체 어떻게 꼬셨는데 출근을 한대?"

범수가 재미있는 건수라도 물었다는 얼굴로 입가를 손으로 가린 채 물었다. 두 손을 주머니에 꽂은 채 그런 범수를 내려다보던 여준이 미간을 구겼다.

"저기요, 대표님."

갑자기 목소리를 깔고 대표님이라 부르는 여준이 의아스러운 듯 범수가 동그랗게 눈을 떴다.

"으응?"

"말 좀 조심하자. 꼬셨냐가 뭐냐 꼬셨냐가."

"아니, 내가 뭐……."

"회의합시다."

팀장실에 들리지도 않고 여준은 팀장실 바로 옆에 붙어 있는 회의실로 향했다. 멀뚱히 서 있는 범수의 앞을 지나가며 팀원들이 차례로 묵례를 했지만 그는 뚱한 표정으로 턱만 긁적였다.

"내가 뭐, 잘못한 거야?"

정자에 앉아 두 다리를 교차시키며 흔들어 대던 푸름이 구름 한 점 없는 하늘을 올려다봤다. 미세먼지와 매연으로 가득한 서울과는 하늘부터가 달랐다. 매일 회사 사무실 안에 박혀 있느라 이런 하늘을 보고 있을 여유가 없었다.

이번에는 좀 길게 누려 보나 했더니만, 2주 후에 라운코리아로 출근하게 될 줄이야.

"좋다."

얼굴 위로 쏟아지는 햇볕을 감상하던 푸름이 낮게 중얼거렸다. 커다란 느티나무 아래 있는 정자 앞으로 자전거를 탄 꼬마들이 지나갔다. 평균 연령 일흔이 넘는 이곳에서 볼 수 있는 유일한 이장님 댁 꼬마들. 아이들도 정자에 앉아 있는 젊은 여자가 신기한 듯 쳐다보며 지나갔다.

사탕이라도 챙겨 올걸. 아쉬움을 달래며 푸름은 다음에 꼭 간식거리를 챙겨 와야겠다고 생각하는 사이 푸름의 휴대폰이 짧게 울렸다. 모르는 번호로 온 문자였다.

〈출근했어. 혹시 걱정할까 봐.〉

"아."

푸름이 낮은 신음을 흘렸다. 내 번호 저장했구나. 푸름이 미간 사이를 옅게 찌푸렸다. 제 이력서를 통해 번호도, 집도 알게 된 여준과 비해 푸름은 그에 대해 아는 게 별로 없었다.

제일 궁금한 거라면, 역시.

결혼은 했을까. 그게 아니라도 여자 친구는 있겠지. 혹시 민세연 선생님하고? 그 문자는 역시, 그 사람이 보낸 게 맞을 텐데.

연인이 아니라고 해도, 지금까지 그들이 친구 사이를 유지하고 있을 것이란 확신은 들었다. 아주 어렸을 때부터 친한 소꿉친구라고 했으니까. 드라마나 소설 속에서 그런 친구들은 꼭 자기들끼리 행복해지지 않나.

휴대폰 액정을 손가락으로 쓸던 푸름이 고개를 흔들어 쓸데없는 상념을 날려 버렸다. 출근을 한다고 했다. 다시 그를 볼 수 있어 좋다고 했을 뿐이다. 그러니 그를 좋아하기로 한 건 아니지 않나. 대체 내가 무슨 생각을.

긴 호흡을 내쉰 푸름은 답장을 해야 하나 망설였다.

그러는 사이, 같은 번호로 또 문자가 왔다.

〈걱정 안 했으면 말고.〉

뒤이어 온 문자에 푸름이 픽 웃었다. 답장을 해야겠다고 마음먹은 푸름은 휴대폰을 바라보며 한참을 망설였다.

네. 한 글자를 적어 보고 다시 지우고 또 길게 손가락을 움직였다. 잘하셨어요. 다섯 글자를 빤히 바라보던 푸름이 미간을 좁혔다.

뭔가 마음에 들지 않는다. 더불어 고작 문자 하나에 시간을 낭비하고 있는 자신도.

"신경도 안 쓸 텐데."

푸름이 작게 중얼거리며 문자를 지우고 다시 써 내려갔다. 망설임 없이 전송 버튼까지 누른 푸름이 휴대폰 홀더를 잠갔다.

〈네. 2주 후에 봬요.〉

푸름은 자신이 보낸 문자를 떠올리며 아랫입술을 깨물고는 다리를 더 크게 흔들었다.

2주 후라니. 4주 후에 법원에서 보자는 것도 아니고. 다시 보낼까. 그럼 뭐라고? 정자 앞으로 할아버지 한 분이 운전하는 경운기가 지나가는 것을 지켜보며 푸름이 다시 휴대폰을 들었을 때였다.

Rrrrrrrrrrr

진동 소리에 처음 놀라고, 액정을 가득 채운 번호에 또 놀란 푸름이 무릎에 휴대폰을 떨어트렸다. 처음부터 끝까지 번호를 다시 확인한 푸름이 꽤 오랜 시간을 버티다가, 전화가 끊기기 직전 통화 버튼을 오른쪽으로 쭉 밀었다.

"……여보세요."

—저장했어?

목적어가 없는 단조로운 음성에 푸름은 소리 없이 긴 숨을 내뱉으며 긴장을 풀었다.

"뭘요?"

—내 번호.

그게 궁금해서 전화를 걸었나. 그가 자신의 앞에 없는 사실이 얼마나 다행인지 몰랐다. 그게 아니라면, 잔뜩 실망한 자신의 얼굴을 봤을 것이다.

푸름이 뚱한 표정으로 대답했다.

"할게요."

—뭐라고 할 건데?

그것까지 허락받아야 해? 푸름이 입술을 동그랗게 모으다가 입을 열었다.

"김여준 팀장님?"

—그게 최선은 아니지?

"제 입장에서는요. 전화는 왜 하셨어요?"

그와의 통화가 영 어색해 푸름은 애써 말을 돌렸다.

―답장이 마음에 안 들어서. 답답해 죽는 것보다는 전화가 낫네. 좋다, 목소리 들으니까.

아무렇게나 내뱉어진 것 같은 말에 푸름은 짧은 숨을 들이켰다.

좋다. 좋다. 좋다.

원래 이런 말을 이렇게 쉽게 하는 사람이었나. 괜스레 발끝을 오므리며 푸름은 휴대폰을 쥔 손에 힘을 주었다. 뭔가 이상했다. 어딘가가 자꾸만 간지럽고, 두근거리고, 얼굴이 붉어진다.

―너는.

"……뭐가요?"

그가 무엇을 묻는지 알지만 그녀는 모른 척했다. 그래야 할 것 같았다.

―별로 안 좋아? 내 목소리.

좋았다. 그랬던 시절이 있다. 그의 모든 것이 좋았던 시절이.

그의 얼굴, 그의 목소리, 그의 손가락. 짓궂게 놀려 대는 학생들을 보며 엷게 미소 짓던 그 웃음마저 좋아 미칠 것 같았던 시절이.

아랫입술을 꾹 깨문 푸름이 억지로 올라간 입술 끝을 오물거리며 미소를 풀었다. 누가 보는 것도 아닌데, 미소를 감춰야 할 것 같았다.

"별로요. 제가 왜 좋겠어요."

—그래도 좋아해 봐. 앞으로 매일 얼굴 볼 사이인데.

앞으로, 매일. 그의 말을 머릿속으로 더듬어 보던 푸름이
언젠가 이런 날을 꿈꿨었던 지난날을 떠올렸다. 그저 선생님
을 좋아하는 것만으로도 벅찼던 열아홉. 스무 살이 되면 고
백할 거니 기다려 달라 당당하게 표현했던 열아홉. 그렇다면
지금의 여준은 무슨 생각일까.

자꾸만 이런 마음이 드는 건, 나 혼자만의 착각일까.

대답할 말을 찾지 못해 푸름이 입술만 달싹였다. 그때, 휴
대폰 너머로 '팀장님' 하고 여준을 부르는 직원의 목소리가
들려왔다.

"끊을게요."

—잠깐만, 이푸름.

여준이 막 전화를 끊으려는 푸름을 붙잡았다. 푸름은 대답
없이 하늘을 올려다보며 그의 말을 기다렸다.

한여름에 접어든 하늘은 눈이 부실 정도로 새파란 기운을
내뿜었다. 아마 이때쯤보다 앞섰던 거로 기억한다. 말 한번
제대로 섞어 본 적 없는 여준에게 대뜸 좋아한다 고백했던
때가 늦봄, 아니라면 초여름. 무튼 봄 냄새가 물씬 풍기는 때
였다.

그날만 아니었다면, 우린 뭐가 달라졌을까.

—점심 맛있는 거 먹으라고.

별거 아닌 말에 푸름은 싱겁다는 듯이 웃었다.

"네."

—푹 쉬고. 계속 먹고 자고 놀아. 너 살 좀 쪄야겠더라.

"악담하세요?"

다시 그의 휴대폰 너머로 '팀장님!' 하는 소리가 들렸다.
바쁘면서 전화는 왜 한 걸까. 푸름이 정자에서 내려오며 입
을 열었다.

"바쁘신 것 같은데 끊을게요."

—그래. 서울에서 보자.

다음을 기약할 수 있는 상황이 믿어지지 않는데, 여준은
담백하게 전화를 끊었다.

푸름은 곧장 그의 번호를 저장했다. 김여준 팀장님. 군더
더기 없이 깔끔했다. 팀장님 소리를 입에 붙여야 할 텐데.

정자에서 마을 안쪽으로 길을 잡은 푸름이 천천히 산책하
듯이 걸었다.

오늘은 그저 이렇게 걷고만 싶은 날이었다.

업계에서 꽤 이름을 알리고 있는 중견 기업의 대표실답지 않게 범수의 사무실은 소박했다. 넓은 책상과 응접용으로 보이는 소파, 직사각형의 테이블. 전반적으로 심플한 인테리어.

H기업에 있을 때의 팀장 사무실보다 작은 것 같다는 생각을 하며 푸름이 가지런히 모은 무릎 위에 손을 모았다.

책상 뒤에 있는 머신에서 커피를 내린 범수가 가까이 다가왔다. 직접 커피를 내리는 대표라니. 그것만으로도 회사 분위기가 훤히 보였다. 입사 1년 차를 벗어나기 직전까지 푸름이 했던 커피 심부름이다.

그가 다가오자 푸름은 살짝 엉덩이를 들었지만, 범수는 어서 앉으라는 듯 손짓했다.

"나 그때 엄청 무안했어요. 면접 결과에 착오가 있을 거라고 하니까."

소파에 앉은 푸름을 향해 커피를 직접 내주며 범수가 말했다.

라운코리아 이범수 대표. 김여준, 그의 친구.

언제부터 친구인 걸까. 푸름이 속으로 제게 속삭이며 엷게 웃었다.

"죄송합니다."

"아니, 출근했는데 우리가 감사하지. 이건 이푸름 씨 명함. 이제 이 대리라고 불러야겠네요?"

화이트 배경에 라운코리아의 붉은 로고가 박힌 깔끔한 명함이었다.

라운코리아 기획조사팀 이푸름 대리.

제 명함 속 박힌 글을 읽으며 푸름은 되돌릴 수 없는 강을 건넌 듯한 느낌을 받았다. 2주 동안 치열하게 고민하고 피터지게 싸웠지만, 결과는 하나였다.

그를 볼 수 있다는 생각에 하게 된 출근. 되돌릴 수 없다면, 앞에 놓인 길을 가야 한다.

"그런데 나 궁금한 거 있는데."

빤히 명함을 내려다보던 푸름이 고개를 들었다. 눈이 마주치자 범수가 싱긋 웃었다.

"말씀하세요."

"김 팀장이 어떻게 설득했어요?"

"……네?"

"누구 설득하겠다고 아쉬운 소리 할 녀석도 아니고, 설득한다고 넘어갈 성격도 아닌 것 같은데."

범수가 입술 끝을 올리며 물었다. 능글맞게 보이는 웃음이 곤란할 정도였다. 무릎 위에 손을 모으고 있던 푸름은 방금 전 보였던 엷은 미소와 함께 입을 열었다.

"하셨어요, 아쉬운 소리."

"김 팀장이요?"

범수가 눈을 동그랗게 뜨며 물었다. 믿기지 않았다. 곧 죽어도 남 앞에서 그런 소리 할 녀석이 아니다. 오히려 아쉬운 소리를 항상 듣는 쪽이었다.

"네."

"뭐라고 했는데요?"

범수가 집요하게 물었다. 대답 대신에 푸름이 어색하게 웃었지만 범수가 재차 재촉했다. 서른다섯 나이답지 않은 집요함에 푸름이 곤란해하는 사이, 문이 열렸다.

"잘해 준다고 했다, 왜."

벌컥 문을 열고 들어오는 이는 여준이었다. 당연했다. 회사에서 이렇게 무례하게 들어올 수 있는 이가 또 누가 있겠는가.

2주 만에 그의 얼굴을 보게 된 푸름이 무덤덤한 고갯짓으로 인사를 대신했다. 반가움에, 그리고 왠지 모를 긴장감이 표정 위로 드러났지만 애써 감춰야 했다.

그걸 모르는 여준은 마치 어제 보고 오늘 보는 듯한 그녀의 인사에 눈썹 사이를 구겼다.

"진짜? 네가 잘해 준다고? 그걸 정말 믿었어요, 푸름 씨?"

무슨 사기를 쳐도 그런 사기를 치냐는 뉘앙스로 범수가 푸름에게 재차 물었다. 역시 푸름은 어색한 웃음만 지었다.

"당했네, 당했어. 쟤가 진짜 잘해 줄 것 같아요? 누구를 살갑게 챙기는 걸 못 봤는데. 푸름 씨 사기당한 거예요."

범수의 적나라한 예시에 푸름이 고개를 들어 그를 올려다봤다. 그녀가 알던 그의 모습과 범수가 지켜본 그의 모습은 달랐다.

그런 사람이었던가? 푸름이 입술 끝을 오므리며 생각에 잠겼다. 알지 못하던 그의 모습을 마주하게 된 것 같은 느낌이 색달랐다.

그녀를 내려다보던 여준이 여전히 사기꾼이라 중얼거리는 범수를 향해 말했다.

"데려가도 상관없지?"

"벌써? 난 수다 좀 더 떨까 했는데?"

"놀고 싶으면 퇴근을 해."

"여우 같은 마누라와 토끼 같은 딸들이 있지만 그건 사절이다. 푸름 씨, 수고해요. 김 팀장이 괴롭히면 얘기하고."

범수에게 짧게 인사를 건네고 푸름은 대표실에서 풀려났다. 나란히 선 여준이 먼저 앞장섰다. 대표실을 나오고 비서실을 지나니 바로 엘리베이터가 나왔다. 푸름은 넓은 그의 어깨를 감상하며 두 걸음쯤 뒤에서 따라 걸었다. 엘리베이터 앞에서 멈췄을 때도 푸름은 여준보다 몇 걸음 뒤에 있었다.

"잘 지냈어?"

1층에서 올라오는 엘리베이터를 확인하고 여준이 물었다. 그의 시선이 멀찌감치 떨어져 걸어오는 그녀에게 향했다.

"네."

"밥도 많이 먹었고?"

"네."

"살은 안 찐 것 같네."

안 찌다니. 혜옥이 삼시 세끼 잘 챙겨 주는 바람에 예정에도 없는 살이 늘어났는데. 하지만 푸름은 애써 그의 말을 고쳐 주지 않았다.

"그런데 넌 나 안 반가워하더라. 2주 동안 전화 한 통 없었으면서."

살갑게 들리는 말투에 푸름은 말을 삼켰다. 여기는 회사인데. 그러면 너라고 부르는 건 고쳐야 하지 않을까. 그리고 전화는 나만 안 한 게 아닌데. 그렇다고 우리가 사적으로 전화할 사이는 아니지 않나.

푸름이 아랫입술을 깨물며 여전히 등을 보인 채 앞에 선 여준을, 엘리베이터를 통해 바라봤다. 눈이 마주치자 푸름은 자연스레 고개를 돌렸다. 그가 나지막이 웃는 소리가 들렸다.

"좋네. 회사에서 보니까."

가까이 서 있지 않다면 들리지 않을 정도로 여준이 작게 중얼거렸다. 푸름의 눈동자가 커지는 순간, 엘리베이터가 도착했다. 먼저 올라탄 여준이 9층 버튼을 누르고 멀뚱멀뚱 선 푸름을 쳐다봤다.

"안 타?"

또다시 시선이 마주쳤다. 푸름이 마른침을 삼키며 안에 탄 여준을 뚫어지라 바라봤다.

자연스레 그녀의 시선이 밖으로 드러난 그의 왼손으로 향했다. 허전한 손가락은 현재 그의 옆에 아무도 없음을 뜻했다. 아니, 혹시 모른다. 거추장스러워 반지를 안 끼는 걸 수도 있지. 갑자기 아이 사진을 내밀며 딸이라고 소개를 할 수도 있다.

푸름은 피가 날 듯이 마른 입술을 깨물었다. 참고 억누르는 듯한 푸름의 표정에 여준의 낯빛이 어두워졌다.

설마 저한테 다가오고 계신 거예요?

아니죠? 나한테 오고 있는 거, 아니죠?

그렇게 묻고 싶지만 또 참아야 하는 푸름은 어렵게 한 발자국을 뗐지만, 그도 멀리 가지 못했다.

"……계속하실 거예요?"

작은 그녀의 물음에 그가 고개를 살짝 기울였다. 무슨 뜻인지 모르겠다는 얼굴이었다.

"반말이요. 회사잖아요."

푸름의 나지막한 목소리에 여준이 피식 웃었다.

"탑시다. 이푸름 대리."

결국 그녀는 묻고 싶은 것을 묻지 못한 채 엘리베이터에 올라탔다.

혼란, 그 자체였다.

"이푸름입니다. 잘 부탁드립니다."

적당히 허리를 숙여 인사를 마친 푸름은 제게 집중된 시선을 덤덤하게 받아 냈다. 대표실에서 범수와 잠깐의 면담을 끝으로 기획조사팀이 모인 곳에 입성한 푸름은 빤히 닿는 시선이 이제야 부담스러워진 건지 힐긋 옆에 선 여준을 돌아봤다.

팔짱을 낀 채 그녀를 빤히 지켜보던 여준이 반응 없는 팀원들을 쓱 둘러봤다.

"뭐합니까? 박수."

이제서야 박수 소리가 들려왔다. 느릿하게 시작된 박수 속도가 점점 빨라졌다. 그중 기획조사팀의 남자 직원들인 현석과 민기가 열정적으로 손뼉을 쳤다. 여준의 눈썹이 삐딱하게 올라갔다.

"회의합시다."

여준의 말에 푸름을 제외한 네 명의 기획조사팀 직원들이 부리나케 움직였다. 사무실 내에 있는 팀장실과 회의실은 바로 옆에 붙어 있었다.

푸름 역시 안내받은 자리에 가방만 내려 두고 다이어리만 챙겨 든 채 회의실로 향했다.

"아, 회의 전에 공지가 하나 있는데."

가장 상석에 앉은 여준이 끝에 앉은 푸름에게 시선을 주며 운을 뗐다. 팀원들의 시선이 전부 푸름에게 향했다.

"지난 영업 보고 때 올라온 YS인터내셔널 프로젝트는 이푸름 대리가 맡을 겁니다. 이의 있습니까?"

들려오는 말은 없었다. 모두 푸름이 직전에 다녔던 회사에서 어떤 경력을 쌓고, 어떤 프로젝트를 수행했는지 알고 있었다. 여준이 그럴 줄 알았다는 듯이 현석과 민기가 나란히 앉은 쪽을 돌아보다가 반대편을 보았다. 대리인 혜정과 파릇파릇한 신입 사원인 미윤이 눈을 반짝이고 있었다.

"이푸름 대리는 이미윤 씨가 서포트하면 되겠네요."

당연하다는 듯이 말하는 여준에게로 시선이 집중됐다. 팀원들의 반응이 뭔가 이상하자 푸름은 조심스레 뒤로 빠져 상황만 지켜봤다.

"아, 팀장님. YS인터내셔널은 지금까지 장현석 씨가 미팅을 다녔는데요. 그럼 장현석 씨가 서포트하는 게 맞지 않나요?"

혜정이 끼어들어 설명을 덧붙였다. 지금까지 총 세 번의 미팅을 진행했던 현석이 자기가 서포트하겠다는 듯이 여준을 돌아봤지만 그는 말없이 회의 자료를 펼쳤다. 혜정이 아는 걸 팀장인 여준이 모를 리 없다. 그리고 지금까지 있었던 미팅은 모두 여준도 동행했었다. 일순 무시당한 현석이 당황한 듯 뒷목을 긁적였다.

"장현석 씨 업무량이 많아서 분배하는 겁니다. 인수인계는 알아서 하고, 회의 시작하죠."

이상한데. 업무량 차이가 그렇게 많이 났었나? 혜정이 의아하다는 듯이 고개를 기울였지만, 팀장이 선을 그은 일에 다시 손을 들 수는 없었다.

푸름은 옆에 앉은 미윤이 잘 부탁드린다며 인사를 건네 오자 어색하게 마주 웃었다.

그렇게 라운코리아에서의 첫 회의가 지나갔다.

점심시간. 급식을 배불리 먹고도 아직 모자란다는 지윤을 따라 매점에 온 푸름은 빵을 사기 위해 벌떼처럼 모인 학생들 사이로 비집고 들어갔다. 곧 그녀가 좋아하는 초코 빵과 캐릭터 스티커가 든 빵을 두 손에 들고 나타날 지윤을 떠올리며 푸름은 자판기 앞에 섰다. 지윤이가 뭘 먹더라.

"음료수 앞에서 고사 지내냐?"

그 순간 뒤에서 튀어나온 손이 투입구에 연달아 동전을 넣었다.

"어? 선생님이다."

푸름이 여준을 발견하고 헤벌쭉 웃었다. 오전 수업 때 보고 또 보는 얼굴 뭐가 좋다고 저렇게 웃을까, 생각하며 여준은 당도가 거의 없는 과일 주스를 하나 뽑아 푸름에게 내밀었다.

"저는 콜라 마실 건데."

"탄산 몸에 안 좋아. 이거 마셔."

"저 이거 안 좋아하는데."

달지도 않고, 톡 쏘는 맛도 없어서 멀리하는 과일 주스다. 푸름은 고개를 저으며 처음으로 그의 앞에서 싫다는 말을 해봤다.

"너 체력장에서 4등급 받았더라?"

체력장, 4등급. 공부 잘하는 애들은 다 잘할 것이라는 편견을 깬 점수였다. 정말 오래달리기 때는 죽을 것 같았는데. 푸름이 눈을 크게 뜨며 그를 올려다봤다. 어떻게 알았냐는 뜻이었는데 여준은 대답 대신에 강요를 선택했다.

"잔말 말고 마셔. 그런 거 마시니까 4등급이나 받는 거지."

여준이 억지로 그녀의 손에 음료수를 쥐여 주었다.

아닌데. 지금은 딱 탄산인데. 그리고 탄산음료랑 4등급이랑 무슨 상관이라고. 내신만 1등급이면 되지. 얼떨결에 손에 들린 과일 주스를 내려다보며 푸름이 미간을 구겼다.

"그런데요, 선생님."

"왜."

제자에게는 과일 주스를 뽑아 주고 정작 본인은 사이다를 뽑아 든 여준이 캔을 따며 대답했다.

"여기 매점인데. 저한테 이렇게 말 거셔도 돼요?"

때를 맞춰 2학년 여학생들이 삼삼오오 모여 그에게 인사를 하고 지나갔다. 여준은 대수로울 것 없다는 얼굴로 푸름에게 뽑아 준 과일 주스를 하나 더 뽑았다.

"전교 1등이랑 수학 선생이 붙어서 재미없는 얘기라도 하는 모양이구나 싶겠지."

묘하게 설득력 있네. 푸름이 주변을 둘러보다 입술을 삐죽 내밀었다.

"다행인데 기분은 별로네요."

"까분다, 또. 이거 네 친구 주고. 수업 때 보자."

비어 있는 손에 똑같은 음료수를 쥐여 주고 여준은 중앙 계단 쪽으로 향했다. 그 뒤를 따라붙는 여학생들이 삼삼오오 인사를 하며 지나가고 저들끼리 킥킥거리기도 했다.

그 모습을 빤히 바라보던 푸름은 손에 들린 두 개의 음료수를 보며 픽 웃음을 지었다.

"내 것만 뽑아 주지."

"무슨 생각을 그렇게 합니까?"

자판기 앞에서 멍하니 서 있던 푸름이 정신을 차렸다. 어느새 가까이 다가온 여준이 그녀의 뒤에서 손을 뻗어 자판기 안으로 동전을 집어넣고 있었다.

좁은 벽과 그의 사이에 갇힌 푸름이 빠져나갈 틈을 찾는데도 여준은 비켜 주지 않았다. 태연하게 음료수를 뽑아 그녀에게 내밀 뿐.

어느 순간을 떠올리게 하는 과일 주스를 물끄러미 내려다보며 푸름이 입을 열었다.

"저 콜라 마실 건데요?"

"그 버릇은 아직도 못 버렸네. 운동은 여전히 못하지?"

또 반말. 여준이 작게 웃으며 또 동전을 집어넣었다. 하지만 그는 콜라가 아닌 똑같은 과일 주스를 하나 더 뽑았다.

이것도 달기만 해서 몸에 안 좋은 건 마찬가지인데. 손에 들린 음료수를 빤히 내려다보던 푸름은 할 수 없이 뚜껑을 땄다.

"YS인터내셔널 자료는 검토해 봤어요?"

"하는 중입니다."

"막히는 건 없고?"

"아직은 없습니다."

"다행이네. 내일 중으로 검토 끝내고 회의 잡죠. 어차피 측정 계수랑 지표는 정해졌으니까 어려울 거 없을 겁니다."

그렇다고 쉬운 일도 아니지. 푸름이 하고 싶은 말을 꾹 참고 대답 없이 고개만 끄덕거렸다. 아무도 없는 빈 휴게실인데, 존댓말을 하는 여준이 어색했지만 먼저 말을 꺼낸 것도 자신이니 고쳐 달라 할 수도 없었다. 어차피 회사는 회사니까.

"집에서 회사 멀지 않아요?"

자판기 옆에 기대선 여준이 물었다. 그저 부하 직원을 생각해서 건네는 말인 듯 단조로웠다.

"괜찮습니다."

"얼마나 걸려요?"

이런 건 대체 왜 묻는 걸까, 신상 조사하는 것도 아니고.

"별로 안 멉니다."

"우리 카풀 할까요?"

음료수에 고집스럽게 시선을 고정하고 있던 푸름이 눈을 크게 떴다. 싱긋. 눈이 마주치자 여준은 자신이 무슨 말을 했는지, 빤히 알고 있다는 얼굴로 웃어 보이기만 했다.

"싫어요? 카풀."

상사와의 카풀을 좋아하는 직장인이 대한민국에 몇이나 있다고. 푸름은 여유롭게 물어 오는 여준의 목소리를 되새겼다.

"좋아해야 하나요?"

"보통은?"

"왜요?"

"잘생겼고, 멋있고, 키도 크고, 다정한 상사가 이런 제안을 하면 보통 좋아하죠. 내 얼굴, 좋아했던 거로 아는데."

빠르지도, 느리지도 않은 적당한 속도로 내뱉어진 그의 말에 푸름은 정신을 뺏겼다.

"내가 왜 좋은데?"

"잘생겨서요."

"……뭐?"

"그래서 다 좋아졌어요."

아, 대체 내가 왜 그랬더라. 그리고 이 사람은 지금 왜 이럴까.

무슨 말을 해야 할지 몰라 푸름은 아랫입술을 꾹 깨물었다. 머릿속을 번뜩 스쳐 가는 장면들과 목소리가 연이어 떠올랐다. 열 걸음 떨어져 있는 거리를 단숨에 좁혀 다가오는 여준이 했던 행동들. 의미를 부여하면 안 되지만, 어쩔 수 없이 그렇게 되는 그의 말들.

여준의 입가에 작은 미소가 걸렸다. 잠자코, 가만히 기다려 볼까 했지만 푸름의 입은 쉽게 열리지 않았다. 역시나, 어렵구나. 이푸름.

"그런데 이푸름 씨는 나한테 물어볼 거 없어요?"

멍하니 있던 푸름이 고개를 들었다. 푸름과 시선이 부딪치자 그는 싱긋 웃어 보이며 음료수를 땄다. 딱, 하는 소리가 작은 휴게실을 울렸다. 그녀의 숨소리도 들리지 않는 작은 휴게실 안이 긴장감으로 맴돌았다.

"결혼은 했는지."

그가 허공에 대고 말했다.

"혹은 결혼을 할 여자가 있는지."

"······."

"안 궁금합니까?"

자판기에 기대어 선 여준이 물끄러미 그녀를 내려다봤다. 여유가 넘치는 그에 반해 그녀는 점점 구석으로 몰리는 기분이었다.

민세연.

결혼, 여자. 김여준이란 이름 옆에 붙게 되는 명사가 그것들이라면, 떠오르는 이름은 단 하나였다.

하지만 묻고 싶지는 않았다. 자존심이 허락할 수 없는 문제이기도 했고, 그렇다는 대답을 들을까 봐 또 겁에 질린 탓도 있었다.

대체 이 버릇은 언제쯤이면 고쳐질까. 겁먹고 뒤로 물러서는 거. 8년을 후회했으면서 그녀는 또 물러서고 있었다. 그만큼 여준은 예전에도, 지금도 그녀에게 영향력 있는 사람이었다.

몇 번이나 눈꺼풀을 깜빡인 그녀가 마른 입술을 열었다. 혹여 목소리가 떨릴까 봐 한마디 한마디를 내뱉는 것이 조심스러웠다.

"안 궁금한데요."

"왜요?"

그는 믿지 않았다.

"왜 안 궁금합니까?"

자신에 대해 모든 걸 궁금해했던 그녀를 기억하니까.

여준이 다 마시지도 않은 음료수를 쓰레기통에 버렸다. 여준을 마주 보며 시선을 따라 움직이던 푸름의 시선이 다시 그를 향했다.

"제가 그걸 궁금해야 하는 특별한 이유가 있습니까?"

"개인적으로 그래 줬으면 합니다."

"왜요?"

똑같은 물음이 다시 그에게 되돌아왔다. 그의 입꼬리가 슬쩍 위로 향했고, 푸름은 물음을 멈추지 않았다.

"완주까지 데려다주고, 좁은 방에서 자고, 우리 할머니가 주는 밥 맛있게 먹고, 출근하라고 하고, 자꾸만 그렇게 웃으면서."

"······."

"제가 그걸 궁금해하면 팀장님은 어떠실 것 같은데요?"

궁금했다. 당신의 이런 모든 행동에 과연 특별한 의미가 담겨 있을지.

"혹시······."

유난히 느리게 시작한 그녀의 목소리에 여준이 집중했다. 혼란스러운 푸름의 표정 위로 그녀가 뱉어 낼 말이 무엇일지 그는 이미 알고 있었다.

그리고 그 찰나에 휴게실 문이 열렸다.

"어라. 김 팀장, 여기 있었네요?"

갑자기 등장한 범수의 목소리에 푸름의 입이 다물어지고, 여준은 한숨을 삼켰다. 타이밍도 참, 거지 같아서는.

등을 보이고 있던 여준이 몸을 돌려 범수를 마주 봤다.

"넌 대표가 자꾸 그렇게 싸돌아다닐 거냐?"

"섭섭하게 무슨 그런 말을. 어? 푸름 씨도 있었어요?"

그의 몸에 가려져 있던 푸름을 발견한 범수가 반가운 듯 목소리를 높였다. 푸름이 어색한 웃음으로 대답을 대신했다.

짧은 순간, 푸름과 여준의 시선이 부딪쳤다. 푸름은 곧장 시선을 피했다. 마치 다시 입을 열 생각이 없다는 듯이.

그걸 증명하듯 굳게 다물린 입술은 아쉽게도 다시 열리지 않았다.

4화 /

부르지 못할,
너의 이름은

텅 빈 냉장고를 바라보며 여준이 한숨을 삼켰다. 시켜 먹
는 건 질렸고, 해 먹는 건 자신이 없고. 학교에서는 급식으로
해결하면 그만인데 주말은 이게 문제였다. 끼니때마다 고민
을 해야 한다는 것.

오랜만에 외식이라는 걸 해 볼 생각으로 여준은 입고 있는
옷 위에 간단하게 카디건을 걸치고 집 밖으로 나왔다. 아들
이 집에서 쌀 한 톨 사다 놓지 않고 매번 배달 음식과 외식으
로 해결한다는 걸 알면 어머니가 뭐라고 하실까, 염려는 들
었지만 일단은 고픈 배를 채우는 게 먼저였다.

한참을 식당가를 찾느라 걷던 여준은 어느새 다른 동네까

지 왔다는 걸 깨달았다. 처음 온 곳은 아니지만 차로 이동할 때마다 지나갔던 시장 골목이었다. 운동이라도 하는 셈치자며 시장 쪽으로 걸음을 이어 갔다. 그러다 초입에 있는 순댓국집을 발견한 여준이 멈춰 섰다.

선호하는 메뉴는 아니지만, 일단은 지금 배가 고파 죽을 것 같아 그런 걸 가릴 처지도 아니었고, 더 걷고 싶지도 않았다. 이미 집에서 30분 이상 걸어왔는데 더 가다가는 정말 굶어 죽기 직전의 상태가 될 것 같았다.

망설임 없이 식당 안으로 들어갔다.

허름한 2층 건물에 1층이 식당인 국밥집 안은 이미 대부분의 테이블이 가득 차 있었고, 운 좋게도 딱 한 테이블이 비어 있었다. 냉큼 자리에 앉은 여준이 식당을 쓱 둘러봤다.

메뉴는 순댓국 하나. 선택의 여지가 없었다. 여기서 뭘 드시겠냐고 물어보는 종업원은 있을 수가 없었다. 손님이 와도 알은체도 안 하는 걸 보니, 주문을 할 필요도 없는 단출한 메뉴였다.

여준은 바빠 보이는 주방을 흘겨보다가 휴대폰으로 시간을 확인했다. 벌써 오후 1시. 이제 슬슬 기말고사 문제를 뽑기 시작해야 하는데 늦잠으로 꽤 많은 시간을 허비했다. 일단 밥을 먹고, 집으로 돌아가서 일을 좀 하다가 저녁에…….

"순댓국 나왔습니다."

역시. 주문도 안 한 순댓국 한 그릇이 멋대로 나왔다. 여준은 제 앞에 국밥 그릇을 내려놓는, 아기처럼 작고 하얀 손에 눈길을 주었다가 그대로 고개를 들었다. 시선과 시선이 부딪친 찰나, 맨 뒷자리에서 '깍두기 한 그릇 더!'를 외치는 걸걸한 목소리가 들려왔다.

"야, 너."

"네. 갖다 드릴게요."

푸름 역시 여준을 보고 놀란 눈치였지만, 서둘러 소리가 들린 자리로 다가가 깍두기를 갖다 주고는 옆 테이블에서 물을 갖다 달라고 하자 웃으면서 '물은 셀프인데, 오늘은 특별히 제가 갖다 드릴게요' 하는 고단수나 할 만한 멘트도 내뱉었다.

생각지도 못한 곳에서 푸름을 마주친 여준은 잠시 멍한 채로 있었다. 식당은 계속 들어오는 손님들로 북새통을 이뤘고, 홀에 있는 푸름은 바쁜 나머지 그를 살필 겨를이 없어 보였다. 뭐, 꼭 그래야 하는 것도 아니고.

밥이 코로 들어가는지, 입으로 들어가는지 여준은 기계적으로 숟가락질을 하며 푸름을 살폈다. 주방에서는 할머니 한 분이 바쁘게 움직이는 모습이 보였고, 푸름은 쉴 새 없이 뚝배기와 반찬들을 날랐다. 조금만 살펴도 어제오늘 한 솜씨가 아니라는 걸 깨달을 수 있었다.

대체 뭐야. 전단지도 아니고 오늘은 식당이야? 정체 모를 기분 나쁨에 여준이 미간을 좁히며, 국밥 안에 들깻가루를 한 숟갈 넣었다. 다른 반찬은 건드리지도 않고 오직 국물만 떠먹던 그의 시선은 빈 테이블을 치우는 푸름에게 고정됐다.

어느새 가게 안은 한산해지고 여준을 비롯해 딱 한 테이블만이 남았을 때, 그녀가 주변을 둘러보다가 그를 발견하고선 미간을 좁히더니, 곧장 다가왔다.

뭐야. 날 이제 본 거야?

"뭐 하세요?"

여준의 행동을 빤히 내려다보며 푸름이 고개를 갸웃거렸다. 그럼 너는 여기서 뭐 하는데. 삐딱한 말이 튀어나올 뻔한 것을 참은 여준이 한숨마저 참았다.

"밥 먹잖아."

"들깻가루, 좋아하시나 봐요."

"뭐?"

"그렇게 드시면 맛없는데."

어느새 수북이 쌓인 들깻가루를 발견한 여준이 당황해하는 사이 푸름은 에휴, 발음마저 정확한 한숨과 함께 능숙하게 그의 뚝배기를 들고 주방으로 다가갔다. 안에서 몇 마디 오가는 소리가 들린 후, 푸름이 다시 새 국밥을 들고 그의 앞에 내려놨다.

졸지에 민폐 손님이 된 것 같은 기분에 민망한 여준이 헛기침을 터트렸다.

"다시 안 갖다 줘도 되는데."

"괜찮아요. 선생님이 저 보고 놀란 것 같다고 할머니한테 설명해 드렸어요. 대신 이번에는 조금만 넣으세요. 국산 깨라 비싸단 말이에요."

국산 어쩌고 하는 푸름의 말은 들리지 않았다. 여준의 입이 바싹 말라 왔다.

"할머니?"

"네. 여기, 저희 집인데?"

푸름의 말이 끝나자마자 기다렸다는 듯이 주방에서 혜옥이 나왔다. 펄펄 끓는 뚝배기를 앞에 두고 여준이 벌떡 몸을 일으켰다. 예상치 못한 전개로 흘러가는 상황에서 여유로운 건, 역시 푸름 하나였다.

"아이고, 우리 푸름이 선생님이라고. 내가 선생님을 몰라보고 이러코롬 대접을 했네, 그려. 잘 오셨습니다, 잘 오셨어요."

완주 토박이인 혜옥이 갑자기 윗동네 사투리를 쓴다는 건 필히 흥분했다는 증거.

혜옥은 놀라거나, 당황스러울 때마다 충청도 사투리를 함께 쓰고는 했다. 푸름이 엷게 웃으며 말했다.

"저희 외할머니세요. 할머니, 우리 학교 수학 선생님."

"부모님 안 계시고 할머니랑 살아. 외할머니인가 그럴걸?"

아, 내가 왜 이걸 몰랐을까. 미성년자 아르바이트생한테 제대로 된 최저 시급은 챙겨 주는 건가, 쓸데없이 걱정을 하고 있었다. 하필 입고 있는 옷이 그저 집에서 편하게 입는 옷이라는 것에 괜히 신경 쓰며 여준이 목 부근을 만지작거렸다. 넥타이도 없는데, 괜히 목이 조이는 기분이다.

"우리 푸름이 잘 부탁드립니다, 선생님. 야가 공부 말고는 할 줄 아는 것이 아무것도 없어요. 수학이면 산수 아니여, 산수? 어쩐지 우리 손녀 딸래미가 산수 공부만 하는 이유가 여기 있었네. 무슨 수학 선생님이 이리 잘생겼을까. 증말 징하게 잘생겼네."

징하게 생기다니, 그게 대체 어떻게 생긴 건데요. 식어 가는 뚝배기 그릇을 내려다보며 푸름은 안타까운 눈으로 여준을 올려다봤다. 혜옥의 두 손에 손이 꼭 잡힌 채 어정쩡하게 서 있는 모습이 안쓰러울 정도였다.

때마침 운 좋게 다시 손님들이 들이닥쳤다. 평소 이틀에 한 번 꼴로 식당에 들리는 근처 공장의 인부들이었다.

"아이고, 푸름이도 있었어?"

"푸름이 공부는 안 해?"

나이 지긋한 아저씨들이 자리에 앉으며 푸름이에게 한마디씩을 던졌다. 여준과 다시 인사를 나눈 혜옥이 주방으로 향하며 인부들의 자리에 물과 컵을 내려놓았다.

"내 손녀딸 힘든 거 알면 반찬은 알아서들 갖다 먹어. 금방 갖다 줄라니까."

"거참, 언제 할머니한테 손님 대접받아 보나."

할머니 덕분에 할 일이 없어진 푸름은 기다렸다는 듯 여준의 맞은편에 앉았다. 여준은 여전히 뭐가 어떻게 돌아가는지 모르겠다는 얼굴이었다.

"식사 안 하세요? 식어요."

"넌 안 도와 드려도 돼?"

"선생님 덕분에 농땡이 치려고요."

괜히 주방을 눈치 보며 여준이 자리를 잡고 앉았다. 대충 골라 들어온 식당이 하필 푸름의 외할머니가 하는 가게일 줄이야. 뭘까, 이 장난 같은 우연들은. 뭔가 푸름이 만든 세계로 계속 빨려 들어가는 기분이다.

"안 드세요?"

"먹어."

노골적인 시선에도 불구하고 여준은 숟가락을 들었다. 정수리에 닿는 시선이 빤히 느껴졌지만 애써 무시했다. 얼큰한

국물을 입속으로 밀어 넣고 밥을 말았다. 푸름은 반찬 그릇을 여준의 앞으로 밀더니 다음은 컵에 물까지 따랐다.

"오늘은 전단지 안 돌려?"

여준의 물음에 놀란 푸름이 급히 주방을 확인했다. 다행히 혜옥은 그 안에 있었다. 처음 보는 푸름의 태도에 여준의 미간이 묘하게 찌푸려졌다.

애가 설마.

"너 할머니한테 말 안 하고 아르바이트하는 거야?"

"네. 그러니까 선생님도 비밀로 해 주세요."

이상하다. 자꾸만 삐딱하게 굴고 싶어진다. 여덟 살이나 어린 그녀에게.

"내가 왜."

"선생님이잖아요."

"내가 네 담임이냐? 비빌 곳이 그렇게 없어?"

그는 화가 난 게 분명했다. 공부로 제일 바빠야 할 시기에, 아르바이트로 바쁜 푸름의 사정 때문에 화가 났다.

"그래서 저희 할머니한테 얘기하실 거예요?"

"해야지. 학생이 하라는 공부는 안 하고."

마지막 말은 내뱉어 놓고도 후회를 했지만 여준은 말을 거두지 않았다. 뭐든 잘하는 푸름이 제일 열심히 하는 게 공부라는 것을 뒤늦게야 깨달았다. 여준은 괜히 민망해져 크게

172

한 숟가락을 떠서 입으로 가져갔다. 꼭꼭 씹어 넘기는 와중에도 뺨에 닿는 그녀의 시선은 떨어질 줄 몰랐다.

"주말마다 이렇게 도와 드리는 거야?"

"아르바이트 없을 때는요."

"그럼 너는 주말에 공부 안 해?"

"왜 안 해요. 저 엄청 열심히 해요."

푸름이 어깨를 으쓱이며 대답했다. 딱히 대꾸할 말이 없어 여준은 그릇만 뒤적거렸다. 엄청 열심히 공부한다는 학생한테 더 잔소리를 하는 것도 우스웠다. 내가 담임도 아니고.

"아무래도 잘한 것 같아요."

서운한 기색 없이 물어 오는 목소리가 꽤 밝았다. 내심 다행이라 생각하며 여준이 툴툴거렸다.

"뭐를."

"고백이요."

"풉!"

급하게 입을 막은 여준이 사레가 걸린 듯 그대로 기침을 내뱉었다. 두 손으로 얼굴을 받치고 있던 푸름이 태연하게 컵을 내밀었다. 벌컥벌컥 그대로 물 한 컵을 단번에 마신 여준의 얼굴이 급격하게 붉어졌다.

"뭘 그렇게 놀래요, 처음 듣는 것도 아니고."

"야, 놀란 게 아니라 어이가 없어서……."

당황한 여준이 헛웃음과 함께 입을 열었지만 푸름의 미소는 더 짙어지기만 했다. 이 상황에서 불안한 건 여준 혼자였다.

"고백하니까 자꾸 선생님을 만나잖아요. 저한테 관심도 가져 주시고."

"내가 무슨 관심을……!"

"물론 선생님이 학생한테 가지시는 관심이겠지만."

그가 부정하기도 전에, 푸름은 고개까지 끄덕이며 인정하듯이 말했다. 한숨을 내뱉듯이 웃음을 터트린 여준이 어쩌지도 못하는 얼굴로 그녀를 마주 봤다. 선까지 그어주니 더 할 말도 없고. 이 상황에서 더 말하기도 애매하고.

"안 드세요? 우리 할머니 순댓국 맛있는데."

씨익 입가에 웃음을 지으며 푸름이 그의 뚝배기 그릇을 가리켰다. 그래, 맛있는 거 나도 안다, 알아.

여준이 찝찝한 얼굴로 다시 숟가락을 들었다. 그녀는 그가 한 그릇을 다 비울 때까지 몸을 일으키지 않았다.

"너 대체 아르바이트는 왜 하는 거야?"

팔이 빠진다고 해도 놀랍지 않을 정도로 두꺼운 전단지 뭉치를 들고 있는 푸름에게서 억지로 전단지를 **뺏어** 든 여준이 못마땅한 듯 되물었다.

오렌지와 파인애플이 반씩 섞인 과일 주스를 손에 들고 푸름이 그를 돌아봤다. 살짝 그를 지나쳐 가로등에 전단지를 붙이는 것도 잊지 않았다.

"2학기 때 수시 원서 쓰려면 큰돈 필요하잖아요."

당연하다는 듯이 대답한 푸름이 그의 품에서 뭉치를 조금 덜어 가져갔다. 지난번에는 치킨집이더니, 이번에는 족발집 전단지를 돌리고 있는 푸름을 우연히 만난 건 바로 30분 전이었다.

기다리고 기다리던 주말. 곧 있을 기말고사 준비 때문에 제대로 밥 챙겨 먹을 시간도 부족한 여준이 점심으로 먹을 컵라면이라도 살까, 나오는 길이었다. 그의 동네, 그가 자주 가는 마트 앞에서 마주친 푸름은 여전히 금방이라도 끊어질 듯한 낡은 책가방을 메고 있었다.

"와, 진짜 마주치네."

"……뭐?"

"일부러 선생님 동네 쪽으로 새로 아르바이트 구했어요. 정말 마주칠 줄은 몰랐는데."

아홉수도 아닌데, 왜 자꾸 꼬이는 건지. 지난 주말은 순댓 국집이더니, 이번 주말은 전단지 아르바이트란다. 여준이 질 정질정 스트로를 깨물며 미간을 좁혔다. 그녀가 등에 멘 가 방이 눈에 띄었다.

저러다 가방끈 끊어지는 거 아니야? 10kg은 족히 넘을 것 같은데.

"가방에는 뭐 든 거야?"

"참고서랑 전단지요. 도서관 가야 하거든요."

"전단지가 또 있어?"

"이만큼은 더 있을걸요?"

얘가 진짜. 이 아침부터 전단지를 돌리고 도서관에 가야겠 다는 애가 너무나도 아무렇지 않은 얼굴로 고개를 끄덕이자 여준은 짜증이 일었다. 대체 왜 짜증이 나는 건지도 모르겠 지만.

"할머님한테 말씀드리면 안 되는 문제야?"

학생이 아니라 그 어느 누구한테도 이렇게 직설적으로 물 었던 적 없었다. 개인 사정이고, 학생 개개인의 문제는 절대 관여해서는 안 된다고 생각했기 때문에.

곧장 물음을 내뱉고 후회하는 여준이었지만 말을 주워 담 지는 않았다. 물끄러미 푸름을 내려다보기 민망해 여준이 괜 히 시선을 피했다.

그 옆에 빌라 건물 대문에 전단지를 붙이며 푸름이 대답했
다.

"비싼 학원도 보내 주시고, 저 공부해야 한다고 때마다 보
약 지어 주시는데 더는 말씀 못 드리죠."

"……."

"의대 원서비가 얼마나 비싼데요. 그건 제힘으로 할 수 있
어요."

차분하고도 덤덤한 대답에 할 말을 잃은 여준이 쓴 한숨
을 몇 번이나 삼켰다. 괜한 걱정에, 괜한 참견이라는 생각이
들었다. 직접 도와줄 것도 아니면서 무슨 오지랖인지 모르겠
다.

"무슨 애가 애다운 면이 하나도 없어."

혼잣말처럼 여준이 중얼거렸다. 들고 있는 음료수 컵을 근
처 쓰레기통에 버린 여준이 멋대로 그녀의 가방을 뺏어 들었
다. 한 손으로 들어도 버거울 만큼 무게가 느껴졌다.

그의 미간이 사정없이 찌푸려졌다. 대체 왜 지금 짜증을
내고 있는가. 그것도 여덟 살이나 어린 제자한테. 대견하다
고 칭찬해 주지는 못할망정. 영문도 모르겠고, 알 수도 없고,
왠지 모르게 알고 싶지도 않았다.

"저 괜찮아요."

"내가 안 괜찮아. 얼른 붙여. 도서관 가야 한다며?"

여준이 들어 주고, 푸름이 붙이자 속도가 한결 빨라졌다. 빌라와 주택들이 다닥다닥 붙은 좁은 길은 주말 낮이라 한적했다. 여준은 푸름의 한 걸음 뒤에 서서 가만히 그녀를 따라 걸었다.

"의대가 목표야?"

"네."

"왜?"

무슨 질문이 저럴까. 푸름이 어깨를 으쓱였다.

"폼 나잖아요. 멋있고, 인정도 많이 받고. 또 할머니가 원하세요."

사람을 살리고 싶다는 사명감 따위의 대답이 아니라 그녀와 더 어울렸다.

"네 성적이면 장학금 받고도 남지."

"알아요, 저도."

여준의 손에서 전단지 한 장을 가져간 푸름이 빌라 대문 옆 가로등에 다시 전단지를 붙였다. 겸손이라고는 찾아볼 수 없는 자신만만한 대답이 마음에 들었는지 여준이 낮게 웃었다.

"의대면 어디?"

"한국대요. 선생님은 남영대 나왔죠? 한국대 떨어지면 당연히 남영대 갈 수도 있으니까 선후배 될 수도 있겠네요?"

선생님 출신 대학까지 아는 제자라. 여준이 그녀에게 전단
지 한 장을 내밀며 물었다.

"대체 그건 어떻게 아는 거냐?"

"다 아는 방법이 있죠. 제가 선생님한테 얼마나 관심이 많
은데요."

뜨끔할 정도로 무서운 말이 따로 없다. 여준이 스트로를
입에 물며 입을 다물었다. 여기서 더 물어봤자 더 무서운 말
만 더 듣겠지. 하지만 궁금했다. 대체 나에 대해서 뭘 알고
있는지. 전단지 붙이는 일에만 열중하는 푸름을 물끄러미 바
라보며 여준은 딴생각에 잠겼다.

내가 왜 여기서, 그런 걸 궁금해하는 거야.

"또 뭐 아는데?"

"네?"

"나한테 관심 많다며."

적당한 크기로 테이프를 자르던 푸름이 그를 돌아봤다. 어
려울 것 없다는 얼굴로 푸름이 대답했다.

"우리 담임 선생님이랑 소꿉친구라는 거요. 한동네에서 자
랐고, 대학도 동문이라고."

"또?"

"운동 좋아하시는 거. 테니스랑 수영, 자전거 등등."

이쯤 되면 불안할 정도다. 무슨 대답이 이렇게 술술 나와.

"진한 것보다는 맑은국 좋아하시고, 양념한 고기보다는 소금으로 간……."

목소리는 장난 같아도 내용은 정확했다. 여준이 그녀의 말을 잘랐다.

"그만. 나 무서워지려고 해."

푸름이 씨익 웃으며 마저 전단지를 붙였다. 치아로 스트로 끝부분을 잘근잘근 깨물고 있던 여준의 시선이 불현듯 그 미소에 닿았다.

"그건 할머니가 알려 주신 정보요. 평일에 저 학원 갔을 때 또 와서 식사하고 가셨다면서요? 할머니가 김치 챙겨 주려고 했는데, 안 갖고 갔다고 되게 섭섭해하셨거든요."

푸름이 맑은 얼굴로 말을 이었다. 크게 번지는 미소는 그동안 봐 왔던 거다. 분명히 지난번, 교실에 들어갔을 때도 저런 미소를 보여 주었다.

너는 알까. 지금 네가 어떤 얼굴을 하고 있는지.

여준의 시선이 급하게 그녀의 얼굴에서 떨어졌다. 흘긋 시선을 들면 보였지만 더는 볼 수가 없었다.

위험했다. 방금 자신이 보인 반응도, 지금의 그녀도.

"저도 가끔 제가 무서워요. 한다고 하면 제가 또 다 하거든요. 선생님 정보 캐는 것쯤이야."

목소리가 떨릴까, 여준은 말을 할 수 없었다. 옆 건물 벽에 전단지를 붙이는 푸름이 나지막하게 노래를 흥얼거렸다. 멍하니 그 모습을 바라보던 여준이 숨소리와 같은 헛웃음을 내뱉었다.

아니야. 아닐 거야. 쿵 하고 반응해 버린 심장을 부정하며 여준이 고개를 흔들었다. 다시 고개를 들자 열 걸음은 멀어진 푸름이 보였다.

작고, 예쁘고, 한없이 밝은 아이. 그의 제자, 이푸름.

이게 맞다. 그동안 지나치게 거리가 가까웠다. 반복됐던 우연. 그건, 그저 그것대로 남겼어야 했다. 더 들추지도 말고, 더 궁금해하지도 말고, 우연은 우연대로, 우연일 뿐이라고 했어야 했다.

"안 오세요?"

제자니까. 공부도 잘하고 대견하고, 그래서 계속 눈에 띈 거잖아.

그게 아니라면 이걸…….

"……설명할 방법이 없잖아."

부정하고, 또 부정하며 여준은 홀린 듯이 중얼거렸다.

"너 여준 쌤이랑 친해졌어?"

기말고사를 앞둔 탓인지 유난히 책상에 앉아서 문제집과 씨름하는 애들이 많았다. 자신과는 상관없는 일이라는 듯이 오늘도 매점을 털어 온 지윤이 대뜸 푸름의 옆에 앉아 물었다.

"왜?"

아무 생각 없이 던진 물음이 분명한데도 그녀는 혼자 놀랄 수밖에 없었다. 혹시 지난 주말, 함께 있는 걸 누가 본 걸까? 갑자기 심장이 쿵쾅거리듯 빨리 뛰었다.

"아니, 그냥 애들이 떠들어 대서. 심화반 반장이라 친해진 거야? 너, 애들이 선생님한테 꺅꺅거릴 때도 반응 없었잖아."

지윤은 푸름의 공책 위에 과자를 한 아름 덜어 주며 말했다.

애들이 무슨 말을 했다는 걸까. 푸름이 태연하게 아랫입술을 깨물다가 입을 열었다. 제일 친한 지윤에게도 말할 수 없는 감정이라는 걸 그동안 잊고 있었다.

"그냥, 수업을 잘하시니까."

"하여튼 공붓벌레. 다들 잘생겨서 좋다는 수학 선생을."

지윤이 그럴 줄 알았다는 듯이 대답했다. 심화반 숙제를 하고 있던 푸름이 노트를 덮었다.

"애들이 뭐라고 하는데?"

"역시 공부를 잘해야 한다고. 심화반 수업 때도 너랑 친해 보인다던데."

"아……."

"너 모르는 문제 있어도 교무실 잘 안 가잖아. 그런데 꼭 수학은 막히면 교무실 가는 것 같다고. 근데 그랬었나? 나는 잘 모르겠는데."

"……."

"신경 쓰지 마. 공부 잘하는 네가 부러워서 그래. 과자 더 먹을래?"

지윤이 다른 과자 한 봉지를 더 내밀었지만 푸름은 웃으면서 고개를 저었다. 방금 티가 나지는 않았을까, 걱정했지만 다행히 지윤은 그녀의 반응을 눈치채지 못했다. 다시 노트를 편 푸름이 억지로 샤프를 손에 쥐었다. 문제도, 그녀가 써 놓은 식도 전부 눈에 들어오지 않았다.

알고 있었다. 분명, 항상 깨닫고 있었던 문제다. 그래서 스무 살이 되면 다시 고백하고자 했던 거고. 여준과 친해지는 사이 잊고 있었다. 자신의 어리석은 행동이 그에게 큰 화를 입힐 수 있다는 걸.

그와 그녀의 접점 중에 푸름이 억지로 만들어 낸 것이 있다면, 그건 푸름이 그의 심화반 수업에 들어갔다는 거고, 지난 주말 그의 동네에서 일부러 전단지 아르바이트를 했다는 거다. 턱을 괸 푸름이 얼굴을 가린 채 문제를 푸는 척 열심히 문제에 밑줄을 그었다. 하지만 눈에 들어오는 것은 없었다.

속수무책으로 여준과 친해지면서 그에게 더 빠져들고 있었던 자신의 위치를 새삼 다시 깨달았기에.

미성년자. 고등학생. 열아홉. 그의 제자.

소문이 나서는 안 된다. 지금은 그저 선생과 학생 그 이상의 관계가 아닌, 단순히 친해졌다는 소문이지만, 어찌 될지 앞날은 알 수 없었다.

아르바이트는 동네를 옮기면 된다. 그리고 심화반 수업 때는 자리를 바꿔야 할까? 교탁에서 최대한 먼 자리로? 선생님한테 이제 할머니 식당은 오지 말라고…….

"왜 그래?"

책상 밑으로 샤프를 떨어트린 푸름 대신에 샤프를 주운 지윤이 물었다. 불안하게 흔들리는 푸름의 입술 끝이 보였다.

"푸름아."

그녀가 허무한 듯 웃음을 내뱉으며 지윤이 건네는 샤프를 받았다. 지윤이 무슨 일이냐고 물었지만 푸름은 순간 졸았다고 대답하며 다시 문제를 내려다봤다.

고백을 하는 게 아니었나.

후회가 끝도 없이 밀려왔다. 어젯밤까지만 해도 좋았다. 그와의 대화가 늘어갈수록, 그의 관심이 제게 닿을수록, 그

게 여자가 아닌 제자 이푸름에게 주는 관심, 걱정이라고 해
도 그저 좋았다. 고백을 한 기점으로 급속도로 그와 친분을
쌓으며 현실을 제쳐 뒀다.

철이 없었다. 스무 살을 기다리겠다던 마음은 전부 어디로
가고.

"너 진짜 괜찮아?"

지윤이 불안한 듯 푸름의 손을 잡으며 물었다. 푸름이 억
지로 입술 끝을 올려 웃었다.

아니, 괜찮지 않은 것 같아. 그 한마디를 꺼낼 수 없어 푸
름은 또다시 입술을 꾹 깨물었다. 섣부른 걱정이라고, 합리
화에 빠지고만 싶었다.

"선생님. 숙제 걷어 왔어요."

심화반 수업이 끝나고 교무실로 돌아온 여준이 생각에 잠
겨 있을 때였다. 늘 이 시간에 찾아오는 푸름은 언제나 그랬
듯이 프린트를 손에 들고 있었다.

"어, 그래."

옆에 앉은 세연에게 고갯짓으로 인사를 대신하고 푸름이
여준의 책상 위로 프린트를 내려놓았다. 오늘 수업 시간부터
쉬는 시간 내내 유난히 풀이 죽은 듯한 푸름을 흘긋 올려다
보며 여준은 한쪽에 챙겨 놨던 문제집을 손에 들었다.

"이거 풀어 봐. 도움 될 거야."

난이도 최상의 문제들만 추린 문제집이었다. 교사용이라 풀이 과정이 그대로 나와 있는 게 흠이지만 공짜 문제집이라면 언제나 환영이었다. 더 많이 보고, 더 많이 읽고 싶은 마음에 도서관에 있는 문제집들을 보고, 작년 3학년들이 졸업하면서 버린 문제집들 중에 새것들을 뒤져 쓰고는 했다.

"감사합니다."

문제집을 받아 든 푸름이 인사와 함께 돌아섰다. 옆에 세연이 있어서 그런 걸까. 평소와 다른 것 같은 푸름의 뒤를 물끄러미 바라보던 여준이 제자리로 고개를 돌렸다. 뭔가 느낌이 이상했다. 설명할 수는 없지만, 평소와 다르다는 건 느낄 수 있었다.

친구들하고 무슨 일이 있나? 아니면 집에?

"푸름이랑 친해졌어?"

턱을 괸 채로 아무런 의미 없이 빤히 모니터를 응시하고 있던 여준의 시선이 옆을 향했다.

"문제집 준다고 다 친해진 거야?"

"그냥, 뭐 편해 보여서. 너 애들 오해한다고 문제집 챙겨 주고 그런 거 안 하잖아."

"……그랬나."

여준이 얼버무리듯이 대답했다. 한창 감수성이 풍부할 나이. 별 뜻 없이 건넨 작은 친절에 착각할 가능성은 충분했다.

푸름은 아니라고 단언할 수도 없지 않나? 세연이 그를 흘 겨보며 말을 이었다.

"그래도 우리 반 1등인데, 너랑 친하니까 샘난다."

"뭘 또 그렇게까지 얘기해."

그만 얘기했으면 싶은데. 여준이 마우스 위에 손을 올렸 다. 석식 시간이고, 오늘 야간 자율 학습 담당은 그와 세연이 기 때문에 교무실은 텅 비어 있었다. 조용한 교무실에 그가 마우스를 딸깍이는 소리가 울렸다. 좋지 않은 기분이 그대로 반영된 듯싶었다.

"얘기할 만하니까 하는 거지. 다음부터는 뭐 챙겨 주고 그 러지 마. 사소한 호의에도 착각하고 오해할 만한 나이야, 쟤 들은."

사설이 길다. 듣기 싫을 정도로. 여준이 모니터에 시선을 고정한 채 심드렁한 얼굴로 대답했다.

"전교 1등이라 챙겨 준 거지."

"아무리 그래도 조심하라는 거야. 요즘 여고생들 무섭다, 너?"

그래, 무섭긴 하더라.

그는 의미 없이 인터넷 창을 껐다가, 켜는 행동을 반복했 다. 세연의 쓸데없는 말들은 계속됐다. 희미하게 미간을 좁힌 여준이 마우스를 들었다가 소리 나게 내려놨다. 그만하라는 그의 신호에도 불구하고 세연은 눈치채지 못했다. 여준은 답답한 마음에 한숨을 삼키고, 아랫입술을 깨물었다.

"그냥 안됐잖아. 불쌍하기도 하고."

"푸름이?"

하고 싶지 않은 말이지만, 한 번도 그리 생각해 본 적 없지만, 세연이 그만할 수도 있겠다는 생각이 들어 여준은 아무렇게나 말했다. 하지만 말한 것과 동시에 가슴 한구석이 싸해졌다.

"어."

"대체 뭐가? 부모님 안 계신 거?"

이 주제로 얘기가 계속되는 것이 마음에 들지 않아, 여준이 대충 대답했다. 그저 어떻게든 대화를 마무리하고 싶었다.

"그것도 그렇고."

"하긴. 그건 좀 안됐지. 사고로 돌아가셨다고 들은 것 같은데."

키보드를 두드리는 그의 손가락이 점점 빨라졌다. 키보드 소리에 묻힐 줄 알았던 세연의 목소리는 멈추지 않았다.

"교통사고였나? 두 분이 같은 날 돌아가셨대."

"……."

"그러면 보험금은 꽤 나왔을 테니까 생활에 지장도 없을 거고. 부모님 없어 안됐긴 했지만, 그것도 어떡해. 다 자기 팔자잖아."

"……."

"너무 신경 쓰지 마. 공부 잘하고, 예쁘고, 밝고, 꾸밈없고. 할머니 밑에서 저렇게 크기도 쉽지 않지."

너무나도 쉽게 쏟아져 나오는 말에 여준이 대답을 삼켰다. 그러게, 뭐가 안됐다는 건지. 말을 뱉어 놓고도 여준은 미간을 구긴 채로 가만히 있었다.

이 상황을 회피하겠다고 마치 푸름을 동정하는 것처럼 표현한 자신도 싫었고, 부모님이 안 계시다는 말을 쉽게 하는 세연의 말투도 싫었다. 온통 싫은 것투성이에 답답하고 화를 억누르듯 가슴 안쪽에서는 미세한 통증까지 느껴졌다.

"넌 무슨 말을 그렇게……."

세연을 돌아보며 조금 심하지 않냐고, 학생 사생활 얘기를 떠벌리듯이 해도 되냐고 따져 물을 생각으로 입을 열던 순간이었다. 뒤쪽에서 탁, 하는 소리가 들려왔다.

놀란 여준이 급하게 뒤를 돌아봤지만 아무도 없었다. 잘못 들은 걸까 생각했지만, 확실히 소리를 들었다.

"누가 여기 있었나?"

"아니? 우리 둘밖에 없었는데?"

분명, 문이 닫히는 소리였는데.

하지만 교무실은 텅 비어 있었다. 세연이 옆에서 왜 그러냐고 물었다. 아무런 흔적 없는 교무실 문 쪽을 바라보며 여준이 제자리로 고개를 돌렸다.

설마 아니겠지.

"무슨 문제집이 이렇게 많아?"

멍하니 책상 위에 문제집을 내려놓은 푸름이 순간 고개를 돌렸다.

"푸름아. 너 울어?"

마치 참았던 눈물샘이 터져 버린 듯 푸름은 쉴 새 없이 눈물을 흘렸다. 놀란 지윤이 급하게 그녀의 앞으로 다가갔다. 석식 시간인지라 교실에는 아무도 없었다. 푸름이 펑펑 소리를 내며 운다고 해도 들을 이는 없었지만, 그녀는 누가 볼까봐 아랫입술을 꾹 깨물며 울음을 꼭 참았다. 그럼에도 서러움 가득한 눈망울에서 뚝뚝 눈물이 떨어졌다.

"지윤아, 나……."

말을 잇지 못한 푸름이 두 손으로 얼굴을 가렸다. 가슴이 찢어진다. 혹시나 여준이 자신을 동정할까 봐 부단히도 애를 썼다. 일부러 더 크게 웃고, 더 아무렇지 않은 척 굴었다. 힘들어도 힘들다고 말할 수 없었다. 그 뒤에 어김없이 동정이라는 꼬리표가 따라붙었으니까.

그것만은 아니기를 바랐다. 짝사랑의 결말이, 그의 마음은 얻지 못한다고 하더라도 동정과 연민은 받고 싶지 않았다.

"그냥 안됐잖아. 불쌍하기도 하고."

모두가 그렇게 말하는 것 같았다. 너는 선생님 옆에 설 수가 없어. 그 마음은 접는 게 좋을 거야.

결국 이렇게 된다고 해도, 후회는 하지 말자. 고백했던 그 마음, 그 순간을 소중히 여기자. 선생님의 옆에 설 수 없어도, 그에게 마음을 알린 것만으로도 행복하자. 그렇게 마음먹었는데, 그것들이 순식간에 무너졌다.

나는 그저 좋아한다고 말했을 뿐인데.

"왜 그래. 무슨 일 있었어?"

영문을 모르는 지윤이 푸름의 어깨를 끌어안으며 그녀를 토닥였다. 푸름은 한참 동안 그 품에 안겨 울었다.

다치고, 아파서, 엉망이 되어 버린 마음에 눈물이 그치지 않았다.

기말고사를 앞둔 정규 수업 시간. 당연히 집중해야 할 시간인데도 푸름은 유난히 창밖을 보는 시간이 길었다. 칠판에 문제를 적고 돌아선 여준의 시선이 자연히 그쪽으로 움직였다. 평소 같았으면 칠판을 뚫어지라 보고 있을 애가 오늘따라 유난히 집중을 하지 못했다.

아니, 저건 안 하는 거지.

"지금 이 문제 응용해서 기말고사 마지막 문제로 낼 거야. 풀어 볼 사람?"

교탁 앞에 선 채로 여준이 말했다. 아무도 손을 드는 이가 없었다. 기말고사로 내겠다고 선전포고를 하는데도 열의도 없고, 용기도 없었다. 팔짱을 낀 여준이 조용하게 제 눈치 보느라 바쁜 교실을 둘러봤다. 그의 시선 끝에 푸름이 닿았다.

한두 번 불렀던 이름이 아니다. 전교 1등에, 모든 선생님들이 안심하고 내세우는 선택지 중 항상 최상위를 차지하는 그녀다.

여준은 아주 잠깐 고민했다. 자신 역시 늘 최상의 선택지를 말하는 교사들 중 한 명일뿐인데, 이름 하나 부르는 게 왜 이토록 힘겨운 건지.

부르자. 불러 보자. 언제는 못 불렀던 이름도 아니잖아.

"이푸름."

그녀는 대답하지 않았다. 아마도 들리지 않는 모양이다.

학생들이 평소와 다른 푸름과 여준을 번갈아 봤다.

"……이푸름."

조금 더 낮은 목소리가 그녀의 이름을 타고 흘러나왔다. 푸름의 옆에 앉은 친구가 그녀의 팔꿈치를 톡톡 쳤다.

아무것도 없는 창밖을 향해 있던 푸름의 고개가 앞으로 움직였다. 시선이 부딪치고 푸름은 제 이름이 왜 불렸는지 빠르게 파악한 뒤에 몸을 일으켰다. 잠겨 있던 그의 목소리가 조용한 교실을 울렸다.

"나와서 풀어 봐."

자연스럽게 교실의 분위기가 풀어졌다. 전교 1등 이푸름의 이름이 불렸는데, 당연히 자기 이름들은 안 불릴 것이라고 생각해 안심한 듯싶었다.

여준이 칠판 옆에 몸을 틀었다. 분필을 잡고 선 푸름은 차분한 얼굴로 처음부터 끝까지 문제를 읽어 내려갔다. 집중을 하고 있지 않았기 때문에, 처음 보는 문제인 양 늦어지는 것도 당연했다.

평소 같으면 뭐라고 해야 할 상황이다. 수업 시간에 집중하지 못한 학생을 꾸짖어야 마땅한데, 그 어떤 말도 나오지 않았다. 입안에서 혀를 굴리던 여준이 쓴웃음을 삼켰다.

답답하고, 화가 날 정도인데, 그 원인을 알 수 없었다. 아니, 이게 학생을 상대로 가질 수 있는 정상적인 감정일까.

그의 잡생각을 꾸짖듯 조용한 교실에 분필 부딪히는 소리만 들렸다.

푸름은 망설임 없이 풀이 과정을 써 내려갔다. 묵묵히 문제를 푸는 그녀를 지켜보며 여준은 미간을 좁히다가 안도를 하다가 또다시 불안해져 쿵쿵 뛰는 심장을 혼자 진정시키느라 애써야 했다.

여준의 시선이 칠판을 향했다가, 푸름에게로 옮겨지기를 여러 번. 푸름의 눈가가 유난히 부어 있는 것을 발견한 그가 밀려오는 속 쓰림에 어금니를 악물었다. 의심은 점점 확신으로 변해 갔다.

어제, 너였구나.

다섯 줄이 넘는 풀이 과정이 끝나고, 마지막 정답을 쓴 푸름이 정답 옆에 온점을 표시한 것을 끝으로 분필을 내려놨다. 푸름은 교실에 있는 친구들이 칠판을 훤히 볼 수 있도록 비켜섰다. 고집스럽게 자신을 보지 않는 그녀의 눈동자에는 작은 온기조차 없었다.

그게, 왜 이렇게 아플까. 손끝에 땀이 어렸다. 가슴 위에 묵직한 통증이 느껴졌다. 여준의 시선이 억지로 그녀에게서 떨어져 칠판으로 향했다.

"잘했네."

쉬운 문제가 아닌데도, 군더더기 없이 깔끔했다. 단조로운 그의 짧은 한마디가 끝나고 푸름이 다시 제자리로 돌아갔다. 까딱 고개 숙여 인사할 때도 얼굴을 들지 않았다. 이 교실에 들어선 후로 눈이 마주친 건 그녀의 이름을 불렀을 때뿐이었다.

침착하게 돌아선 여준이 푸름이 풀이한 것 그대로 설명을 마쳤다. 타이밍 좋게 수업의 끝을 알리는 종이 울렸다. 반장이 인사를 하고, 아이들은 쉬는 시간을 즐기기 위해 각자 교실 밖으로 향하거나 책상에 엎드려 쪽잠을 청했다. 삼삼오오 모여 떠드는 여자애들 중에서도 푸름은 턱을 괸 채 창밖만 보고 있었다.

부를까, 말까. 수업 때는 그나마 쉽게 불리던 이름이 이제는 아예 불리지 않았다.

대체 왜? 이거야말로 네가 원했던 것 아니야? 출석부를 쥔 손끝에 힘이 들어갔다. 그의 굳은 입매가 한없이 떨렸다.

제자를 의식하는 교사라. 어쩌다 이런 우스운 꼴이 됐지.

그대로 푸름에게서 시선을 거둔 여준이 교실 밖으로 나갔다. 이름 한번 부르기 어려웠던 것처럼, 한 걸음 떼는 것조차 어려웠다. 이 한 걸음이 그녀에게서 멀어지는 걸음이기를 바라면서도 그는 알고 있었다.

그 때문에 흔들리고, 그 때문에 망설이고, 그 때문에 힘겹다는 사실을.

"감사합니다, 할머니. 잘 먹겠습니다."

"우리 푸름이 친구라 그런지 소리 하나는 우렁차네. 맛있게 먹고, 달걀이라도 부쳐 줄 테니까 쪼매만 기다려. 아이고, 내 정신 좀 봐! 소시지 굽는다고 꺼내 놓고 깜빡했네!"

괜찮다고, 충분하다고 하는데도 혜옥은 부리나케 주방으로 향했다. 지윤과는 같은 학원에 다니고 있어, 가끔 혜옥의 식당에서 함께 저녁을 해결하고는 했다. 늘 그래 왔던 것처럼 혜옥은 손녀딸과 그 친구에게 뭐 하나라도 더 챙겨 주겠다며 바쁘게 움직였다.

들깻가루 통을 열어 순댓국 안에 열심히 붓던 푸름이 문득 고개를 들었다. 빤히 닿는 시선이 느껴져 따갑다고 생각했는데, 역시 그녀의 생각이 틀리지 않았다.

"왜 그렇게 봐?"

"그냥. 너 괜찮은가 해서."

"안 괜찮을 게 뭐 있어."

"너 요즘 계속 그랬어. 특히 여준 쌤 수업 때는 더. 말도 없이 공부만 하고."

얼떨결에 들켜 버린 마음이라 궁금한 것이 많을 텐데도 지

윤은 아무런 말도 없이 그녀를 걱정했다. 푸름은 오히려 잘
됐다 여겼다. 지윤이 이것저것 과거의 일부터 캐묻는다고 해
도, 크게 해 줄 말이 없었다.

"애들이 눈치챌까 봐 그러는 거지."

"진짜 그게 다야?"

"그거 아니면 뭐가 더 있겠어. 나 진짜 괜찮아."

"그냥 안됐잖아. 불쌍하기도 하고."

푸름은 떠오르는 짧은 한마디를 무시하고 짐짓 아무렇지
않은 척 말했다. 뜨거운 김이 연신 올라오는 순댓국을 앞에
두고서 친구 걱정에 바람 잘 날 없는 지윤은 짧은 한숨을 몇
번이나 내쉬었다. 눈치로 보건대, 요 며칠 여준의 기분 역시
바닥을 기는 수준이었다.

확신을 가진 건 오늘 점심시간이었다. 푸름과 복도를 거닐
다 잠깐 스쳤던 여준은, 그녀들이 뒤를 돌아 걷는 사이에도
계속해서 푸름을 보고 있었다.

그 눈빛이 얼마나 살벌했던지. 아니, 살벌하다기보다는 걱
정은 되는데 그걸 표현할 수 없어 마치 화를 내는 눈빛. 참
고, 억누르고, 앞으로 나가려는 자신을 자꾸만 잡고 있는 느
낌. 그래서 지윤은 제멋대로 결론을 내렸다.

아무래도 이거, 쌍방 아니냐고.

"괜히 내가 입방정 떨어서 망친 것 같아."

"뭐를?"

지윤은 유난히 듬뿍 들어간 고기를 식히기 위해 접시에 덜며 되물었다.

"그래서 선생님은 너 어떻게 생각한대?"

푸름이 피식 웃음을 터트렸다. 주인공인 그 누군가에게 묻지 않아도 곧장 대답할 수 있을 만큼 쉬운 질문이었다.

"뭘 물어. 당연히 무시당했지."

"정말?"

"그렇다니까."

왜 자꾸 똑같은 걸 물어서 아프게 할까. 푸름은 짜증 났지만 오히려 쉽게 대답했다. 끝이 났으니, 이렇게 쉽게 대답할 수 있는 거라는 생각도 들었다.

"너한테 관심이 전혀 없대?"

"너 같으면 있겠어? 가르치는 제자한테."

제 입으로 인정 비슷한 말을 해 버리니 더 우울해졌지만 푸름은 티를 내지 않았다. 그러면 더더욱 우울해질 것만 같았으니까.

"그래서. 스무 살 되면 고백은 할 거야? 지금은 지금이고, 나중은 나중이지."

"글쎄. 어떡할까."

푸름은 대충 대답하며 국에 가득 밥을 말았다. 조금이라도 남기면 어디 아픈 건 아니냐, 속이 든든해야 공부를 열심히 한다며 혜옥이 걱정을 늘어놓기 때문에 남김없이 먹어야 했다.

혜옥이 걱정하는 건 죽기보다 싫었다. 그러니까 전부 먹어야지. 힘내서 공부해야지. 그래서 꼭 의대 가야지.

"무슨 밥을 그렇게 전투적으로 먹어?"

"맛있잖아. 우리 할머니 국밥."

대답하기 어려웠는지 묵묵히 밥만 먹는 푸름을 바라보며 지윤도 숟가락을 손에 들었다. 꾸역꾸역 억지로 밥을 밀어 넣는 푸름이 눈에 보였지만, 애써 알은체하지 않았다. 아니, 할 수 없었다.

"그거 학생 가방 아니야?"

화장실에서 돌아온 세연은 턱을 괸 채 인터넷 쇼핑몰로 가방을 보고 있는 여준을 흘겼다.

이런 걸 볼 애가 아닌데. 세연의 의구심을 느끼지 못한 여준이 짧게 대답했다.

"응."

"가방 사게? 여자애들 취향인데?"

"그냥, 뭐."

그가 대답을 얼버무리며 보고 있던 인터넷 창을 껐다. 세
연의 시선이 빤히 닿는 것이 느껴졌지만 모른 척 서둘러 가
방을 챙겼다. 기말고사 기간이라 일찍 퇴근할 수 있으니 오
히려 다행이었다.

매장이 어디였더라. 방금 전 인터넷에서 본 브랜드의 매장
위치를 머릿속으로 떠올리며 여준이 몸을 일으켰다.

"벌써 가게?"

"어."

"같이 저녁이라도 먹을까 했더니. 바쁜 일 있어?"

"아, 응. 조금. 먼저 갈게."

행여나 세연이 더 캐물을까 싶어 여준은 급하게 교무실을
나섰다. 학교는 한산했다. 복도를 지나는 학생들이나 다른
선생님들도 없었다. 시험이 끝난 지도 벌써 한 시간이 넘었
으니 그럴 만도 했다.

휴대폰을 꺼낸 여준이 지도 애플리케이션에 주소를 입력
했다. 인터넷으로도 구매가 가능했지만, 매장에 직접 가서
사고픈 마음에 걸음이 빨라졌다.

"정말 괜찮아? 택시 안 불러 줘도 되겠어?"

복도 끝 쪽에서 들려오는 목소리에 그가 걸음을 멈췄다. 보건실 앞이었다.

"네. 괜찮아요. 감사합니다."

"그래. 조심해서 가고."

보건 선생님을 향해 꾸벅 인사를 한 푸름이 돌아섰다. 그 순간 열 걸음 정도 떨어져 서 있는 여준과 시선이 부딪치고, 푸름의 표정이 순식간에 얼었다.

그의 짙은 눈동자가 빠르게 푸름을 훑었다. 수척해 보이는 마른 얼굴, 붉게 달아오른 뺨의 홍조가 그녀의 상태가 어떤지를 알려 줬다.

선생을 마주하자마자 저렇게 굳어지는 얼굴이라니, 여준은 손끝에 땀이 맺히는 것을 느꼈다.

"아, 김여준 선생님. 이제 퇴근하세요?"

보건실 문 앞에 선 보건 선생님이 그를 발견하고 친근하게 말을 걸었다. 굳어져 있던 여준의 표정이 어색하게 풀어졌다.

"네. 아직 퇴근 안 하셨어요?"

"학생이 열이 있다고 찾아와서요. 이제 가야죠. 그럼 조심해서 가세요."

퇴근길에 막 찾아온 학생이 귀찮았던 모양인지 빠르게 안으로 들어가는 보건 선생님을 흘겨보며 푸름은 억지로 걸음을 옮겼다. 그와의 거리가 좁혀지는데도 여준은 돌아서지도, 다가오지도 않았다. 아직 열이 떨어지지 않아 머리가 어질어질했다.

그의 앞에 가까이 가게 된 푸름은 살짝 고개만 숙여 인사를 대신하고 그를 지나쳤다.

아니, 분명 그러려고 했다.

"너 아파?"

걱정 가득한 목소리로 물어 오는 이 목소리만 아니었다면.

"아니요."

괜찮지 않지만, 아프다는 대답은 나오지 않았다. 걸음을 멈춘 푸름이 다시 발을 떼려는 순간, 그의 따뜻한 손이 푸름의 손목을 잡아챘다. 동시에 그의 미간이 찌푸려졌다. 잡은 손목 부분이 너무 뜨거워서, 생각보다 마른 손목이 거슬려서, 아프면서도 아프지 않다고 하는 그녀가 짜증 나서. 그는 여러 가지 이유를 떠올렸다.

"열 있는 거야?"

"아니요."

"이푸름."

잡힌 손목을 떨치려 하자, 여준은 더 세게 힘을 주었다. 다급하게 흔들리는 눈동자로 푸름이 주변을 살폈다. 텅 빈 복도. 아무도 그들을 보고 있지 않았지만, 겁에 질린 듯한 그녀의 얼굴이 무엇을 걱정하고 있는지 단번에 알 수 있었다.

그리고 지금까지, 그녀는 단 한 번도 이런 걱정을 한 적이 없었다는 것도 알았다.

"너 무슨 일 있어?"

그제야 그녀의 시선이 여준에게 닿았다. 어지럽게 흩어지던 시선들이 모이고, 푸름은 피가 날 듯이 아랫입술을 깨물었다. 동시에 잡힌 손목이 불편한지 계속해서 그의 손에서 벗어나려고 팔을 뒤로 빼려 했다.

여준은 모든 게 거슬렸다. 자신을 보자마자 얼어 버린 푸름도, 갈라지고 부르튼 입술에 또 다른 상처를 내는 그녀의 무신경함도, 무섭도록 곁을 차지하더니 빠르게 멀어지려는 그녀의 두려움도.

겁도 없이, 망설임도 없이. 그렇게 무작정 다가올 때는 언제고.

왜 피해. 이제 와서 네가 나를 피하면 어떡해.

요 며칠 푸름은 작정이나 한 사람처럼 숨어 다녔다. 지금처럼 복도에서 마주쳐도 짧은 인사만 하고 지나치기 일쑤였고, 수업 때는 고집스럽게 고개를 숙여 책만 들여다봤다. 심화반 수업 때는 늘 교탁 맨 앞자리에 앉더니, 이제는 구석진 창가 자리에 앉아서 창밖을 보는 횟수가 수도 없이 늘었다.

당연한 일이고, 신경 쓸 필요도 없다. 잡을 수도 없고, 잡아서도 안 된다. 오히려 다행이라고 여겨야 한다. 기다렸던 일이고, 반겨야 하는 일이다. 그런데 가슴은 왜 아리고 이토록 쓰린 건지. 나는 대체 지금 뭘 원하고 있는지.

그녀가 제게서 멀어지기를 원한다는 건 그의 입장에서, 또 학생의 미래를 위해서 다행인 일이거늘.

왜, 왜 자꾸만⋯⋯.

차갑게 굳어진 여준은 그대로 그녀의 손목을 놓으려다가 다시 힘을 주어 잡아당겼다.

"너 나랑 얘기 좀 해."

여준이 중앙 계단 쪽으로 그녀를 끌어당겼다. 행여나 아직 학교에 남은 사람이라도 있을까 푸름이 주변을 황급하게 돌아봤다. 힘주어 잡힌 손목이 아프다고 느껴질 때쯤, 그녀는 중앙 계단을 올라 옥상 문 앞에서 그를 마주 보고 설 수 있었다.

학생들의 통행이 통제되는 곳이라 인기척은 없었다. 하지만 불안했다. 아주 잠깐의 깨달음으로, 푸름은 제 작은 실수가 얼마나 큰 파장을 불러일으킬 수 있는지 계속 떠올려 봤으니까.

"나중에 하시면 안 될까요? 저 시험 기간이라 가 봐야 해서⋯⋯."

다급하게 이어지는 푸름의 말을 가로막은 여준이 그녀의

이마와 뒷목에 동시에 손을 올렸다. 뒷목과 이마를 동시에 감싸 오는 따뜻한 손길에 푸름이 어깨를 움츠렸다. 뜨겁다고 느껴질 만큼이나 열이 높은 걸 확인한 그의 미간이 확 찌푸려졌다.

"너 대체 몸 관리를……!"

"누가 봐요."

그녀가 몸을 뒤로 물렸다. 작은 얼굴과 목을 감싸던 손은 당연히 멀어졌다. 허전해진 손바닥을 내려다보며 여준은 그녀가 점점 멀어지고 있음을 깨달았다.

그래, 넌 이랬지. 요 며칠 내내 피하고, 모른 척하고.

내가 어떤 생각을 하는지도 모르면서.

"혹시 소문 돌아? 밖에서 누가 너랑 나 봤대?"

"그런 거 아니에요."

"그럼 왜 그래."

"……."

"대체 뭘 했는데, 너랑 내가."

힘들게 아르바이트하는 제자 두어 번 음료수 사 주고, 무거운 전단지 좀 들어 준 게 다인데. 우연히 들어간 식당이 너희 집일 뿐이었는데, 대체 우리가 뭘 했다고.

불안 끝에 떨리던 푸름의 입술이 다물어지고, 그녀의 시선이 위로 향했다. 높은 열 때문에 하얀 얼굴은 핏기가 없어 더 창백했고, 눈자위는 붉게 달아올라 있었다. 여준이 쓴 한숨을 삼켰다.

"5분 뒤에 뒷문으로 나와. 병원 가자."

"약 먹었어요."

"시험 기간이야. 컨디션 관리 엉망으로 하면 너……."

"저도 알아요. 이번 시험 중요한 거."

지난 며칠 동안 그녀의 머릿속은 그야말로 엉망진창이었다. 떠나가지를 않았다.

그의 연민, 그리고 동정. 마음을 드러내면 드러낼수록 자신과 그를 둘러싸고 번질 소문들. 지윤은 일어나지도 않은 일을 걱정한다고 했다. 불안해할 일이 아니라고, 아무도 너를 이상하게 보지 않는다고, 이대로 졸업까지 가면 되는 거 아니겠냐고. 하지만 끝도 없이 들이닥치는 불안감은 해소되지를 않았다.

그러니 거리를 둬야지. 이렇게 멀어져야지. 그럴 수만 있다면, 그에게 상처를 줘도 상관없지 않을까? 여준도 원하는 일이었으니까.

"제가 철이 없었어요, 선생님."

"이푸름."

"저 이제 선생님 안 좋아하려고요."

심장에 콕 뭔가 박힌 듯 쓰려 왔다. 머리를 쓰다듬다가 아

직도 나 좋아했냐? 장난스럽게 받아치며 웃어넘겨야 할 상황
이 분명한데. 왜 나는 너의 그 말들이 아프기만 한 걸까.

그는 알면서도 모른 척했다. 부도덕적인 감정이고, 가져서
는 안 되는 진심이니 마음속에서부터 거부가 일었다.

"젊은 남자 선생님 좋다고 따라다닐 처지가 아닌데, 제가
어디 아팠나 봐요. 저 공부도 해야 하고 대학도 가야 하는
데, 선생님 좋다고 따라다닐 시간이 어디 있어요."

"……."

"저도 정신 차려야죠. 그래야 의사도 되죠. 할머니한테 효
도도 해야 하는데."

일그러지듯 푸름이 어색하게 입꼬리를 올려 웃었다. 애써
환하게 웃어 보려고 노력하는 티가 역력한 그녀의 눈가는 벌
써 촉촉해졌다.

그녀를 놓친 손에, 그가 주먹을 쥐었다. 손톱 끝이 아프게
살을 파고드는 느낌이 들었지만, 그렇게 하지 않으면 손을
뻗을 것만 같았다.

잡을 수 없다. 만질 수 없다. 그것이 그와 그녀 사이의 거
리였고, 좁혀지지 않을 틈이었다. 두 사람 중, 거리를 좁힐
수 있는 사람이 있다면 그건 당연히 그의 몫이었다. 그가 움
직이지 않고서는 좁아지지 않을 거리였다.

"……병원은 가. 데려다줄게."

"저 정말 괜찮아요."

"푸름아."

"불쌍하다고 했잖아요."

마치 계속될 그의 말이 두려운 듯 급하게 내뱉어진 그녀의 말에 여준이 입술 끝을 다물었다. 이 순간에도 푸름은 웃고 있었다. 그것도 아주 환하게.

"아픈 모습까지 보여 드려서 더 불쌍해 보이기는 싫어요."

"……."

"병원은 갈게요. 걱정하지 마세요."

그녀가 급하게 몸을 되돌렸다. 그의 손이 순간적으로 뻗어 나갔다. 느슨하게 잡은 손목은 여전히 데일 듯이 뜨거웠다.

"진짜예요. 병원 갈게요. 꼭."

푸름이 그의 손을 떨쳐 내고 하나씩 계단을 내려갔다. 갈 곳을 잃은 그의 손이 힘없이 떨어졌다.

그는 푸름을 잡지 못했고, 그녀는 뒤돌아선 길을 돌아보지 않았다.

그리고 정확히 일주일 후, 채점을 마친 여준이 구겨진 미간 사이를 어루만지며 긴 한숨을 토해 내듯이 내뱉었다.

늦은 시간, 텅 빈 교무실. 그의 한숨을 신경 쓸 사람은 없었다.

"독한 건지, 미련한 건지."

푸름의 OMR 답안지를 내려다보는 그의 표정이 차갑게 굳어졌다. 미적분, 기하와 벡터, 확률과 통계까지. 수학 관련된 전 과목이 무려 만점이었다. 그것도 전교생들 중 유일하게.

할 말을 잃은 그가 짜증이 잔뜩 밴 얼굴로 답안지를 정리했다. 학생이 자신이 가르치는 전 과목 만점을 받았는데도 왜 짜증부터 나는 걸까. 여준이 작게 실소를 터트렸다.

방금 전 스치듯이 복도에서 본 그녀의 얼굴이 떠올랐다. 친구와 팔짱을 낀 채 시험 문제가 어땠느니 하고 떠들던 푸름의 목소리가 마치 환청처럼 들렸다.

이푸름.

너는 참, 구석구석 잘도 나를 엉망으로 만들어 놨네.

5화,

자각

—학교는 어때? 너 자빠뜨리겠다는 여고생들은 없냐?

아무런 의미도 없을, 범수가 아무렇게나 던진 말에 여준은 당연하다는 듯이 푸름을 떠올렸다.

열아홉, 학생, 제자. 앞에 놓인 미래가 그저 밝기만 한 나이.

그가 미간을 모은 채로 고개를 흔들었다. 범수는 보지 못할 행동이었다.

"쓸데없는 소리 한다. 회사는 다닐 만해?"

이러다가는 온종일 이푸름 생각에 허우적거릴지도 모른다. 여준은 금방 화제를 돌렸다. 우리나라에서 제일 큰 가구 회사 아들 주제에 낙하산 소리는 듣지 않겠다고 범수는 과감하게 전공을 살려 취업에 성공했다. 리서치 회사에 입사한 그는 벌써 열흘째 집에도 못 들어가고, 회사에서 먹고 자는 중이라는 하소연을 길게도 늘어뜨렸다.

전화를 끊고, 급격하게 피곤함을 느낀 여준은 저녁 먹을 생각도 하지 못하고 곧장 침대에 누웠다. 하지만 마치 정답이라도 되는 양 눈을 감기 무섭게 푸름의 얼굴이 또렷하게 떠올랐다.

"미친놈, 정신 나간 놈."

무섭도록 낯설지 않은 상황에 이제는 기가 찰 노릇이다. 그날 이후로 여준은 푸름과 단 한마디도 섞은 적이 없다. 그녀가 저를 보지 않으니 눈을 부딪칠 일도 없다. 심화반 수업도 끝났으니, 더는 저를 교무실로 찾아오지도 않았다. 예전처럼 모르는 문제가 있다면서 찾아올 법도 한데, 푸름은 그러지 않았다.

마치 그러기로 마음먹은 사람처럼, 작정하고 멀어지려는 사람처럼.

그래서 아프고, 그래서 짜증 나고, 그래서 더…….

보고 싶고.

"저 이제 선생님 안 좋아하려고요."

정말 잊어 가는 중인 걸까.

고민할 일이 아니다. 오히려 속이 시원하다고 웃으면서 반겨야 하는 일이다. 질기게 따라다니던 학생 하나 떨어냈다고 좋아해야 할 일이다. 그런데 빌어먹을, 걔가 날 언제 따라다녔어. 좋아한다고 말만 했지. 오히려 김여준, 네가 더 따라다녔잖아.

아픈 속이 부글부글 끓었다. 가슴에 뭔가 눌러앉은 듯한 통증도 있었다. 여준은 답답한 속 때문에 오늘 하루 수십 번씩 한숨을 내쉬었다.

이유를 알면서도, 인정할 수가 없었다.

이푸름이 보고 싶다. 걱정된다. 궁금하다. 그녀의 오늘 하루가 어떻게 흘러갔는지, 또 내일 하루는 어떻게 흘러갈 예정인지 묻고 싶다. 또 아프지는 않을까, 아르바이트는 여전히 하는 걸까.

밥은 제때 챙겨 먹는지, 자꾸 마르는 이유는 뭔지, 그놈의 빌어먹을 아르바이트는 대체 언제까지 해야 하는 건지, 공부하는 데 어려움은 없는지. 물을 수 없으면서, 그녀에 대한 생각들로 여준은 하루를 버텨 내는 중이었다.

말도 안 되는 상념들이 자꾸만 머릿속을 헤집는다. 이러다 말겠지, 하는 여준을 비웃기라도 하듯 점차 흔들렸던 마음들이 되살아난다.

여준은 그녀의 얼굴을 떨쳐 내기 위해 이를 사리물었다. 이렇게 있다 보면 없던 일이 되겠지. 그게 맞는 거니까. 바로 얼마 전까지, 너와 나는 대화를 나누는 것도 어색한 교사와 학생 사이였다. 그 틈이 잠깐 벌어진 것뿐이다.

정말 말도 안 되게.

아주 잠깐, 내가 미쳐서.

그러니, 원점으로 되돌리는 일은 그렇게 어렵지 않을 것이다. 무엇을 생각하든 참아야 한다. 아무것도 할 수 없다면 시작도 하지 말아야 한다. 이제야 제가 가야 할 길을 올바르게 가는 그녀를 다시 붙잡을 수는 없다. 못 할 짓이다. 해서는 안 될 짓이고.

"어쩌자는 거야."

침대 속에 몸을 묻으며, 여준은 팔로 얼굴을 가렸다. 무거운 한숨이 흘러나왔다.

"그윽했어."

"뭐가?"

"방금 시선. 뭐, 그랬다고."

막 교문을 벗어나자마자 지윤이 내뱉은 뜬금없는 말에 푸름이 무슨 소리냐는 듯이 눈을 크게 떴다. 운동장을 지나오던 중에 먼발치에 서 있던 여준을 본 지윤이 찝찝한 듯이 입안에서 혀를 굴렸다.

뭘까. 방해꾼이 된 이 기분.

"떡볶이 먹고 갈까?"

"나 아르바이트 있어."

"뭐야. 내일 방학인데 조금만 더 놀지. 벌써 아르바이트 잡았어? 너 몸도 아직 안 나았잖아."

"뭘 안 나아. 시험 끝난 지가 언젠데."

지윤은 기말고사 기간 내내 감기 기운 때문에 고생했던 푸름을 떠올렸다. 저 몸으로 무슨 아르바이트를 하겠다고. 종일 무거운 전단지를 들고 걸어 다녀야 하는 일이다. 방학인데 조금은 쉴 것이지.

푸름에 대한 걱정과 방금 전 여준이 제 친구를 보던 시선을 함께 떠올린 지윤은 갑작스럽지만, 쉽게 결정을 내렸다.

"그럼 너 먼저 가."

"응? 왜? 집에 안 가?"

"어. 나 교무실에 두고 온 거 있어. 먼저 가!"

지윤이 걸어온 방향 그대로 뛰기 시작했다. 저러다 넘어지면 어쩌려고. 푸름은 어쩔 수 없이 혼자 교문을 나섰다.

내일 있을 방학식 때문인지 학교는 뭔가 소란스러웠다. 물론 수능이 가까워지는 3학년을 제외하고. 막 교문을 나선 푸름을 그 자리에 서서 말없이 바라보고 있던 여준이 몸을 틀어 교사 화장실로 향했다. 찬물에 정신없이 세수라도 해야 머리가 맑아질 것 같았다.

요 며칠 그를 자꾸만 괴롭히는 얼굴은 여전히 머릿속을 떠나지 않았다. 교복을 입고, 말갛게 웃으며, 자신이 무슨 짓을 하고 있는 지도 모를 열아홉의 이푸름은 너무나 선명했다.

정말 미친 게 분명하다. 미치지 않고서는 설명이 불가능했다. 시도 때도 없이 생각나는 얼굴 때문에 심장에는 전류가 흐르듯이 찌릿찌릿 통증이 느껴졌다. 바늘로 쿡쿡 찌르는 듯한 느낌은 항상 그를 따라다녔다.

이푸름. 그저 지나다니는 여고생들을 봐도 그녀가 떠올랐다. 중증도 이런 중증이 따로 없었다.

이게 말이나 돼? 선생이 학생을 상대로? 너 그렇게 빌어먹을 정도로 개새끼였어, 김여준?

"하."

여준이 탁한 한숨을 내쉬었다. 짜증이 서린 얼굴로 그가 거울 속의 자신을 들여다봤다. 가져서는 안 될 마음. 해서는 안 될 행동.

218

푸름과는 아무것도 할 수가 없다. 선생님과 학생이라는 굴레는 영원히 벗겨지지 않는다. 그건 푸름이 졸업을 한다고 해도 달라지지 않을 사실이었다. 손을 잡을 수도 없고, 안을 수도 없다. 그런데 미친놈처럼 한 번 떠오른 생각은 멈춰지지 않는다.

장단 맞추는 것도 정도껏이다. 열아홉을 상대로 무슨 불순한 생각을 하는 건지 모르겠다.

젊은 남자 선생님에 빠진 여고생. 흔하고 흔해빠진 스토리 잖아. 그럼 넌 가만히 있어야지. 동요도 하지 말았어야지.

"선생이 잘하는 짓이다."

깊게 눈을 감은 여준이 두 손으로 얼굴을 쓸어내렸다. 온몸을 강타한 불안 때문에 초조한 한숨과 혼잣말이 계속해서 튀어나왔다.

"진짜 미치겠네."

너는 왜 자꾸 내 눈길을 끌어서.

너는 왜 자꾸 내 앞에 나타나서.

나를 이렇게 만들었나.

지난 몇 주간 반복적으로 떠올랐던 허상들이 또다시 스쳐 지나간다. 그의 잇새로 짧은 헛웃음이 나왔다. 모른 척하고 있는 감정들이 자꾸만 솟구쳤다.

요동치듯 있는 대로 흔들렸다. 마음이, 가슴이, 심장이, 자꾸만 푸름을 향해 간다. 부정할 틈도 없이, 자각하기도 전에 휩쓸리듯이 그녀에게 가고 있었다.

결국, 그는 진작 멈췄어야 할 한계를 자신도 모르게 넘어서 버렸다.

그 순간, 남자 화장실 문이 덜컥 하고 열렸다. 그의 고개가 뒤로 향했다. 아까 전 푸름과 함께 걸어가던 지윤이 숨을 헉헉거리며 그를 바라보고 있었다. 여준의 미간이 좁혀지기도 전에 지윤이 씨익 웃으며 입을 열었다.

"안녕하세요, 선생님."

방학식을 앞둔 오늘처럼 일찍 하교를 하는 날이 그녀에게는 가장 바쁜 날이었다. 기말고사 준비로 놓쳤던 아르바이트를 시작해야 하기 때문이다.

푸름은 서둘러 집으로 향했다. 옷을 갈아입고 식당에 들러 점심 겸 저녁을 먹은 뒤에 도서관에 가는 척 밖으로 나왔다.

"오늘도 잘 부탁해."

"네. 감사합니다."

전단지를 받아 들고 푸름은 익숙한 동네로 향했다. 처음 아르바이트를 할 때는 다음 날 일어나지도 못할 정도로 다리

가 붓고 아팠는데, 지금은 그래도 적응이 됐는지 아주 못할
정도는 아니었다.

푸름은 본격적으로 가로등과 벽 곳곳에 전단지를 붙이기
시작했다. 그 와중에 지윤이 전화를 걸었다. 뭘 놓고 왔길래
다시 갔냐는 그녀의 물음에, 지금 어디 있냐고 되묻더니 대
답을 듣는 것과 동시에 전화를 끊었다.

"뭐야. 왜 이래."

시간 가는 줄 모르고 푸름은 동네를 돌아다녔다. 그녀를
고깝게 보는 할머니들이 지나가면서 떼는 것도 일이니 붙이
지 말라고 한 소리를 했지만 푸름은 쓰게 웃으며 모른 척했
다.

"아, 다리야."

해가 뉘엿뉘엿 넘어가는 시간. 제 몫을 거의 끝내고, 근처
놀이터에 들어선 푸름이 벤치에 주저앉았다. 쉬지 않고 세
시간가량을 걸었으니 다리가 아플 만도 했다. 퉁퉁 부은 다
리를 내려다보며 짧은 한숨을 내뱉었다.

이제 방학이니까 독서실 시간도 늘리고, 인터넷 강의도 더
열심히 들어야지. 이번 기말고사는 최악의 컨디션이었지만
그런대로 성적이 나쁘지는 않았다. 내신에 들어가는 과목들
은 전부 만점이나 한 개 틀리는 수준이었으니, 노력한 만큼
성과는 있었다.

특히 수학 과목이.

푸름의 시선이 하늘로 향했다. 기말고사를 전후로 심화 수업도 끝이 나고, 교무실로 찾아가는 일도 없어지니 여준과 말을 섞지 않게 된 지도 꽤 됐다.

처음부터 고백은 하지 말걸. 그럼 이런 상황도 없었을 텐데. 선생님이 나를 불쌍하게 여기는 일도 없을 거고, 마음껏 선생님을 좋아할 수 있었을 텐데. 마음껏 바라보기라도 했을 텐데.

달라진 건 없었다. 그녀의 걱정은 기우였고, 학교는 조용했다. 밖에서 여준을 만난 것도 몇 번 되지 않았고, 학교에서 말을 섞었다고 해도 의심받을 상황은 일부러 만들지 않았다.

기말고사 첫날, 중앙 계단에서의 그날만 빼면. 일어나지도 않을 일을 미리 걱정하는 건 안 좋은 습관이라고 지윤에게 몇 번이나 잔소리를 들었지만 소용없었다. 한 번 먹은 마음은 쉽게 변하지 않았으니까.

"진짜 이렇게 끝날 줄은 몰랐는데."

적어도 스무 살이 되면, 다시 차이더라도 고백은 해 볼 수 있을 거라고 생각했는데.

고개를 떨군 푸름이 괜히 운동화 앞코로 바닥을 툭 치며 불만을 표했다. 그 순간 앉아 있는 벤치 쪽으로 그림자가 졌다.

여기 앉으려는 걸까. 고개도 들지 않고 푸름은 벤치 끝 쪽으로 옮겨 앉았다. 하지만 그림자는 가만히 그녀를 따라올 뿐, 옆에 앉지는 않았다. 그녀의 시선이 위쪽을 향했다.

"아."

순간 할 말을 잃은 푸름의 입술이 힘없이 벌어졌다. 모른 척 지나쳐야 할 사람은, 오히려 그녀의 앞으로 한 걸음 다가와 섰다.

"궁금한 게 있어서 왔는데."

푸름의 눈이 보란 듯이 커졌다. 지금 일부러 왔다는 건가?

"이푸름."

지난 몇 주, 계속해서 불리지 않았던 이름을 불러 놓고 여준은 입을 다물었다. 지윤에게 들어 찾아온 곳. 그녀가 정확히 어디 있는지도 알 수 없어 이 주변을 무려 한 시간이나 돌아다녔다.

너는 알까. 지금 내가 무슨 심정으로 여기 서 있는지.

너를 찾아 여기까지 오는 내내 스스로 욕을 퍼부었다.

미친놈. 제정신이야? 감당할 수 없으면 저지르지 마. 네가 지금 대체 무슨 짓을 하려는 지 알기나 해?

그녀는 학생이고, 자신의 제자고, 이제 열아홉이고, 자신의 옆에 두기에는 미래가 너무 밝다. 여덟 살의 나이 차이는 중요하지 않았다. 교사와 학생이라는 신분의 굴레. 벗을 수 없는 옷을 입은 상태에서 그는 끊임없이 제게 속삭였다. 부도덕적, 비정상적, 상식을 벗어난 비상식적인 관계.

하지만 그때뿐이었다. 멈춰야 할 이유를 생각하고, 돌아서야 할 이유를 떠올리고, 그만둬야 할 이유를 수도 없이 만들어 내도 제자리였다.

그래도 남아 있는 물음.

나는 왜 네가 걱정이 돼서 미칠 것만 같은지.

그러니까 이건 네 탓이야, 이푸름. 내 앞에서 그러면 안 되는 거야.

다 보여 준 다음, 네 마음 다 꺼내서 보여 준 다음 그렇게 뒤돌아서면 내 기억에 오래 남잖아. 그럴 수밖에 없잖아.

"물어볼 게 있어."

그래서 와 버렸다. 내 기억에 오래 남아 버린 너를, 있는 힘껏 잡아 보기 위해.

"정말 나 안 좋아할 생각이야?"

푸름의 입술이 놀라움에 힘없이 벌어졌다. 여준은 그녀에게 대답을 듣지 못할 것으로 생각하고 뒷말을 이었다.

"그래. 그럼 그렇게 해."

"선생님."

"근데 나는 기다려 볼까 해."

단숨에 열 걸음을 다가오던 네가 고작 한 걸음 물러나는

"옷만 챙겨 갈 거야. 들어와 쉬어."

그런 걱정을 한 건 아닌데.

여준이 먼저 집 안으로 들어섰다. 할 수 없이 그가 내준 손님용 슬리퍼를 신은 푸름이 조심스럽게 한 발을 뗐다.

혼자 사는 남자답지 않게 깔끔하게 정돈된 거실 내부를 둘러보며 더 들어가지도, 소파에 앉지도 못한 채 서성이던 푸름은 침실로 보이는 곳에서 나오는 여준을 마주 봤다.

"이거 새 옷이야. 한 번도 안 입은 거."

곱게 개킨 트레이닝 복을 그녀에게 내밀며 여준이 말했다. 머뭇머뭇 옷을 받아 든 푸름이 긴 한숨을 내뱉었다.

"민폐 끼치는 것 같아서요."

"쓸데없는 소리 한다. 네가 다른 데서 자는 게 더 민폐야."

여준이 그렇게까지 말하니 더는 할 말이 없었다. 하지만 그가 없는 그의 집에서, 그의 침대에서 자야 한다는 사실이 부끄럽고 창피했다. 지금까지 그런 모습들을 많이 보여 주기도 했고.

"……구질구질해요."

"뭐가."

"저요. 이런 모습 자꾸 보여 드리니까."

애초에 잘못됐다. 아르바이트할 때 마주치고, 큰아버지가 난동 피우는 모습을 들키고, 애써 밝은 척 웃었지만 그는 이제 모든 걸 다 안다. 감추고 싶지 않아 자연스레 보였던 모습들이 이제는 점점 후회만 들었다.

여준이 입안에서 작게 혀를 굴리다가 짧은 한숨을 내뱉었다. 결국, 할 수 있는 건 변명뿐이지만 그거라도 해야겠다는 생각이 들었다.

"너, 아까 내가 한 말 안 들었구나."

"아까요?"

"기다린다고 했잖아. 이푸름의 스무 살."

"……."

"기다리는 일에 이것도 포함이야."

낮에 지나가다시피 했던 말들이 전부 되돌아왔다. 푸름의 얼굴이 발그레 붉어졌다. 아닌데. 이 상황에서 지금 이러면 안 되는 건데.

옷을 꼭 품 안에 안은 푸름이 말없이 고개를 숙였다. 할머니도 편찮으시고, 식당에 불도 났고, 해결해야 할 일만 정말 한가득인데. 그 마음을 알기라도 한 듯 여준이 손을 뻗어 푸름의 머리를 쓰다듬었다.

"식당은 걱정하지 마. 불 크게 번진 것도 아니라서 괜찮을 거야. 며칠 장사는 못 하실 거고."

푸름이 말없이 고개를 끄덕였다. 괜찮지 않으면서 괜찮은 척하는 건지, 정말 괜찮은 건지는 모르겠지만 여준은 아주 잠깐이라도 푸름을 혼자 두는 게 좋을 것 같았다. 무슨 생각을 하든, 무슨 결정을 하든 혼자 있을 시간이 필요하겠지.

"쉬어. 내일 일은 내일 생각하자."

"선생님."

"응?"

"감사해요, 정말로."

"……."

"정말, 정말 제가 얼마나 감사한지 모르실 거예요."

여준이 엷게 웃었다. 아마 넌 모를 것이다. 지금 감사하다는 네 말보다, 몇 달 전 좋아한다던 네 말이 더 듣고 싶다는 것을.

"갈게. 푹 쉬어. 내일 방학식이니까 학교 못 나올 것 같으면 민세연 선생한테 연락하고. 어쨌든 담임 선생님이니까 알아야 하잖아."

"네. 알아서 할게요."

여준이 급하게 챙긴 짐을 들고 집을 나섰다. 괜찮다는 데도 푸름은 이미 그를 따라나선 상태였다.

"들어가라니까."

"가시는 것만 보고요."

결국 건물 앞까지 나와 여준을 배웅하고 난 다음에야 푸름은 다시 그의 집으로 올라갈 수 있었다. 신세 지는 주제에 집

주인인 여준을 배웅하는 상황이 우스웠지만, 나쁘지 않았다. 안 좋은 일투성이지만 그래도 좋은 일 하나쯤은 있어도 괜찮은 거니까.

푸름은 자기 전에 평소보다 한 시간 정도 더 일찍 일어날 수 있게 알람을 맞췄다. 할머니 병원에도 가야 하고, 학교에 못 갈 것 같다고 담임 선생님한테도 전화를 해야 하니까.

내일은 아마 바쁠 것이다. 식당도 청소해야 하고, 보험사에도 연락해야 하고, 또 경찰서에도…….

침대에 몸을 눕히기 무섭게 푸름은 잠에 빠져들었다. 정말 지친 하루였다.

세연은 묻지 않았다. 손에 붕대를 감은 그녀가 왜 다쳤는지, 지난밤 무슨 일이 있었는지, 왜 혜옥이 병원에 입원을 해야 했는지. 이러저러한 이유로 오늘 방학식은 못 갈 것 같다는 푸름의 전화에 아무런 말 없이 밖에서 보자고 할 뿐.

그 의문은 전부 해결됐다.

단 몇 장의 사진으로 인해.

카페에서는 은은한 노래가 나오고 있었지만, 귀가 기울여지지 않았다. 푸름은 싸늘하게 식은 세연의 얼굴을 마주 보며 어렵게 말을 이었다.

"할머니께서 하시는 식당에 불이 났어요. 바로 2층이 집인
데 집에서는 잠을 못잘 것 같아서, 할머니는 병원에 계시는
데 거기서 자기는 좀 그렇다고……."

또박또박, 있는 그대로의 상황을 잘 설명해야 하는데 급한
마음에 말은 이리 튀고 저리 튀었다. 마치 거짓말을 하는 사
람처럼.

푸름은 불안했다. 눈앞에서 흔들림 없이 싸늘한 세연의 표
정을 마주하니, 더욱이 그랬다.

"그래서 어쩌다 보니 선생님 댁에서 잔 건데 선생님은 친
구 집으로 가신다고 하셨어요. 진짜예요, 아무 일 없었어요.
제가 어젯밤에 바로 연락 못 드린 건……."

믿지 않는다. 지금 이 사람은.

아니, 믿고 안 믿고의 문제가 아니었다. 세연에게 지금 중
요한 건 푸름의 해명이 아니었듯이.

"정말이에요, 선생님."

내가 지금, 무슨 일을 마주하고 있는 거지? 흥건할 정도로
땀에 젖은 손을 무릎에 닦아 내며 푸름은 크게 숨을 몰아쉬
었다. 세연이 한쪽 입꼬리를 올리며 웃었다. 명백한 비웃음
에 푸름의 심장은 얼어붙었다.

"그런 일이 있었으면 나한테 전화했어야지. 혼자 사는 젊

은 남자 선생님 집에 기어들어 가 하룻밤을 보낸 다음이 아니라."

젊은 남자. 기어들어 가. 하룻밤. 모든 단어 선택들이 거슬리고 당황스러웠다. 말문이 막힌 푸름이 바들바들 떨리는 손을 스스로 맞잡았다.

"선생님."

"이 사진 퍼지면, 여준이 어떻게 될 것 같아?"

잔인한 선고나 다름없는 말에 푸름의 어깨가 긴장으로 굳었다. 아주 어릴 때부터 한동네에서 자란 소꿉친구라고 들었다. 그러니 세연이 그럴 리가 없다.

"안 그러실 거잖아요."

"그건 너 하느냐에 따라 달렸지. 여고생이랑 이런 스캔들로 교사 인생 접는 게, 너랑 얽혀서 평생을 망치는 것보다 나을 수 있어."

"나는 기다려 볼까 해. 너의 스무 살."

이제야 알게 된 그의 마음. 조금만, 조금만 더 기다리면 되는 건데 결국 벽에 부딪혔다.

"제가 선생님 좋아하는 건 맞아요. 그런데 선생님은 절대 저 학생 이상으로 생각 안 하세요. 정말이에요."

246

"당연한 설명 듣자고 여기 앉아 있는 거 아니야. 나는 이제 반년 본 내 제자보다는, 20년 넘게 본 내 친구가 더 소중해서 여기 있는 거야."

"……."

"당돌하고 맹랑한 네 행동들이 여준이를 얼마나 망칠 수 있는지 모르겠니?"

그래서 피했다. 일어나지도 않은 일에 무서워서 여준을 멀리했다. 좋아하는 마음마저 폐가 될 수도 있다는 걸 깨달았기에.

하지만.

"저 혼자 좋아하는 거예요. 믿어 주세요."

세연이 실소를 터트렸다. 얼마 전, 중앙 계단 위에서 여준과 푸름이 나눴던 대화를 똑똑하게 기억한다.

기말고사 기간이었다. 여학생 가방을 고르던 여준과 선생님을 그만 좋아하겠다던 이푸름. 조금만 떠올려 봐도 답이 나왔다. 하지만 안심했다. 푸름이 교무실로 여준을 찾아오는 일도 없었고, 평소보다는 지쳐 보이지만 여준도 괜찮아 보였다.

그런데, 바로 어젯밤 근처를 지나다가 같이 맥주라도 한잔할 생각으로 들렀던 그의 집 앞에서 여준과 나란히 선 푸름을 봤다.

상황은 뒤바뀌었다. 어떻게든 여준의 곁에서 그녀를 떼놓고 싶었다. 매번 자신의 마음을 드러내지만, 모른 척하는 여준이 푸름으로 인해 망가지는 모습을 지켜볼 수는 없었다.

"나는 그것도 기분이 나빠. 네가 여준이를 보는 것도, 그래서 여준이가 너한테 신경 쓰는 것도."

왜 내가 아닌, 너인 건데. 세연이 이를 악물고 냉정하고, 차갑게 말을 이었다.

"여준이 마음 약한 애야. 그래도 쉽게 정 주는 애도 아니고. 그런데 네가 불쌍하다고, 안됐다면서 신경 쓰고 있어. 난 그것도 참아지지 않아."

푸름의 입술이 힘없이 벌어졌다. 나도, 동정은 받고 싶지 않았어. 주먹 쥔 손에 힘이 들어갔다. 선뜻 입이 열리지 않았다.

그의 집 앞에서 찍힌 몇 장의 사진들. 어두운 시각, 남자 선생님 혼자 사는 건물 앞에 나란히 서 있는 선생과 여학생. 여준을 배웅할 때 찍힌 사진인데, 심지어 함께 들어가는 사진도 찍혀 있었다.

이 사진을 정말 세연이 퍼뜨릴 수 있을지 쉽게 판단이 서지 않았다. 지난 1학기 동안 보고 겪은 그녀의 모습 중에 지금처럼 싸늘한 모습은 처음이었다.

"식당에 불이 났다고? 그럼, 집은 괜찮은 거야?"

질문 자체는 걱정이 짙게 묻어 나온 것 같지만, 목소리만큼은 서늘했다. 비웃는 것 같기도 했다. 이를 악문 푸름이 세연을 마주 봤다. 그녀가 기가 찬다는 듯이 웃었지만, 푸름은 웃지 못했다.

"네가 지금 나 노려볼 처지는 아니지. 나도 너한테 이러고 싶지 않아. 나, 너 예뻐했어. 공부도 잘하고, 씩씩하고, 알아서 척척 잘해 내는 학생 미워할 선생 없어. 안 그래?"

그러니까 이건 네 잘못이라고. 세연은 그렇게 말했고, 푸름은 점점 무너져 갔다. 그녀의 입에서 이제는 무슨 말이 나올지 두려웠다.

"이사 가는 방향으로 정하자. 3학년이라 특수 케이스 아니면 전학 안 되는 거 알지? 자퇴하는 방향도 생각해 봐. 네 모의고사 성적 정도면 정시로도 충분히 의대 진학할 수 있어."

"선생님."

"학교에 사진 퍼지고 소문나면, 여준이 정말 교사로서 끝이야. 네 손으로 끌어내리고 싶으면 어디 버텨 보든가."

"……."

"여준이한테는 말 안 할 거라고 믿어."

세연의 시선이 힐긋 테이블에 내려놓은 그녀의 휴대폰으로 향했다. 액정 안에 담긴 몇 장의 사진.

겁이 났다. 앞으로 닥칠 모든 것들이 무서웠고, 숨고만 싶었다. 지금 내가 할 수 있는 게 뭐가 있더라? 아니, 내가 뭘 하게 되면 선생님이 위험해진다며. 그럼 내가 뭘 할 수 있는데.

동정이 아닌 진심이라는 걸 알았다. 조금만 기다리면 닿을 수 있는 마음이라는 걸 깨달았다. 이 세상 유일하게 위로받을 수 있는 품이라는 걸 알고, 기다리려고 했다.

가로막힌 마음은, 결국 길을 잃었다.

"결정해. 어떻게 할 건지."

선택할 수 있는 문제가 아니었다. 푸름은 어렸고, 겁이 많았고, 그의 문제가 걸려 있었으니까. 그럼에도 망설여졌다.

나는, 무엇을 할 수 있을까.

그를 떠나고 싶지 않았다.

가게는 또 다른 의미로 난리였다. 화재의 흔적 때문에 장사도 못 하는 식당에 들이닥친 큰집 식구들은 마치 큰아버지의 잘못된 행동이 푸름과 혜옥의 탓인 것처럼 몰아갔다. 불에 검게 그을려 멀쩡한 것들이 하나도 없는데도, 큰집 식구들은 분풀이를 하려는 듯 식당을 엉망진창으로 뒤집었다.

"아이고, 그만해요! 그만하라고!"

"뭘 그만해, 이 양반아! 내 남편 어쩔 거야. 멀쩡한 가장 방화범으로 만든 주제에 이 정도면 감지덕지인 줄 알아야지!"

한때, 푸름이 큰엄마라고 불렀던 여자가 혜옥을 향해 그릇을 던졌다. 놀란 푸름이 달려가 할머니 대신 그릇에 이마를 맞았다. 상처에서 피가 흐르는 것이 느껴졌다.

그럼에도 푸름은 아픔을 느끼지 못했다. 고통도, 통증도 아무것도 없었다. 내게 왜 이런 일이 생기는 걸까. 그 생각만으로도 머릿속은 엉망진창이었다.

"푸름아! 내 손녀딸!"

놀란 혜옥이 급하게 푸름의 이마를 쓰다듬었다. 조카의 피에 여자가 놀랐지만, 순간뿐이었다. 오히려 기세가 등등해져 들으라는 듯이 더 크게 소리쳤다.

"지 팔자가 사나운 걸 알아야지! 부모 잡아먹고, 이젠 지부모 형제까지 잡아먹으려는 년한테 덕을 좀 보려는 우리가 잘못된 거지!"

쓰러진 테이블과 의자들, 깨진 창문과 식기구들. 그나마 정리를 해 놨던 어젯밤의 모습은 온데간데없었다. 할머니 품에 기대어 있던 푸름이 질끈 이를 깨물었다.

"하, 신고는 무슨! 내가 무서워할 것 같아? 푸름이 너 들어보니까 학교 선생이랑 그렇고 그런 사이라며? 얌전한 고양이 부뚜막에 오른다더니. 감히 선생이랑 연애질하는 분탕한 년이, 네 큰아버지를 그렇게 만들어?"

식당의 열린 문틈 사이로 시장 사람들이 나와 있는 모습이 보였다. 그중에는 경찰을 부르겠다며 있는 소리, 없는 소리를 내는 고마운 사람들도 있었다. 푸름은 혜옥의 품 안에서 헛웃음을 흘렸다. 학생을 감싸 준 교사의 몇 마디가 분탕한 연애질로 변했지만 굳이 변명할 필요를 못 느꼈다.

"어쩔 거야! 네 큰아버지한테 딸린 식구들이 몇인데! 너, 어떡할 거야? 어떡할 거냐고!"

여자가 푸름의 멱살을 쥐어뜯을 듯이 잡아 올렸다. 금방 손이라도 날아올 기세에 놀란 혜옥이 급하게 푸름의 앞을 막아섰고, 또 한바탕 소동이 벌어졌다.

"그깟 돈이 뭐라고 유세를 떠니! 응? 아니, 유세를 떠는 것도 모자라 큰아버지를 감방에 집어넣고 잠이 와? 밥이 넘어가디?"

여자를 막아선 할머니의 뒷모습을 보며, 푸름은 한숨을 내쉬듯이 웃었다. 방향을 잘못 잡은 폭언들이 쉴 새 없이 쏟아졌다.

"나는 밤새 잠 한숨 못 자고 경찰서를 뛰어다니고 내 새끼들은 불안해서 학교도 못 갔는데!"

여자의 목소리가 가게 밖을 넘어갔다. 덕분에 구경꾼들은 늘어만 갔다.

혜옥이 막아섰지만 곧장 다시 밀쳐지고, 여자의 손에 붙잡힌 푸름의 몸이 정처 없이 흔들렸다. 그녀는 눈을 질끈 감고, 이 순간을 견뎌 냈다. 제게 닥친 모든 것들이 무자비하고 잔인했다. 견뎌 내라고, 버텨 내라고 주는 신의 선물인 걸까.

그렇다면 너무 가혹한데, 나는 아직…….

너무 어린데.

"너 때문에 전과자 아빠 두게 된 내 새끼들은 어떻게 책임질래?!"

나는 아무런 잘못이 없다. 그러니, 이런 대우를 받을 이유도 없다. 그런데 왜 다들 나한테 이러는 걸까. 내가 뭘 잘못했다고, 그저 주어진 삶에, 좋아하는 마음에 충실했던 것뿐인데.

악에 받친 여자의 한마디에 푸름은 손에 힘을 주고 그녀의 손을 떼어 냈다. 이마에서 흐른 피가 약하게 뺨을 타고 흘러내리자 손등으로 피를 닦아 냈다. 하얀 손등에 흥건히 묻어나온 피는 분명 그녀의 것이었다.

"……그럼 나는요."

억울해졌다. 이렇게밖에 살 수 없는 처지라는 것이.

"당신 남편이 망친 우리 할머니 식당은 어쩔 건데. 손해배상이라도 청구하면 물어 줄 돈이나 있어요? 내가 아무것도 몰라서 가만히 있는 것 같아요?"

자식들 걱정에 고함을 질러 대던 여자의 입은 거짓말처럼 다물어졌다. 태어나 처음으로 원망이라는 걸 쏟아 낸 푸름은 멈추지 않았다. 멈출 이유가 없었다.

"인명 피해도 없고, 재산 피해도 안 커요. 초범이고 술에 취한 심신 미약 상태니까 징역 몇 개월이나 집행 유예받고 풀려나겠죠. 그럼 또 멀쩡하게 내 앞에 나타나 다시 돈 달라고 구걸하겠지. 아무런 죄책감도, 죄의식도 없이 그럴 거잖아."

"푸름아……."

놀란 혜옥이 주저앉은 채 주름진 손을 뻗어 푸름을 붙잡았지만 그녀는 더는 참을 수 없다는 듯 말을 이었다.

"우리 엄마 돈이고, 우리 아빠 돈이야. 당신들이 왜 탐내, 무슨 자격으로 그걸 달라고 해!"

눈물이 터지고 울분이 터져 나왔다. 참아지지 않는다. 참을 수 없다. 오랜 시간 당해 온 일이라 무뎌졌다고 생각했는데. 그래서 이제는 아무렇지 않다고 생각했는데.

"대체 당신들이 잃은 게 뭔데 행패야. 우리 할머니한테, 나한테 언제까지 이럴 작정인데!"

그녀는 단 한 번도 혜옥의 앞에서 눈물을 보인 적이 없었다. 아무리 억울해도, 아무리 힘들어도 웃으면서 버텼다. 푸름은 혜옥에게 먼저 세상을 떠난 딸과 사위 대신이었고, 하나뿐인 핏줄이었다. 혜옥의 유일한 버팀목인 그녀가 무너지면, 할머니 역시 무너질 거라는 생각에 푸름은 이를 악물고 버텼다. 그런데 무너진다. 무너지고 있다.

여준을 떠나야 할지도 모른다는 불안. 아니, 점점 그래야만 한다는 확신.

여기서 버티면 버틸수록, 견디면 견딜수록 무너질 것이다. 당신의 마음 한 자락을 얻어 보고자 외면해 버린다면, 세연으로 인해 벌어질 일들을 감당할 수 없을 것이다.

그리고 이런 거지 같은 상황을 어떻게 보여 줄 건데. 지금보다 더 불쌍한 애로 기억되고 싶어? 그건 아니잖아. 아니잖아, 이푸름.

끔찍하다. 죽고 싶다. 그가 괜찮다고 해도, 그녀는 괜찮지 않다. 더 망가져 버릴 것이다. 아니, 지금도 충분히 망가지고 있다.

이건 기다리는 일 중의 하나가 아니다. 그에게서 점점 멀어지게 되는 일뿐이다.

하지만.

"기다리는 일에 이것도 포함이야."

선생님을 외면하고 싶지 않다. 놓을 수가 없다. 김여준을 좋아하지 않는 자신을 떠올려 본 적도, 상상해 본 적도 없다. 가고 싶지 않아. 도망치기 싫어. 이대로 사라지고 싶지도 않아. 대체 왜 나한테만 이러는 건데.

푸름이 저 혼자 고개를 흔들었다.

"미친 거 아냐?"

여자의 뒤로 선 사람들 중 한 명이 소리 내어 말했다. 아마 여자가 데려온 사촌 동생일 것이다.

"가세요. 드릴 말씀 없으니까."

푸름의 차가운 시선에 기가 죽은 건지 여자가 잠시 할 말을 잃었다. 그녀의 뒤에 선 큰집 식구들은 하나같이 돌아가자고 말했다. 그럴수록 밖에서 수군거리는 소리가 점점 크게 들렸다.

도중 시장 사람 중에 한 명이 가게 안으로 들어와서는 경찰을 불렀으니 알아서 하라고 으름장을 놓고, 가게 주변에 진을 친 사람들을 본 여자가 씩씩거리다 결국 가게를 나갔다. 그녀의 뒤에 어정쩡하게 서 있던 큰집 식구들도 마찬가지였다.

기세와는 다르게 허무한 끝이었다. 주저앉은 혜옥의 앞에 무릎을 꿇고 앉은 푸름이 벌벌 떨리는 그녀의 팔을 주물렀다. 그녀의 거친 숨이 정수리 위를 간지럽힐수록, 푸름은 눈물이 났다.

우리 할머니, 가엾은 우리 할머니.

"할머니."

"우리 푸름이 어쩌누, 정말로 어째……."

바닥이 찬데. 이런 곳에 오래 앉아 있으면 안 되는데. 푸름이 아랫입술을 꾹 깨물었다. 이마에 맺히고, 뺨 한쪽에 잔뜩 묻은 피를 닦아 준다고 혜옥은 울면서도 그녀의 뺨을 지분거렸다.

푸름이 할머니의 마른 손등을 쥐어 잡았다. 주름지고, 굳은살만 가득한 손. 나 때문에 고생한 이 손.

결정을 내릴 수 없어 더 아픈 현실 앞에 푸름은 울었다. 혜옥이 그만 울라고 말할수록, 그녀의 울음소리는 점점 더 커져 갔다. 목이 메었다. 이별을 예감해 더 그런 거라고, 푸름은 울면서 생각했다.

6화

선택

"누가 캔디 캐릭터 아니랄까 봐."

여름 방학 보충 수업도, 학원 수업도 나오지 않는 푸름을 걱정한 지윤은 무작정 식당으로 찾아왔고 모든 사실을 알게 됐다. 지윤은 그녀를 이끌고 한적한 카페에 들어가 같이 눈물을 쏟아 주고, 대신 신랄하게 욕을 퍼부은 다음 약국에서 사 온 연고와 밴드를 꺼냈다.

"여자애 이마가 이게 뭐야, 진짜."

상처가 난 것만 알았지, 치료할 생각도 못 했던 푸름은 여전히 눈가가 붉어진 지윤을 보며 머쓱한 듯 웃었다.

"하나도 안 아파."

"보는 내가 다 아파서 그래. 손은 또 이게 뭐고."

붕대를 칭칭 감아 놓은 푸름의 손을 보며 지윤은 흉터 남으면 어떡하냐고, 왜 너한테만 이런 일이 생기냐며 다시 한번 굵은 눈물방울을 뚝뚝 흘렸다. 자신 대신에 울어 주는 친구를 보며 푸름은 오히려 지윤을 위로해야 했다.

"나 진짜 괜찮다니까."

"내가 안 괜찮아서 그렇다니까, 내가. 안 찾아왔으면 얘기도 안 해 주려고 했지? 이렇게 큰일이 있었는데도?"

지윤은 고운 손으로 상처 위에 연고를 발라 주고, 밴드를 덧붙였다. 꼬박 하루가 넘도록 전화는 안 받고, 문자에는 답장도 없고, 학교에도 학원에도 나타나지 않아 식당으로 찾아온 건데 마주하게 된 모습은 상상 그 이상으로 황당했다.

식당에 화재라니, 불이 나서 죽을 뻔했다니. 하루 동안 병원에 입원했던 혜옥은 집에 몸져누운 상태고, 고작 하루 못 봤던 친구는 상처를 한가득 끼고 나타났다.

대체 그 짧은 시간 동안, 너에게 무슨 일이 있었던 걸까.

"큰집 사람들 또 오면 어떡해?"

"와도 아무것도 못 해. 내가 합의 안 해 줄 것처럼 협박했거든."

어떻게 이런 얘기를 웃으면서 해. 어깨를 축 늘어뜨리는 것 대신 입술을 길게 늘어뜨리는 푸름을 보며 지윤은 혼잣말처럼 중얼거렸다.

"······합의하면 다시 올 수도 있다는 거네."

"그건 그때 가서 생각하지, 뭐."

"이사는, 생각하고 있어?"

걱정이 가득 묻어 나오는 지윤의 목소리에 푸름은 얼굴을 굳혔다. 어제의 만남 이후로 세연은 어떤 연락도 해 오지 않았다. 기다리는 거겠지, 내 대답을.

전학은 복잡하다. 그걸 아니까 세연도 자퇴를 권했을 것이다.

자퇴하면 대학은 어떻게 가지? 방법이 있기는 한가? 아니, 졸업도 못 했는데 어떻게 대학을 가. 검정고시를 봐야 하잖아. 그건 바로 갈 수 있나? 아니면 재수라도 해야 하나? 의대는······ 갈 수 있을까.

"푸름아."

무슨 생각을 하는지, 가만히 있다가 눈물이 차오르는 푸름을 보며 지윤이 그녀의 손을 잡았다.

"어디 아파? 왜 그래? 병원 갈까?"

아프겠지, 그제 밤부터 무슨 일을 겪었는데 병이 안 나는 게 더 이상하지. 지윤이 푸름의 손을 이끌었다. 웬일인지 그녀의 손이 파르르 떨리고 있었다. 당장 눈앞에 무슨 일이 일어날지 마치 예견하고 있는 사람처럼, 그래서 겁을 먹은 것처럼.

"푸름아."

"이사…… 가야 될지도 몰라."

"어디로? 정한 거야, 벌써?"

눈물을 꾹 참았다. 우는 건 이제 질색이다. 눈물은 많아질
수록, 감당할 수 없는 시련이 오는 법이니까. 푸름은 지윤의
손을 함께 잡아 주고, 고개를 저었다.

"아직. 그런데 가야지. 네 말대로 큰집 사람들이 다시 올
수도 있고."

"……학교까지 옮기는 건 아니지?"

초등학교 때부터 지금까지 줄곧 붙어 다녔던 지윤은 걱정
을 그대로 담아 물었다. 푸름은 말없이 이마에 붙인 밴드 위
를 만지작거렸다. 머릿속은 많은 생각들로 꽉 차 터질 지경
이었고, 갈등은 덧없이 반복됐다.

'떠나야 한다'와 '떠나고 싶지 않다'. 두 가지 선택지 앞
에서 그녀는 한 시간 동안에도 수십 번을 망설였다.

놓고 싶지 않았다. 전부 여기, 이곳에 있었다. 단짝인 지윤
도, 가고 싶은 대학도, 온갖 추억들도, 그리고 김여준 선생님
도.

"여준 쌤 만나려면 그게 더 편하긴 하겠다. 근데 3학년인
데, 전학을 갈 수 있긴 하나? 주소지 완전히 멀어져야 하는

거 아니야?"

그건 싫은데, 멀어지면 너 못 보잖아. 그런데 너 자꾸 이마
만질 거야? 연고 바른 지 얼마나 됐다고. 지윤은 대답 없는
푸름을 앞에 두고 숨도 쉬지 않고 종알댔다.

푸름은 여전히 아무런 말이 없었다. 결정을 내렸다 해도,
지윤에게는 아무 말도 못 할 것이다. 그럼 너는 꽤 많이 울겠
지, 내가 없다는 이유로. 나도 그건 싫은데.

"뭐야, 왜 말을 안 해. 사람 불안하게?"

걱정만으로도 울긋불긋해지는 지윤의 얼굴을 빤히 바라보
며 푸름은 낮게 웃었다. 화제를 돌리기 위해, 푸름은 가장 꺼
내고 싶지 않은 이름이자 지윤의 최대 관심사를 꺼냈다.

"⋯⋯나, 김여준 선생님이랑 아무 사이 아닌데?"

"뭐? 사귀는 거 아니야?"

"안 사귀어. 선생님이랑 학생이 어떻게 사귀어."

"뭐야. 어제 여준 쌤 완전 멋있게 뛰어갈 때는 언제고. 둘
이 밀당 하는 거야? 여준 쌤은 이번 일 알고 있어? 대체 왜
안 사귀는데? 너 그새 마음 식은 거야?"

그 호기심으로 공부를 했으면 무조건 한국대 합격일 텐데.
푸름은 말없이 친구를 바라봤다. 여준 쌤이 널 찾아간 데는
내 공이 가장 크니 상이라도 줘야 한다, 어깨를 활짝 펴고 얘
기하는 지윤을 눈에 담는 푸름의 눈가가 금세 촉촉해졌다.

자고 가겠다고 고집을 부리는 지윤을 돌려보내고 집으로 돌아가는 길. 익숙한 가게들과 길을 눈에 담으며 걸으니 평소 10분이면 닿을 거리를 30분이나 걸려 도착했다.

여기서 얼마나 살았더라. 부모님 돌아가시고 이사 왔으니까, 어림잡아······.

"무슨 생각을 하길래 이름도 못 들어?"

식당까지 고작 열 걸음을 앞뒀을 때, 갑자기 앞에 나타난 여준은 마치 하늘에서 뚝 떨어진 사람 같았다. 그래서 더 반갑고, 좋은.

푸름은 그를 똑바로 바라보며 웃었다. 환한 햇살 아래에서 푸름의 얼굴을 내려다본 여준이 미간을 좁혔다.

"너 울어?"

아니, 난 웃었는데. 혹시 울고 있었나?

"울긴요. 제가 왜요."

눈물 자국을 박박 지우니, 붉어진 눈시울이 더 진한 붉은 기를 띄었다. 푸름은 손바닥에 묻어 나오는 물기에 놀랐다. 울고 있다는 사실도 몰랐기에, 더 당황스러웠다.

짐짓 심각해진 얼굴을 한 여준은 눈이 아프도록 비비는 그녀의 손을 잡아 내렸다. 가까이 닿은 거리 때문에, 갑자기 느껴지는 꿈같은 손길에 놀란 푸름은 주변을 둘러보며 급하게 화제를 돌렸다.

"여기는 어쩐 일이세요?"

"뭐야. 말해, 너 울었잖아."

"진짜 안 울었어요. 무슨 일로 오셨는데요?"

속일 걸 속여야지. 코까지 빨개지고선 거짓말하는 그녀를 보며 그는 옅은 한숨을 삼켰다. 분명 울었는데.

걱정은 되지만 하루하루를 버텨 내고 있을 그녀를 또 몰아붙이고 싶지는 않았다. 요 며칠, 세상이 자꾸만 몰아붙이는 것 같아 힘이 들 푸름이니까.

"가정 방문. 네가 전화를 안 받았잖아."

"아, 다시 걸까 했는데 수업 중이신 것 같아서."

"아까 끝났지. 방학이라 오전 보충 수업만 때우면 되는데."

내 신상까지 다 꿰고 있는 네가 내 수업 스케줄을 몰랐을 리도 없고. 뒷말을 삼킨 여준은 일부러 전화하지 않은 푸름에게 이유를 묻듯이 은근히 뉘앙스를 흘렸다.

정확히 어제 낮부터 무슨 일인지 푸름은 전화를 받지 않았고, 문자에도 답이 없었다. 혜옥 때문에 방학 보충 수업은 빠지기로 했다는 것도 세연을 통해 알았다. 그러고 보니 푸름의 집에 난 화재에 대해 세연은 언급하지 않았다. 수업을 빠지는 것만 알고, 불난 건 모르나?

267

"담임 선생님한테는 말씀드렸어? 집에 일 생겼다고?"

왜 연락이 없었냐 추궁하기도 전에 여준은 오늘 하루 아무 말이 없는 세연과, 울면서 걸어오는 푸름을 연달아 떠올렸다. 이유는 없었다. 그저 기분이 그랬다는 말로밖에 설명할 수 없는.

정말 기분 탓이겠지. 아무 상관도 없을 텐데.

"대충요."

"무슨 대답이 그래, 대충 말할 일이 아닌데."

"사정만 조금. 아, 할머니 지금 주무실 텐데. 아까 나올 때 누우신 거 보고 나왔거든요."

연락이 닿지 않아서 찾아왔다. 가정 방문 핑계를 대고 얼굴이나 한 번 더 볼까 하는 심산으로, 대신 교사가 아닌 남자로. 온 김에 혜옥의 상태는 어떤지 들여다보는 것도 나쁘진 않았지만 그의 주된 목적에는 푸름이 있었다.

알면서 모르는 척하는 걸까, 알지만 모르고 싶은 걸까. 묘하게 다른 두 말을 머릿속에 새기며 여준은 푸름을 더 빤히 바라봤다.

의심스럽게 떨리는 입술 끝과 마주치지 않으려 애쓰는 시선, 그리고 그 위 앞머리에 가려진 작은 밴드. 상처를 발견하기 무섭게 그의 머리는 빠르게 회전했다. 머릿속으로 익숙했던 영상들이 스쳐 지나가는 찰나, 그는 모른 척 되물었다.

"병원, 다시 안 가셔도 될 것 같아?"

"네. 괜찮으세요."

"너는?"

"네?"

짧은 질문에 푸름이 되묻자 여준은 손을 뻗어 상처를 가린 그녀의 앞머리를 살짝 걷어 냈다. 밴드에 번진 핏자국이 가장 먼저 보였다. 큰 상처는 아니지만, 작은 상처라고 할 수도 없었다.

"혹시 그 사람들 다시 왔어?"

굳어진 그의 목소리에 푸름은 아까 전 지윤이 붙여 준 밴드를 떠올렸다. 그의 손을 뿌리치고, 한 걸음 물러서고, 다시 앞머리를 내려 상처를 가리기까지 몇 초가 흘렀다. 차가운 여준의 얼굴에 당황한 푸름은 괜히 앞머리를 매만졌다.

"아니요. 이거 그냥 혼자 넘어진 건데."

"이푸름."

"진짜예요. 혼자 덜렁대다가 넘어지는 바람에. 별로 안 아파요."

거짓말도 못하는 게 자꾸 거짓말은. 여준은 알은체하는 대신, 죽자고 감추려 드는 푸름을 보며 어색해진 손을 내렸다. 큰집 식구들이란 사람들이 다시 왔었나, 그래서 연락 못 했던 건가? 아니, 그럼 더더욱 연락을 했어야지.

여준은 답답함에 목이 멨다. 온종일 네 걱정만 했다고, 수업을 하는 와중에도 자꾸만 네가 생각났다고. 길거리에서 손을 잡고 활보할 수도 없는 관계인데, 자꾸만 네가 떠올라 미치겠다고. 어린애처럼 네 걱정에 하루를 전부 쓰고 있다고 투정을 부리고 싶었다.

캐묻고 싶고, 전부 알고 싶다. 어째서 그녀를 좋아한다고 자각한 이후로 자꾸만 애가 되는 건지 모르겠다.

"진짜 안 아픈데."

푸름이 상처 위를 만지작거리며 중얼거렸다. 여준은 일부러 웃었다. 죽자고 감추려 드는 너를, 내가 어쩔까. 지금은 내가 을이고, 네가 갑인데.

"애냐? 혼자 넘어지게."

"아니, 뭐 그런 게 아니라……."

"따라와. 단 거라도 마시게."

아니라는 말보다, 사실은 무섭고 아팠다는 말이 듣고 싶은 여준은 일부러 화제를 돌렸다. 못내 그 사실이 반가운지 푸름이 따라 웃었다. 여준은 그 모습을 보며 생각했다.

아무래도, 네가 웃으면 전부 괜찮은 나로 변해 가고 있는지도 모르겠다고.

더디게 흘렀으면 하는 시간은, 잘도 빨리 흘러갔다. 하루라도 장사를 하지 않으니, 좀이 쑤신다던 혜옥은 갑자기 고향 집에 잠시 내려갔다 오겠다며 며칠째 집을 비운 상태였다.

몇 년간 집을 비워 놨으니 청소하는 데도 며칠 걸릴 거라고, 같이 가겠다고 고집을 부렸지만 혜옥은 새벽녘 아침상을 차려 놓고, 언제 오겠다는 메모만을 남기고 급히 고향인 완주로 향했다. 행여나 큰집 식구들이 찾아올 수도 있으니 지윤의 집에 가 있으라고 했지만 푸름 역시 나름대로 고집을 부려 집에 남았다.

"행여 그 사람들 또 찾아오면 꼭 전화해! 그러면 할미가 번개처럼 달려올 테니까."

그 말을 듣고 얼마나 박장대소를 했는지 모른다. 전라도에서 여기가 얼마나 먼데 번개처럼 온다는 건지. 그저 웃으며 고개를 끄덕였지만, 푸름은 상상도 하지 않았다.

설마, 정말로 다시 찾아올 줄이야.

"탄원서야. 네가 이 정도는 해야 하는 거 아니니?"

카페 테이블 위로 여자는 깨끗한 종이 한 장을 내밀었다.

푸름의 무심한 시선이 종이와 커피를 드는 여자를 번갈아 향했다.

구치소에 있다고 했던가. 재판으로 넘어갈 수 있다는 말을 들은 것 같기는 한데.

"초범에, 술 마신 상태였으니까 어느 정도 참작되겠지만 집행유예 받으려고 널 찾아올 수도 있어. 네가 피해자니까, 널 이용하려고 하겠지."

그러니까 조심하라고, 혹시라도 찾아오면 꼭 전화하라고 했던 여준의 목소리가 떠올랐다.

우스워졌다. 어쩜 이리도 예상을 안 벗어날까.

"재판은 언제예요?"

"왜. 구경났니?"

여자가 팔짱을 끼며 비웃었다. 잘못된 태도, 잘못된 비아냥거림. 당신의 화살은 방향을 잘못 잡았다. 그래서 무섭지도, 겁을 먹지도, 두렵지도 않다.

그저 전부 다 싫고, 짜증이 날 뿐.

"그럼요. 놓치면 아쉽죠."

"하, 정말 해도 해도……."

"너무하다고요? 설마 제가요?"

학원 수업이 끝나고, 따로 원장실을 찾아 이번 주까지만 다니겠다고 말했다. 무슨 일이냐고, 중요한 시기에 이러면 안 된다고, 혹시 금액이 부담스러워 그런 거라면 같이 해결을 해 보자고. 푸름은 좋은 선의를 가진 분의 손을 뿌리치고, 눈물을 참고, 고개를 숙인 채 학원을 도망치듯이 나왔다.

고작 3억짜리 사망 보험금을 탐낸 큰아버지의 잘못된 욕심 때문에 불이 났고, 할머니는 병원에 가야 했고, 그녀 홀로 여준의 집에서 잤다. 그걸 세연이 봤다. 그래서 차근차근 떠날 준비를 하고 있는 중이었다.

시간아, 제발 더디게 흘러. 내가 조금이라도 여기 있을 수 있게. 내가 마음을 바꿔 먹을 수 있게.

눈앞의 이 여자 때문이라고 할 수는 없다. 하지만 푸름은 지금 화풀이할 대상이 필요했다. 그 대상이, 큰아버지와 관련 있는 사람이라면 더더욱 좋을 것 같았다.

죄책감도, 죄의식도 없는 상대니, 나 역시 죄책감을 갖지 않아도 되어 더욱 좋을 수밖에.

"집행 유예 받을 거라던데요, 초범에 술 마신 심신 미약 상태였으니까."

"실형 받으면 좋겠다는 말로 들린다?"

"좋죠. 말도 안 되는 고집부리는 댁들, 이제는 안 봐도 되니까."

273

여자의 얼굴이 험상궂게 일그러졌다. 푸름은 겁을 먹지도, 물러서지도 않았다. 그저 눈앞의 상대들이 부리는 객기가 우스웠고, 다 부질없었다.

"고집? 지금 그렇게 말했니?"

"내 부모님 사망 보험금을 달라는 당신들이, 제정신은 아니잖아."

"너, 너…… 말하는 모양새가 어쩜!"

너 대학 갈 때, 너 시집갈 때 쓰면 되겠다고 혜옥이 고이고이 모셔 놓은 그 돈을 생각하면 푸름은 눈물부터 났다.

또래보다 아주 일찍 떠나보낸 부모님이 제 곁에 없음을 때마다 실감했다. 교통사고로 부모님을 잃은 뒤로 한동안 버스에 타는 것도 꺼렸다. 그만큼 눈물 묻은 돈이었다. 아무렇지 않게, 돈이 궁하니 내놓으라는 말을 들을 만큼 천한 취급을 받아야 하는 돈이 아니었다.

푸름의 시선이 흥분한 여자에게서, 빈 종이로 향했다. '탄원서'라고 제목까지 써 온 여자의 정성이 갸륵해 웃음이 터져 나왔다.

"피해자 탄원서면, 효과가 꽤 크겠네요."

"그러니까 네가……."

"무릎 꿇고 사과해요. 그럼 쓸게요."

마침 테이블 곁을 지나가던 종업원이 힐긋거리는 시선이

느껴졌다. 교복을 입은 푸름과 나이 지긋해 보이는 여자가 나눌 대화는 아니었으니, 그런 시선은 당연했다.

"저희 할머니한테 무릎 꿇고 진심으로 사과하면 써 드릴 게요."

여자의 얼굴 위로 당혹스러움이 번지는 것을 관찰하는 푸름의 시선은 그저 무심했다. 어차피 받게 될 집행 유예, 무릎 꿇는 구경 한 번으로 대신하는 것도 나쁘지 않을 것 같았다.

"지금 뭐라고…… 미쳤니, 너? 눈에 뵈는 게 없어?"

"제가 지금 눈에 뵈는 게 있겠어요, 죽을 뻔했는데?"

"주, 죽긴! 멀쩡히 살아 있으면서 유세는. 뭐? 무릎? 너 그 거 명예 훼손이야. 알아, 몰라!"

겁에 질린 여자는 아무렇게나 법을 갖다 붙이기 시작했다. 표정 변화 없이 앉아 있던 푸름은 눈앞의 종이를 찢고, 또 찢 었다. 테이블 위에 잘게 찢긴 종이 쪼가리들이 흩어졌다. 당 황한 여자가 아무런 말도 하지 못하고 허망하게 찢긴 종이들 을 내려다봤다. 몸을 일으킨 푸름을 따라 여자의 시선도 옮 겨졌다.

"아쉽네요. 이젠 무릎 꿇고, 사과해도 제 탄원서는 못 받 으실 텐데."

"푸, 푸름이 너 정말……!"

"큰아버지께 안부 전해 주세요. 많이 추우실 테니까요."

여자의 고함이 들려왔지만, 푸름은 묵묵히 카페를 걸어 나와 집 쪽으로 향했다. 전화벨이 울렸다. 당연히 방금 헤어진 큰어머니의 전화일 것이라 생각했는데, 느낌이 이상해 휴대폰을 든 푸름의 표정이 순식간에 굳어졌다.

웃을 일이 없어서 자꾸 슬퍼지기만 하는데, 세연은 거기에 또 한몫을 더할 전화를 걸어왔다. 멍하니 휴대폰을 바라보던 푸름이 곧장 전화를 받았다.

―결정했니?

전교 1등이라는 타이틀답게 교무실로 불려 가는 일이 잦았다. 각종 경시대회에 추천받아 나간 적도 많았고, 그럴 때마다 푸름의 성적을 직접 관리한 건 세연의 몫이었다. 푸름의 한국대 의대 진학은 곧 세연의 자부심과도 직결되는 부분이었으니까.

그래도 자신을 진심으로 위해 준다고 생각했는데. 제 착각이라는 걸 너무 늦게 알아 버렸다.

"아직요."

―늦잖아. 이게 결정하기 어려운 문제야?

차가운 목소리가 너무나 낯설었다. 감당하기 힘든 현실을 눈앞에서 견뎌 내고 있는 지금은, 세연의 숨소리조차 거북스러웠다.

"쉬운 문제는 아니죠."

―이푸름.

"저한테는 충분히 어려운 문제니까."

그녀가 말을 빨리했다. 잠시 호흡하고, 눈물을 꾹 참고, 입술을 짓이기듯이 깨물었다. 억울함을 참고, 분노를 누그러뜨리고, 스무 살이 될 어느 날의 기다림을 저버리고, 여준의 곁에 머물고 싶은 욕심을 감추기 위해.

"기다려 주세요. 그러실 수 있잖아요."

―혹시 오늘 여준이 만나니?

세연이 한껏 비웃음을 담아 물었다. 얼굴을 보고 있지 않아도, 목소리만으로도 느껴졌다.

정면을 향해 고개를 든 푸름이 걸음을 멈추고, 환히 웃으며 제게 다가오는 여준을 바라봤다.

내가 힘들 때, 지금, 이렇게, 나타나면.

너무 선물 같고, 너무 기적 같잖아.

"그게 왜 궁금하세요?"

―뭐?

"궁금해하지 마세요. 저 아직 아무 결정 안 했어요."

무례하다 느껴도 상관없었다. 전화를 끊고, 푸름은 여준의 앞으로 뛸 듯이 다가가 활짝 웃었다. 지난번처럼 우는 모습을 보여 줄 수는 없으니까. 그럼 그가 걱정할 테니까.

그가 걱정하는 건, 동정보다 더 죽을 만큼 싫었다.

"너 요즘 자꾸 전화 안 받는다?"

오전 수업을 마치고 곧장 달려온 여준은 만나자마자 잔소리부터 쏟아 냈다.

얼굴을 또 왜 그러냐, 밥은 먹은 거냐, 밥도 안 먹으면서 전화는 왜 안 받냐, 할머니 고향 내려가셨다고 하던데 혼자 있는 거 왜 말 안 했냐. 목소리 한번 듣지도 못하고 몇 마디를 연달아 쏟아 낸 여준은 순간 머쓱해져 입을 다물었다.

입꼬리가 쭈욱 올라간 푸름이 고개를 기울이며 터져 나오려는 웃음을 참고 있었다.

"왜 웃어?"

"웃겨서요."

"뭐가."

"이런 말해도 되는지 모르겠는데, 선생님 방금 좀 애 같았어요."

"어쭈."

"특히 제때 밥도 안 먹는 주제에 전화는 왜 안 받았냐는 대목."

하면 안 되는 말인 줄 알면서도 스스럼없이 말한 푸름은 빙그레 등을 돌려 걷기 시작했다. 아, 또 어디 가. 여준이 작게 중얼거리며 그녀의 옆에 나란히 서서 걸었다.

"진짜야. 너 요즘 전화 너무 안 받아."

"3학년이잖아요. 엄청 바쁠 때."

"나 좋다고 따라다닐 땐 3학년 아니었나 봐?"

"저 학원 다녀왔거든요? 그래서 전화 못 받은 거고."

그녀가 무거운 가방을 힐긋 가리키며 어깨를 으쓱였다. 낡은 가방을 내려다보던 여준은 몇 주 전, 골라 놓고 사지 못한 가방을 다시 떠올렸다.

2학기 때는 조금 튼튼하고, 더 예쁜 가방을 들고 다니게 하고 싶었다. 무슨 핑계를 대야 푸름이 쉽게 받을까. 그는 새로운 고민을 시작했다.

"집에 혼자 있어도 돼? 그 사람들 또 오면."

"왔다 갔어요, 이미. 근데 우리 할머니 고향 내려간 건 어떻게 알았어요?"

걸음을 멈추고, 뒤돌아 그를 마주 보며 푸름은 눈을 동그랗게 떴다. 쏟아 낸 수많은 질문 중에서, 그게 제일 중요한가. 괜스레 밀린 느낌이라 여준은 주머니에 두 손을 꽂은 채 미간 사이를 찌푸렸다.

"전화하셨어. 너 좀 들여다봐 달라고."

"아, 할머니는 괜히 또."

푸름이 기어가는 목소리로 중얼거렸다. 뭘까. 뭘 놓치고 있는 걸까. 선물할 핑곗거리를 찾고 있던 여준은 어느새 다른 고민을 떠올렸다. 감추는 게 분명 있는 것 같은데도, 지난번에 느꼈던 기시감을 다시 느끼는데도 물을 수가 없었다.

말하지 않을 너를 알기에.

전화는 왜 자꾸 안 받고, 문자에 답장은 왜 매번 단답형인
거고. 이푸름, 넌 왜 자꾸 마르는 건지 알고 싶은데, 알아야
할 것 같은데.

"왜 그렇게 봐요?"

푸름은 가방끈을 두 손으로 꼭 붙잡은 채, 피하고 있던 시
선을 들었다.

너도 느낀 걸까, 네가 이상한 걸. 여준은 느리게 대답했다.

"자꾸 선 긋네, 이푸름. 섭섭하게."

"제가요?"

불안으로 떨리는 푸름의 눈동자는 안쓰러울 정도였다. 네
가 이러면, 난 어떡하라고. 여준은 대답 없이 무거워 보이는
푸름의 가방을 뺏어 어깨에 멨다. 가방은 그의 어깨에서 유
독 작게만 보였다.

"어, 네가."

"아닌데, 안 그랬는데."

당황한 푸름이 목을 긁적이며 혼잣말처럼 대답했다. 꼭 이
렇게 티를 내면서 당황하지. 여준은 말없이 걷기 시작했다.
이번엔 그녀가 옆에서 따라 걸으며, 아니라고 선 그은 적이
없다고 연이어 말했다.

"정말 오해예요."

그녀가 두 손으로 그를 잡아 세웠다. 간절함까지 담은 그녀의 두 눈을 내려다보며, 여준은 괜히 손을 마주 잡아 주지 못하는 게 미안해졌다.

네가 스무 살만 되면, 네가 졸업만 하면 언제든 잡을 수 있는 손이라고 자기 위안을 주면서도 힘들 때 안아 주는 것도, 손잡아 주는 것도 못 하면서 푸름이 그은 가느다란 선에 괜히 기분이 상한 자신은 그녀보다 더 어린 것 같았다.

네가 온전히 날 믿지 못하고, 온전히 기대지 못하는 것도 전부 내 책임일 텐데.

"아까 그 말은 뭐야. 큰집 사람들 왔다 갔어?"

"큰어머니요. 탄원서 때문에."

길게 묻지 않아도 무슨 상황이었고, 무슨 대화가 오갔을지 뻔했다. 상식도 없고, 대화도 안 통하는 사람들이었다. 열아홉 그녀가 홀로 감당하기는 힘들.

"써 줬어?"

"아니요. 제가 왜요."

밝게 대답하는 푸름을 보며 여준이 잘했다는 듯 그녀의 앞머리를 쓰다듬었다. 옆에 있어 주지 못한 미안함을 전하는 것보다, 섣부른 위로보다, 잘했다는 한마디가 고플 푸름이었으니까.

"원래 싫어하는데."

"뭘?"

"머리 만지는 거요. 근데 선생님이 만지는 건 좋아요."

툭, 무심한 고백을 던지듯 푸름은 그렇게 말하고 마치 하지 않아야 할 말을 한 사람처럼 미안한 얼굴을 했다. 대놓고 학교 뒤뜰로 불러 좋아하지만 대답은 스무 살에 듣겠다던 당돌한 이푸름은 어디 갔을까.

"저녁 안 먹었지?"

곤란해하는 푸름을 위해, 여준은 전처럼 화제를 돌렸다. 달달한 과일 주스가 아닌, 푸름과 함께하는 단둘만의 저녁 식사로.

푸름은 눈 튀어나오게 비싼 스테이크와 파스타를 먹었다. 교복을 입은 그녀를 배려해 룸 형태로 된 작은 프렌치 레스토랑이었는데, 예전에 지윤과 갔던 오천 원짜리 파스타 집과는 다르게 확실히 맛도 있고 분위기도 고급스러웠다.

그러니까……

데이트 같았다. 평범한 남자와 여자가 하는 데이트. 손을 잡고 길을 다닐 수도 없고, 어깨동무를 하며 걸을 수도 없고,

눈이 마주치면 설렘 가득한 표정으로 입을 맞출 수도 없지만 마치 데이트를 하는 기분이라 푸름은 약간 들떴다가, 세연의 말을 떠올리고는 갑자기 우울해졌다가, 눈앞의 여준을 보며 다시 기분이 좋아지기를 반복했다.

"보험사에서는 뭐래?"

지난번에 또 물었던 건데도, 여준은 시도 때도 없이 시간만 나면 사건과 관련된 질문을 반복했다. 그만큼 걱정이 되고, 챙겨 주고 싶은 그의 마음을 알기에 푸름은 거리낄 것 없이 대답했다.

"잘 해결될 거래요. 판결 나면 바로 지급될 거라고."

"할머니 건강은 괜찮으신 거야?"

"네. 멀쩡하세요."

"다행이네."

네. 다행이에요. 그게 뭐든, 전부.

할 수 없는 대답들을 몇 번이나 삼켜 내고, 푸름은 고개만 끄덕였다. 늦은 시간이 아닌데도, 시장 입구는 이미 한적해진 발걸음들 때문인지, 가로등의 불빛마저 어둑해진 느낌이었다.

'화재로 인한 내부 공사로 영업 중단합니다'라고 인쇄된 종이가 테이프 한쪽이 떨어진 채 가게 문 앞에 위태롭게 매달려 있었다. 푸름은 말없이 다가가 테이프로 다시 종이를 깨끗하게 붙였다. 한 번 시도하고, 두 번 시도했는데도 테이프는 잘 붙어지지 않았다.

"내가 할게."

뒤로 다가온 여준이 그녀의 등 뒤에서 손을 뻗었다. 신기하게도 그녀가 할 때는 잘 붙어지지 않았던 종이가 금쪽같이 자리를 잡았다. 사람 차별하는 것도 아니고. 잘 붙여진 종이를 빤히 바라보던 푸름이 등을 돌렸다. 다가선 거리만큼, 다시 멀어져 있을 거라고 생각했던 여준은 바로 코앞에 있었다.

"아."

놀란 푸름이 뒤로 물러서려다가 땅에 있는 돌을 밟아 순간 흐트러졌다. 기울어진 그녀의 몸을 바로 세워 준 건 여준이었다. 어깨를 붙잡힌 푸름이 허리를 세우며 괜히 머리끝을 빗어 내렸다.

가까운데, 그래서 숨이 안 쉬어지는 것 같은데. 그의 가슴팍 아래에 시선을 두다가, 아예 시선을 피해 고개를 돌린 푸름이 옆으로 비켜서려고 할 때 여준이 마른 입술을 열었다.

"근데 넌 왜 대답을 안 하냐."

나른하지만 투정이 섞인 목소리. 끝처리가 낮은 그의 목소리를 따라 푸름이 고개를 들었다. 무슨 소리인지 모르겠다는 시선으로 그를 보자 여준은 기다렸다는 듯 뒤로 물러서 그녀

와의 사이에 공간을 만들었다

"기다린다고 했잖아. 좋다, 싫다 말은 있어야 할 거 아니
야."

그의 투정은 서툴고, 낯설고, 그래서 어색했다. 응당 들려
야 할 목소리가 없자 여준은 반듯했던 미간을 사정없이 구겼
다.

"설마 나 진짜 싫어졌어?"

더는 좋아하지 않을 거라는 푸름의 말을 기억한 목소리가
날카로웠다. 반듯하게 웃던 푸름은 긍정도 부정도 하지 않은
채 대답을 망설였다.

"……선생님이 이러니까 이상해요. 원래는 내가 이랬는
데."

망설임 끝에 그의 물음과는 전혀 다른 대답이 튀어나왔다.
푸름은 괜히 제 발끝으로 시선을 내려, 끝이 해진 운동화로
애꿎은 바닥을 툭 두드렸다.

"나도 이상해."

"……."

"자꾸 애 같아진다, 네 앞에서는."

허탈하게 웃음을 토해 낸 여준이 괜히 뒷목을 어루만졌다.
네가 내게 온전히 기대었으면 싶고, 한 발짝이라도 멀어질
듯싶으면 무섭고, 얼마 전까지 네 마음을 접게 할 궁리만 하

던 내가 혹시라도 네 마음이 식었을까 두렵고. 입으로도 할수 없는 말을, 전하기엔 부끄러운 진심을 그는 속으로 토해냈다.

수줍어하는 남자의 낯선 얼굴을 빤히 올려다보던 푸름은 갑자기 말하고 싶었다. 전부, 모든 걸. 돌이킬 수 없는 순간이 오기 전에.

그는 어른이니까 그녀보다 나은 답을 내놓을 수 있다는 생각도 전에, 그를 속이고 있다는 죄책감이 힘들다는 것 전에, 그녀는 그저 지금이 너무 좋았다. 가까운 거리에서 걷고만 있어도 좋은 그를 떠나고 싶지 않았다.

그것도 누군가의 강압에 의해서는 더더욱.

"저 선생님한테 할 말 있어요."

어디서부터 어디까지, 대체 무슨 말을? 생각하기도 전에 말이 먼저 튀어나왔다. 푸름이 작게 한숨을 내쉬었다. 일은 저질렀지만 후회는 되지 않았다. 정말 이상하게도.

"무슨 말?"

하지만 아직은 때가 아니다. 세연에게 모든 걸 말한 후에, 여준과 상의할 것이다. 애처럼 휘둘렸던 자신과는 달리, 그는 좀 더 현명하게 대처할 수 있을 것이다. 그를 믿기로 했다. 어른인 그가 해결하는 모습을 곁에서 지켜보기로 했다.

"다음에요. 다음에, 꼭 들어 주세요."

"지금 못 하는 말이야?"

그렇다고 여준에게 모든 걸 떠맡길 수 없다. 적당히 세연을 상대한 다음, 여준에게 말하고 싶었다. 어리다고 해서, 아직 학생이라고 해서, 아무것도 모른다고 해서 그에게만 기댈 생각 따위는 없었다.

자퇴는 없던 일이 될 것이다. 꼭 여기서 졸업한 다음 할머니가 원하는 의대에 갈 것이다. 그가 기다리겠다던 스무 살을, 그녀 역시 기다릴 것이다. 여준의 곁에서 모든 걸 이루고 싶어졌다.

"네. 대신 약속해 주세요."

묻지 않고 고개만 기울이는 그를 향해 푸름은 환하게 웃으며 말했다.

"화내지 않겠다고."

"일부러 웃으면서 얘기하는 거지? 화내지 말라고."

"헤, 들켰다."

다시 한번 푸름의 입가에 화사한 미소가 번졌다. 아까는 불안하게 선을 긋더니, 이제는 자꾸만 웃어 주는 푸름을 내려다보며 여준은 걱정을 담아 물었다.

"내가 화낼 만한 이야기야?"

"……그럴 수도 있을 것 같아요."

그럴 수도 있다. 그렇다면 안 그럴 수도 있다는 이야기다.

여준은 푸름에게 화를 내는 자신의 모습을 상상해 봤지만, 상상은 짧게 끝났다. 있을 수도 없는 일 같았다.

"걱정하지 마. 화 안 낼 테니까. 대신 꼭 얘기해 주는 거다."

그녀가 크게, 몇 번이나 고개를 끄덕였다. 불안감이 해소된 표정에서 나오는 안도감을 읽어 낸 여준은 말없이 푸름과 그렇게 마주 보다가, 2층으로 올라가는 모습을 지켜봐 주었다.

그가 기억하는, 그녀의 마지막 모습이었다.

푸름은 어젯밤 내내 생각했다. 여준에게 해야 할 말들, 그전에 세연을 만나야 해야 할 말들, 입을 다물고 있을 수밖에 없었던 이유에 대해 여러 번, 끝도 없이 고민했다. 그리고 대답해야지. 아직 선생님이 좋다고. 너무너무 좋아서, 내 마음은 자꾸 커져만 간다고.

그런데 아주 잠깐의 희망을 품은 벌이 이런 걸까.

밤늦도록 잠을 설쳤더니, 눈을 뜬 시간은 아침도 아닌 정오가 다 된 무렵이었다. 주방에서는 낯선 냄새가 진동했다. 오랜만에 맡아 보는 할머니의 된장찌개 냄새. 푸름은 주방에서 혜옥의 흔적을 찾아 식당까지 내려온 다음이었고, 세연을 마주쳤다.

푸름은 장사도 하지 않는 식당 안에서 세연을 마주 보고 앉아 있는 혜옥을 보고 급히 다가갔다. 무슨 말을 들었는지, 혜옥의 얼굴은 하얗게 질려 있었다. 묻지 않아도 알 수 있었다. 잔인하지만, 무섭도록 예감은 틀리지 않았다.

"할머니."

물컵을 붙잡은 검버섯 흔적이 자욱한 혜옥의 주름진 손이 부들부들 떨렸다. 허리를 세우고, 고고한 자세로 마주 앉아 있던 세연의 차가운 시선이 들렸다.

"잘 지냈니?"

"무슨 짓이에요, 이게."

잇새 사이로 내뱉은 목소리는 얼음처럼 차가웠다. 세연이 픽 소리를 내며 비웃었다.

"짓이라니, 선생님한테 못하는 소리가 없네."

"선생님!"

"아셔야 할 것 같아서 말씀드렸을 뿐이야."

"……."

"네가 학교 안에서, 학교 밖에서 벌이는 짓들 전부."

억울했다. 그녀는 잘못을 저지른 적이 없다. 세연은 되지도 않는 일로 억지를 부리고 있으면서도, 죄책감 하나 없는 얼굴이었다. 푸름의 머릿속을 들여다보기라도 하는 것처럼 그녀가 먼저 선수 치듯이 말했다.

"나도 이럴 생각은 아니었어."

"선생님."

"할머님도 아실 건 아셔야지. 준비도 하셔야 하고."

지난밤, 여준에게 해야 할 말을 떠올리며 두근거리고 설레기만 했던 기억은 대체 뭐였을까. 하룻밤의 꿈이자, 허망이었을까.

눈가 주변이 붉어질 정도로 세연을 노려보던 푸름이 눈물을 꾹 참고 어렵게 입을 열었다.

"……기다리라고 했잖아요."

"왜. 김여준 선생한테 말할 시간이라도 벌게?"

여준의 이름을 들은 혜옥의 눈가가 겁에 질린 사람처럼 움찔거렸다. 푸름의 화는 갈수록 더해져, 주먹을 쥔 손이 파르르 떨릴 정도였다.

"그게 무서워서 오셨어요?"

"널 걱정해서 온 거라는 생각은 안 드니?"

"선생님!"

"이사 가겠습니다."

주고받는 목소리들 속에서, 혜옥은 차분히 말했다. 놀란 푸름이 혜옥을 돌아봤지만, 그녀는 세연에게 시선을 고정한 채 바들바들 떨고 있던 손을 움직였다. 테이블 위에는 세연이 챙겨 온 자퇴서 한 장이 펜과 함께 덩그러니 놓여 있었다. 눈 깜짝할 새 서명은 끝났다. 보호자 서명란에 서명을 마친 혜옥은 푸름의 쪽으로 자퇴서와 펜을 내려놨다.

"너도 서명해."

"할머니."

"뭐 땜시 망설여! 퍼뜩해. 여기 남아서 뭘 할 거여, 네가. 이 여자가 너 대학이라도 제대로 보내 주겠어?"

'선생님'이 아닌 '이 여자'라는 호칭에 세연이 눈썹을 모으며 반응했다.

"저는 분명 푸름이를 위한 거라고……."

"좋은 선생 되나 봅시다, 한 번."

호기롭게 서명을 마친 혜옥의 눈이 번뜩이는 것과 동시에 마주 앉은 세연이 멈칫거렸다. 이렇듯 쉽게 자퇴서에 서명을 할 줄 몰라 피차 당황하던 찰나에, 혜옥이 보이는 뜻밖의 태도에 오히려 세연은 기가 눌린 듯했다.

"남자에 눈이 멀어도 유분수제, 자기 제자나 빼돌리려는 여자가 어떻게 좋은 선생이 되겠습니까."

"이보세요, 푸름이 할머님."

"분명 벌 받을 겁니다. 당신 같은 사람이 아이들 선생이라 카믄 우리 같은 사람들이 너무 억울하지 않겠습니까."

붉게 얼굴이 달아오른 세연을 가만히 두고, 혜옥은 미동도 않는 푸름의 손을 붙들었다.

"너는 퍼뜩 서명해라."

"하, 할머니."

"시간 없다. 얼른 해."

"할머니, 잠깐만. 너무 성급하게 그러지 말고……."

"하라믄 하지, 무슨 말이 많아! 네가 여길 떠나야 저 오살할 년이 널 봐준다지 않아! 뭐 좋은 꼴 보겠다고 여기서 버텨! 똥이 무서워서 피해? 더러워서 피하지!"

혜옥이 억센 힘으로 붙든 그녀의 손에 억지로 펜을 쥐여주며 소리쳤다. 할머니, 할머니. 이러지 마요. 푸름이 울듯이 애원하는데도 혜옥은 그녀를 다그칠 뿐, 그사이에도 세연은 할 일을 마쳤다는 얼굴로 두 사람을 지켜볼 뿐이었다.

"이사는 내일 안으로 하죠."

손녀딸의 손을 억지로 쥔 혜옥은 멋대로 서명을 마치고, 세연의 앞으로 자퇴서를 거칠게 내밀었다. 싸늘한 시선으로 서명란을 확인한 세연이 몸을 일으켰다.

"생각 잘 하신 겁니다."

오살한 년이란 욕을 듣고도 세연은 태연하게 고개를 숙였다가 들었다. 흰 눈자위가 전부 빨갛게 변할 정도로 그녀를 노려보던 혜옥은 테이블 위에 있는 소금 통의 뚜껑을 열더니, 냅다 세연에게 뿌렸다.

"지, 지금 뭐 하는……!"

순식간에 소금을 뒤집어쓴 세연이 소리쳤지만 혜옥은 꿈쩍도 하지 않았다. 벌벌 떠는 손녀딸의 손을 꼭 붙잡았다. 마치 그렇게 말하는 것 같았다. 겁먹지 말라고, 네 곁에는 할머니가 있다고, 아무도 너에게 해를 가할 수는 없다고.

"썩 나가라. 무슨 면목으로 너 같은 찌끄레기가 우리 앞에서 입을 나불대나!"

옷에 묻은 소금을 털어 내고, 세연은 혜옥과 푸름을 번갈아 보다가 식당을 나섰다. 그녀의 손에는 자퇴서가 들려 있었다. 멍하니 그 모습을 지켜보던 푸름이 세연을 뒤따라 나가려고 하자, 혜옥이 푸름의 팔을 거칠게 붙들었다.

"안 돼."

"할머니!"

"아무 걱정 말아. 할미가 완주 집 다 살펴보고 왔어. 어차피 완주 내려가 살자고 하려 했으니 잘된기제. 며칠 청소해 놨으니 거기 가서 살면 되지 않겠나."

혜옥이 진즉 생각했던 일이라는 듯이 말했고, 푸름은 절망했다. 시간을 되돌리고 싶었다. 언제, 대체 언제로. 불나던 그날 밤? 선생님한테 고백했던 날?

하지만 알고 있었다. 이미 되돌릴 수 없는 일이라는 것을.

"그 뭐더냐, 검정고시? 넌 그거 보면 되고. 어차피 우리 이사해야 하니까 좋게, 좋게 생각하면 되갔지."

"그게 아니잖아, 어떻게 그래, 할머니!"

"저 여자가 사진 뿌리면 너 의대도 못 간다더라. 소문나서 학교도 못 다니고, 그렇게 된다더라. 할미가 그 꼴을 어찌 보고 살라고!"

할 수 있는 말이 없어 푸름은 무너지듯 바닥에 주저앉았다. 자꾸만 헛웃음이 터져 나왔다. 가만히 생각해 봤다. 혜옥의 고집을 이길 수 있는 무언가가 확실히 있는지를.

아니라고 설득해 볼까, 선생님이 겁주는 거라고, 그렇게 되지 않을 거라고, 말만 그러는 것뿐이라고. 그리고 여준에게 도움을 청해 볼 생각이었다고 뒤늦게나마 설득을 해 볼까.

"할머니……."

가기 싫다고, 여기 있고 싶다고 고개를 흔들며 푸름이 애원했지만 혜옥은 단호했다. 푸름의 두 손을 꼭 붙잡은 혜옥은 손녀딸의 두 눈을 마주 보기 위해 무릎을 굽혔다.

"푸름아."

방금 전까지 노기가 성했던 목소리는 어디 가고, 이불 속처럼 포근한 혜옥의 목소리가 들리자 눈물이 가득 맺힌 푸름의 눈동자가 눈앞에 주저앉은 할머니에게 향했다.

"네 큰집 식구들 또 쳐들어오면 우짜려고, 응? 요로코롬 된 거, 차라리 잘된 일일 수도 있으니까 좋게 생각하자. 이 집이랑 식당 뒤처리는 과일 가게 윤 씨한테 부탁하고, 아무 문제없으니 내일 날 밝자마자 떠나자, 푸름아."

떠나다니. 어디를. 이렇게 갑자기? 여기, 다 내버려 두고?

푸름은 대답하지 않았다. 가고 싶지 않다. 하지만 할머니가 원한다. 전부 다 잃은 자신을 거두고, 키워 준 분이 애원한다. 떠나자고. 다 버리고 떠나 버리자고.

"그라제? 할미 말대로 할 거제?"

끝끝내 참았던 눈물을 토하며 고개를 흔들던 푸름은 더는 고집을 부리지 못했다. 주름지고 까끌까끌한 손으로, 몇 번이고 푸름의 손등을 쓰다듬는 혜옥의 결심을 꺾을 수 없기에.

"우리 손녀딸이 누군데. 아무 걱정하지 마, 그려."

혜옥이 푸름의 등을 안아 주고, 토닥이며 위로했다. 그 누구보다 무너지고 있을 혜옥의 마음을 알면서도 푸름은 할머니의 어깨에 얼굴을 묻고 엉엉 울었다.

"하, 할머니. 나는……."

가고 싶지 않아요. 선생님이 여기 있는데, 내가 어디를 가요.

소리 내어 말하고 싶은 목소리가 눈물에 꾹꾹 삼켜져 나오지 않았다. 푸름은 한참을 울었다. 친한 친구에게 장난감을 빼앗긴 어린아이처럼, 엄마에게 달려가다 넘어져 무릎을 까진 이처럼 목 놓아 울었다.

그가 없는 세상.

무섭게도, 정말 다가오고 있었다.

"얘는 왜 자꾸 전화를."

어제부터 지금까지, 전화 한 통 없는 푸름을 떠올리며 여준은 다시 한번 휴대폰을 확인했다.

수업에 들어가기 전, 목소리라도 듣고 싶었는데 오늘도 역시 전화는 연결되지 않은 채 몇 번을 그랬던 것처럼 끊어졌다.

아무래도 오늘 다시 찾아가야 할까. 할 말이 있다고 했으니, 전화가 올 때까지 기다릴 생각이었던 여준은 다시 마음을 고쳐먹었다. 기다리긴 개뿔, 걱정되는데 어쩌란 말이야.

어차피 방학 중이라 오전 수업밖에 없으니, 수업이 끝나는 대로 가야겠다는 생각과 함께 여준은 출석부와 수업 자료를 챙겨 들었다. 어느새 화장실에 다녀온 세연이 자리에 다가와 앉으며 핸드크림을 손에 들었다.

"수업 들어가?"

"응, 세 시간 풀."

"피곤하겠네."

"애들만 할까. 나 갈게."

휴대폰을 충전기에 꽂고 여준은 서둘러 교무실을 나섰다. 방학 중이라 교무실에 있는 선생님들은 많지 않았다. 세연 역시 수업에 들어가야 하지만 한 시간 정도 자습을 시켜 놓은 다음이라 홀로 교무실에 있을 수 있었다. 말없이 가방에서 서류 봉투를 꺼낸 세연은 푸름의 자퇴서를 몇 번이나 다시 확인했다.

억지로 쥐어 짜냈던 푸름의 서명을 눈에 담으며 세연은 아랫입술을 피가 날 듯이 깨물었다.

푸름은 싫어했다. 자신의 예상대로 자퇴하지 않을 생각이었던 게 분명했다. 혹시 여준에게 말하려고 했을까? 설마 아는 건 아니겠지? 조금 전 눈치로 보아 그는 모르는 듯했다. 다행이라고 여기면서도, 마음 한구석에서 스멀스멀 피어오르는 불안감은 해소되지 않았다.

어제 푸름의 태도로 보건대, 여준에게 말하려던 것이 분명했다. 어디서부터, 어디까지인지는 알 수 없으나 어느 정도는 확신할 수 있었다. 떠날 생각이 없었다는 것을.

어쩌면 그게 정답일 수도 있다. 만약 자신이 직접 혜옥을 찾아가지 않았다면, 푸름이 순진한 학생이 아니라면 당연히 여준에게 도움을 요청하고, 해결해 달라고 했을 수도 있다. 어쩌면 그게 제일 쉬운 방법이니까.

그걸 알면서도 이용했다. 순진하고 착한 푸름을. 이미 벼랑 끝에 선 푸름을 알면서도 한 점의 죄책감도 없이 그녀의 등을 밀어 버렸다.

미친 짓이라는 걸 안다. 해서는 안 되는 짓이라는 것도 안다. 선생으로서, 어른으로서 하면 안 될 일이지만 세연은 자꾸만 어쩔 수 없었다며 합리화에 빠졌다.

내가 아니면 너희를 누가 구제해 주겠어. 단단한 착각에 빠져 있는 너희를, 지금 누가 말려 줄 수 있겠어.

훗날 이 일을 여준이 알게 되더라도, 그는 감사해야 한다. 지금의 김여준을 구해 준 사람이 온전히 저라는 걸 깨달아야 한다.

"그러니까 원망하지 마."

김여준 너도, 이푸름 너도.

자퇴서를 꼭 붙든 채 세연은 중얼거렸다. 손은 바들바들 떨리고, 입술은 자꾸만 바짝바짝 말라 왔다. 누가 보는 건 아닐까 자꾸 뒤를 돌아보며 세연은 서랍 안에 자퇴서를 숨겼다.

이사 갔다는 사실을 확인하는 대로, 부장 선생님께 올릴 생각이었다. 장래가 촉망되는 학생의 자퇴. 파장은 클 거라고 예상하지만, 화재로 인해 어쩔 수 없는 일이었다고 둘러대면 그만이다.

그걸 여준이 믿을지는 모르겠지만 믿게 할 생각이다.

수업에 가기 위해 세연은 떨리는 손을 진정시키고, 자료를 챙겨 들었다. 그사이 옆자리인 여준의 자리에서 짧은 벨 소리가 울렸다. 평소 같았으면 모른 척하고 지나갔을 텐데도, 극도로 예민해진 세연의 귀에는 그 소리가 너무나도 잘 들렸다.

다시 벨 소리가 울렸다. 몇 번이나 길어지던 벨 소리가 끊기고, 조금 시간을 둔 뒤에 짧은 문자 수신음이 띠링, 하고 조용한 교무실에 울려 퍼졌다.

마치 제 것을 쥐는 양, 세연의 손은 너무나 자연스럽게 여준의 휴대폰을 향했다. 충전기에 꽂혀 있던 휴대폰을 드는 손에 망설임은 없었다.

화를 참듯 세연이 깊은 한숨을 속으로 내쉬었다. 문자였다. 그것도 푸름의 문자.

〈선생님. 전화 안 받으셔서 문자로 말씀드려요.〉

〈사정이 생겨서 저 지금 이사 가게 됐어요. 다 설명해 드릴게요.〉

〈선생님이 이해해 주셨으면 좋겠어요. 꼭 전화 주세요.〉

〈저 하지 못한 말 너무 많아요.〉

뭘? 무슨 설명을 어떻게? 네 자퇴는 자의에 의한 게 아닌, 내 협박 때문이었다고 말하게? 이젠 자퇴해서 학생도 아니니까 선생하고 연애라도 하게?

문자를 다 읽어 내려가기도 전에, 연달아 다른 문자가 도착하고 세연은 싸늘한 표정으로 확인했다.

〈저도 선생님 좋아해요. 제 스무 살, 기다려 주셨으면 좋겠어요.〉

좋아해요, 기다려 주셨으면 좋겠어요.

세연의 차가운 눈동자가 휴대폰 화면을, 글자 곳곳에 숨겨진 푸름의 마음속을 배회했다.

감히 누구 인생을 망치려고 들어. 감히, 네가 뭔데. 세연은 망설이지 않고, 일체의 고민도 없이 손가락을 움직였다. 답장을 써 내려가는 세연의 표정 위로는 작은 죄책감도 하나 깃들지 않았다.

나는 좋아한다는 말도 못 꺼내 봤어. 우린 그런 사이야. 어릴 때부터 줄곧, 지킬 것이 너무 많아 솔직해져 본 적도 없었어. 그런데 네가 뭔데 끼어들어. 네가 뭔데. 조용히, 아주 곱게만 떠났어도 이런 일은 없었잖아.

"둘이 잘 어울리네."

"그러게. 아주 선남선녀가 따로 없어."

"우리 나중에 애들 크면 결혼이나 시킬까요?"

"어머! 그럴까요, 사돈?"

어릴 때부터 그랬다. 그에게 어울리는 사람은, 오직 자신뿐이었다.

"여자 친구……?"

"응. 나중에 소개해 줄게."

"그, 그래? 어떻게 만났는데?"

"그냥, 뭐."

너에게 내가 아닌 첫 여자 친구가 생겼을 때 하늘이 무너지는 것 같았다. 고백해야지, 고백해야지 하면서도 선을 긋고 가까이 다가오는 법이 없는 너에게, 섣불리 좋아한다 말할 수가 없었다. 너의 첫 연애가 끝나고, 두 번째 연애가 끝날 때의 행복은 상상 그 이상이었다.

"교육 공무원? 너 임용 보게?"

"그게 그렇게 놀랄 일이야?"

"아니, 난 너 CPA 시험이나 금융 쪽 준비할 줄 알았지."

"다들 왜 그렇게 생각하나 몰라. 교사는 뭐 쉬운가."

네가 임용 고시를 준비했을 때는 기뻤다. 너는 나를 친구 이상으로 대하지 않았지만 내 마음은 날이 갈수록 커져 갔고, 우리는 한 발 더 가까워졌다고 생각했다. 친구, 언젠가는 그 이름을 깰 수 있을 거라 여겼다.

이푸름, 너만 아니라면.

누구도 대신할 수 없다. 김여준의 옆에도, 자신의 옆에도 우리는 서로가 아니면 의미 없는 사람이다. 세연은 크게 숨을 내쉬었다.

〈너한테 실망했어. 이렇게 제멋대로인 줄 몰랐다. 다시는 연락하지 마.〉

〈정말 질렸다, 다 네 마음대로 해. 전화 안 했으면 좋겠다.〉

마치 여준인 척, 문자를 보낸 세연은 망설임 없이 문자 내용을 전부 지웠다. 푸름이 보낸 문자, 그녀가 여준인 척 보낸 문자까지 전부 지운 그녀는 멈추지 않았다. 휴대폰을 끄고, 마치 아무 짓도 저지르지 않은 사람처럼 태연하게 교무실을 확인했다.

아무도 없는 빈 공간. 세연은 큰 동작과 함께 휴대폰을 바닥에 던지고 구두 굽으로 휴대폰 액정을 깨부쉈다. 동시에 파직, 부서진 휴대폰은 순식간에 제 기능을 잃었다.

처참하게 깨진 휴대폰을 빤히 바라보며 세연은 낮은 한숨을 내쉬었다. 그녀는 몇 번이나 떠올리던 말을 다시 되새겼다.

나도, 이렇게까지 하고 싶지는 않았어.

"난, 내 사랑이 더 중요할 뿐이야."

"싸게싸게 준비하고 내려오라니까 뭣 하고 있어?"

빈 가구만 덩그러니 남겨진 방 안에서 푸름은 망연자실했다. 이런 답장을 받을 거라는 생각은 하지 않았다. 아무리 화가 났기로, 그는 이런 말을 할 사람이 아니다.

뭔가 오해가 있는 거야. 그래, 오해일 거야, 그게 분명해. 목소리를 듣자, 직접 말로 설명하자.

"푸름아."

푸름을 데리러 올라온 혜옥은 휴대폰을 꼭 붙든 손녀딸을 바라보았다. 푸름은 미동도 않고, 반응 없는 휴대폰을 내려다봤다.

전부 말할 생각이었다. 세연이 한 짓도, 당한 일도, 이사를 할 수밖에 없는 이유도. 하필 가게 된 곳이 먼 데라 조금 걸리지만, 기다려 준다고 했으니 그렇게 말할 생각이었다. 그가 듣고 싶어 하던 고백과 함께.

푸름은 곧장 통화 버튼을 눌렀다. 하지만 전원이 꺼져 있다는 음성만이 흘러나왔다. 전화는 왜 껐을까. 혹시 내 목소리가 듣기 싫어서?

"푸름아, 너 왜 그래. 왜 울어, 또."

놀란 혜옥이 푸름에게 다가왔다. 건물 앞에 짐을 실은 트럭이 기다리고 있었다. 금방 내려오겠다던 푸름이 소식도 없자 데리러 올라온 참인데, 푸름은 무슨 일인지 방울만 한 눈물을 똑똑 흘렸다.

밤새 울어 지쳤을 텐데도 그녀는 끊임없이 울었다. 울고, 토하고, 또다시 울기를 반복하는 손녀딸을 밤새 지켜봐야 했던 혜옥은 가슴이 미어지는 고통을 함께 느꼈다.

"할머니……."

화내지 않기로 했으면서, 얘기도 안 들어 보고 화를 내요. 질렸대요, 다신 연락하지 말래요. 선생님이 아닌 것 같은데,

선생님이 이럴 리가 없는데……. 지금 전화도 안 받아요. 내 목소리가 듣기 싫은가 봐요.

나는, 나는 이제.

"어떡해."

심장이 찢어진다는 느낌이 이런 걸까. 날카로운 뭔가가 가슴을, 머리를 자꾸만 할퀴는 기분이 들었다. 겪고 싶지 않았다. 다시는, 경험하고 싶지 않는 잔혹함이다.

눈물로 엉망이 된 얼굴인데도, 푸름은 다시 휴대폰을 들고 통화 버튼을 누르기를 반복했다. 여전히 꺼져 있다는 음성의 반복. 그럼에도 불구하고 손을 멈추지 않았다. 통화 버튼을 누르고, 다시 누르고, 또다시 눈물을 토하고.

이삿짐을 실은 트럭 기사가 시간이 없다며 고래고래 소리를 질렀다. 혜옥은 억지로 푸름을 일으키고, 대신 그녀의 휴대폰을 손에 쥐었다.

완주까지 가는 머나먼 길, 혜옥은 미련 없이 달리는 차창 밖으로 푸름의 휴대폰을 버렸다.

결국 푸름은 자퇴를 하고, 이사를 갔다.

그때까지도 여준은 모르는 일이었다.

7화

결혼하셨어요?

—자꾸 연락 와. 너 어디로 이직했냐고.

　텅 빈 사무실. 평소보다 이른 시간에 도착한 푸름은 출근길이라며 걸려 온 지윤의 전화에 반가워하다가, 뜻밖의 말을 전해 듣고는 미간을 좁혔다.

　"무시해. 받지도 말고."

　—미친놈. 이럴 거면 2년 내내 왜 따라다녔대? 같은 부서 신입이랑 바람난 주제에 어디서 전화야, 전화질은.

　초등학교에 다닐 적부터 붙어 다니고, 대학 내내 함께 원룸에서 자취를 하고, 회사까지 나란히 입사한 지윤에게는 비밀이 없었다. 때때로, 바람피워 안 좋게 헤어진 전 남자 친구에게 욕을 한 바가지 퍼부어 주는 것도 그녀의 몫인 것처럼.

한숨을 삼킨 푸름이 자리에서 일어나 탕비실로 향했다. 아주 진한 커피가 간절했다. 정신이라도 확 차릴 만큼.

"다음에 만나면 한 대 패 주든가."

─정말? 그래도 돼? 너 남아일언중천금이다? 나 진짜 해?

푸름은 말없이 웃기만 했다. 그녀가 그냥 해 본 소리라는 걸 모를 리가 없는 지윤이 한숨 쉬듯이 말했다.

─나도 너 따라 그만둘걸. 괜히 남았어.

"인사과 꿀맛이라며? 다른 데서 그만한 연봉 받기 쉽지 않을걸."

─알지. 그래도 네가 없잖아. 커피 마실 사람도 없어, 나.

커피 머신에 캡슐을 넣은 푸름이 버튼을 눌렀다. 머그잔 안으로 진하게 내려오는 커피를 내려다보는 그녀의 입가에 산뜻한 미소가 걸렸다.

─회사는 어때, 괜찮아? 오늘로 3일째인가?

다가오는 공채 시즌 덕분에 요 며칠 꽤 바빴던 지윤은 뒤늦게 그녀의 근황을 물었다. 탕비실 안에 진한 커피 향이 진동했다. 머그잔을 들고 탕비실 한쪽 테이블에 자리를 잡은 푸름이 휴대폰을 바꿔 잡았다.

"응, 괜찮아."

─팀은 어때? 막말하는 상사는 없고?

"응. 다행히 괜찮은 사람들만 있어."

대신 이상한 말하는 상사는 있지.

"그런데 이푸름 씨는 나한테 물어볼 거 없어요?"

"결혼은 했는지. 혹은 결혼을 할 여자가 있는지."

뜨거운 커피 한 모금을 마신 푸름의 시선이 힐긋 탕비실 밖을 향했다. 아직 8시도 안 된 시간. 이직 전의 회사에서는 9시 정시 출근이지만, 회식 다음 날에도 8시에 출근을 하는 부장 때문에 늘 7시 30분에는 회사에 도착해야 했다.

버릇처럼 일찍 오긴 했는데, 정시 출근을 해도 눈치를 안 주는 회사라니. 정상적인 게 틀림없는데, 그걸 신기해하는 자신이 우스웠다.

듣는 사람이 없음을 확인한 푸름이 잠깐의 망설임 뒤 입을 열었다.

"……나 실은 김여준 선생님 계신 회사에서 일해."

짧막한 설명과 깔끔하지만, 부족한 뒷마무리. 당연한 절차처럼, 지윤은 버럭 소리를 질렀다.

─뭐? 누구? 김여준 선생님? 여준 쌤?!

놀란 지윤은 끊어야겠다는 푸름의 말에도 불구하고 그녀에게 어떻게 된 일이냐며 설명을 요구했다. 대학교 때 친한

311

교수님께서 면접을 권하신 일부터 완주에 함께 다녀온 얘기까지 마쳤을 때, 이미 지윤의 상상력은 더할 나위 없이 발전 중이었다.

—그래서? 선생님, 결혼은 했대?

모른다. 느낌상 안 했을 것 같지만 그것도 확실하지 않다. 아니, 애써 부정하고 도망치고 있는 걸까. 머그잔 위쪽을 만지작거리며 푸름이 대답했다.

"아마 안 했을걸."

—애인은? 손 확인했어, 반지 없는 거?

"응. 없더라."

—내숭 떨면서 확인은 다 했네, 그럼 자빠뜨려야지!

얘, 지금 사무실 아니었나? 적나라한 지윤의 언사에 푸름이 우스갯소리라는 양 웃었다.

"자빠뜨리긴 뭘 자빠뜨려."

—그것도 안 할 거면 면접은 뭐하러 봤는데?

"뭐, 소식도 궁금하고."

그때의 그 복잡한 심경을 말로 설명하리란 무리였다. 뒷목을 만지작거리며 푸름이 대충 둘러댔다.

—그런데 선생님, 학교는 언제 그만두신 거래? 그건 물어봤어? 학교 오래 다니실 것 같았는데. 하긴, 생각해 보면 졸업식 때 선생님 모습을 못 봤던 것 같기도 하고.

교수님한테 들었던 정보로는, 그가 서른 전에 학교를 그만 뒀다는 것뿐이다. 직접적으로 물어볼 수 없으니, 할 수 있는 건 어느 정도의 어림짐작뿐. 대학원 이력과 회사 창립 시기를 봤을 때는, 그가 학교를 그만둔 시기가 그녀의 고등학교 졸업 예정 시기와 거의 맞물린 것도 같았다.

　그래서 한동안 오해도 했었다. 자신 때문일까 생각해 보지만 '사진'에 대해 그가 모른다면, 학교를 그만둘 이유는 없었다. 자신이 떠난 후에, 세연이 사진을 빌미로 그를 협박할 일도 없었을 것이다.

　세연이 원하는 건 푸름의 부재였으니까. 그렇다면 다른 요인이 있다는 건데. 생각과 추측만 가능할 뿐, 확신은 어림도 없었다. 어쩌면 아예 그녀와 상관없는 일일 수도 있다.

　"그러게. 그건 안 물어봤네."

　"어렸거든요. 그래서 무서웠고."
　"나도 그랬어. 어렸고, 무서웠어."

　그녀는 거짓말로 대답을 얼버무렸다. 어렸고, 무서웠기 때문에 학교를 그만뒀다는 그의 대답을 그대로 지윤에게 전할 수는 없었다. 그녀도 이해할 수가 없는데, 지윤을 이해시키는 건 무리였다.

—나도 고등학교 애들이랑 연락을 잘 안 해서 알아보기는 어렵네. 직접 물어보기는 좀 그런가?

"옛날 일이라, 좀 껄끄러우신 것 같아."

—그럴 수도 있겠네. 아무튼 별 인연이 다 있다. 그때가 벌써 열아홉 살인데. 언제 선생님이랑 자리 한번 만들어. 나 선생님한테 사과드릴 일도 있거든.

"무슨 일?"

—그런 게 있어. 내가 너 때문에 별소리를 다 했다, 진짜.

자신이 모르는 일인지, 지윤이 혼자 푸념하는 소리를 듣고 있는데 탕비실 입구 쪽에서 인기척이 들려왔다.

탕비실 앞에 이제 막 출근한 여준이 벽에 옆으로 기대선 채 그녀를 보고 있었다. 놀란 푸름이 벌떡 몸을 일으키자 그가 성큼성큼 다가왔다.

"지윤아. 내가 나중에 전화할게."

푸름이 급하게 전화를 끊었다. 그가 들었다고 해서 문제가 될 내용도, 알아들을 수 있는 것도 아닌데 괜스레 그의 얘기를 하고 있었다는 사실이 마음에 걸렸다.

"출근 빨리했네요?"

그에게 존댓말을 요구한 건 자신인데, 왜 이렇게 어색한지.

"네. 팀장님도 빨리 오셨네요."

"검토할 자료가 있어서. 지윤이면 내가 기억하는 그 지윤이가 맞나? 이 대리 고등학교 친구였던."

존댓말을 하면서, 사적인 얘기를 들먹이는 여준을 물끄러미 올려다보던 푸름이 느리게 고개를 끄덕였다. 혹시 들은 거냐고 묻고 싶었지만 그에게 묻지 못한 말들이 산더미인 것을 떠올리며 물음을 삼켰다.

"아직도 친한가 봐요?"

그가 커피 머신 앞으로 향하더니 말했다.

"네."

"보기 좋네. 이 대리 많이 아끼는 것 같았는데."

지윤이와 친했었나. 자신은 모르는 과거의 일을 암시하는 듯한 두 사람의 말을 곱씹던 푸름이 식은 커피가 든 머그잔을 손에 쥐었다. 아무래도 지윤에게 물어야 할 것 같다.

"그럼 저는 이만……."

"YS랑 미팅 날짜는 잡혔어요?"

"아, 네."

급하게 훅 들어온 일 얘기에 푸름이 경직된 자세로 대답했다.

"아마 나랑 둘이 가게 될 거예요. 그동안 미팅 진행도 쭉 같이했으니까."

그와 단둘이. 푸름은 티 나지 않게 아랫입술을 깨물었다.

그런 그녀를 빤히 바라보며 여준은 내심 안도했다. 긴장을 푸는 것보다는, 자신의 앞에서 긴장을 하는 그녀의 모습이 더 승산이 있다.

내가 네 앞에서 긴장하는 것과 같은 이유일 테니까.

"혹시 술은 좀 해요?"

그녀와 같은 색의 머그잔을 손에 쥔 여준이 컵을 입가로 가져가며 물었다. 어정쩡하게 그를 마주 보고 선 푸름이 다시 느리게 고개를 젓자, 여준은 안타깝다는 듯 그녀를 내려다봤다.

"아무래도 오늘이지 싶은데."

"이 대리님! 잔 채웠죠?"

아, 회식은.

"위하여!"

정말 안 맞는데.

어색한 웃음과 함께 잔을 든 푸름이 소주와 맥주가 환상의 비율로 섞인 잔을 입으로 가져갔다. 역시 입에는 맞지 않지만 모두의 시선이 제게 닿는 이 순간, 그냥 내려놓을 수는 없었다. 왠지 죄책감도 들 것 같고.

잔을 전부 비우고 테이블 위에 내려놓기 무섭게 우레와도 같은 함성이 터져 나왔다. 고작 다섯 명 남짓한 사람들의 입에서 나온 소리라고는 믿어지지 않을 정도였다.

출근한 지 3일째가 되는 목요일 저녁. 푸름의 환영회를 제안한 건 팀장인 여준 다음으로 직급과 연차가 가장 높은 혜정이었다. 푸름이 어째서 금요일이 아닌 목요일이냐고 묻자 팀원들은 입을 모아 금요일은 무조건 칼퇴근이라 회식이 없다고 답했다. 리서치 회사에서, 그것도 금요일에 퇴근이 존재하다니.

그래서 참여하게 된 회식. 눈앞에 놓인 폭탄주. 푸름은 금방 채워진 술을 보며 한숨을 삼켰다.

"이 대리, 술 좀 마시나 봐요?"

혜정이 옆에서 말을 걸어왔다. 직급은 같았지만, 나이와 경력으로 보았을 때 선배나 다름없었다.

"아니요. 별로 못 마셔요."

"에이, 아닌 것 같은데. 꺾는 솜씨가 예사롭지 않은데요?"

꺾는 솜씨라니. 내가 대체 뭘 꺾었다고.

속이 부글부글 끓기 시작하는데 맞은편에 앉은 민기가 그녀의 잔에 다시 가득 술을 따르기 시작했다. 설마 이 팀, 회식을 이런 식으로 하나. 초반부터 달리는 방식으로? 푸름의 눈이 불안으로 흔들리는 걸 봤는지, 대각선에 앉은 미윤이 살가운 미소를 지었다.

"걱정하지 마세요. 저도 여기 오고 환영회만 이렇게 했어요. 회식 별로 없더라고요."

"고상한 일식집 코스가 우리 주 회식 메뉴였죠."

"술 별로 안 좋아하시는 팀장님 덕분이에요. 대신 대표님 끼면 일이 커져요. 왜 그렇게 집에 들어가는 걸 싫어하시는지."

미윤, 현석, 민기가 차례차례 말을 이었다. 말이 끝나고 가장 상석에 앉은 여준을 힐긋 보던 푸름은 그와 눈이 마주치기 무섭게 시선을 돌렸다. 그런데도 그의 시선은 줄곧 그녀의 얼굴에 닿아 있었다. 얼굴이 화끈거리는 느낌에 푸름은 찬물부터 들이켰다.

"유부남이라 그래, 유부남. 여기 집에 들어가기 싫은 유부녀도 있는 것처럼."

혜정이 친근한 미소와 함께 설명을 덧붙였다. 그 후로 계속 고기를 굽고, 술을 마시고 계속되는 수다 속에서도 그녀는 부단히 정신을 차리려 애써야 했다.

끝없이 술을 따르고, 마시고, 부어라 마셔라 하는 분위기가 이어졌다. 맥주 한 잔에 얼굴이 붉어진 미윤이 질문을 던진 건, 이미 푸름이 취기가 오른 다음이었다.

"이 대리님. 남자 친구 있으세요?"

푸름을 둘러싼 모두의 시선이 그녀에게 닿았다. 술 대신에 물만 마시고 있던 여준의 눈썹이 자동으로 반응했다.

"있을 것 같은데?"

"설마. 진짜예요, 대리님?"

네가 왜 놀라는데.

미간을 모으며 현석을 짧게 노려본 여준이 곧바로 시선을 거뒀다. 어차피 팀원들은 푸름의 연애 얘기가 시작될 조짐에, 그에게 신경을 쓸 생각도 없어 보였다.

푸름이 어색한 웃음을 지었다. 일부러 내색하지 않으며, 여준은 다시 물컵을 손에 들었다. 입술이 바싹 마르는 기분. 그걸 경험하고 있었다.

"지금은 없어요."

아. 마음속에서 우러나온 작은 탄식. 어느새 안도하고 있는 자신을 발견한 여준이 자조적인 웃음을 삼키는데, 질문은 사방에서 튀어나왔다. 얼마나 없었어요? 언제까지 없었는데? 사내 연애는 안 해 봤어요? 인기 많았을 것 같은데? 그가 묻고 싶은 걸 대신 물어 주니, 얼마나 감사한 일인가.

여준은 회식과 동떨어진 사람처럼 조용히, 관망하며 필요한 이야기들을 챙겼다.

"반년쯤 됐어요."

간결하고 깔끔한 대답에 모두가 탄식 아닌 탄식을 터트렸다. 방청객이 따로 없다 생각하며 그는 미간을 좁혔다.

자신은 절대 알 수 없는 그녀의 반년을 곱씹으며, 여준은 자연스레 생각에 잠겼다. 아무도 만나지 않았을 거라는 생각은 하지 않았다. 그런데 이 상실감은 어디서부터 비롯된 건지.

"회사에서 만났어요? 사내 연애?"

궁금한 건 곧 죽어도 못 참는 민기가 나서서 물었다. 마치 이 상황과 자신은 아무런 상관도 없다는 듯이, 여준은 미지근한 물만 들이켰다.

"네."

저런 깔끔한 인정이라니. 컵을 입에 댄 채 눈썹을 삐죽이는데, 순간 여준과 푸름의 시선이 공중에서 만났다. 푸름은 곧장 고개를 돌렸지만, 여준은 그러지 않았다. 나름의 오기였다. 자꾸만 제 시선을 피하는 그녀에 대한 오기.

"푸름 씨, 인기 많았을 것 같아. 입사하고 장난 아니었죠? 딱 보면 알지, 내가. 신입 사원으로 들어갔던 회사에서도……."

더는 대답하기 꺼리는 듯한 그녀의 모습에 혜정이 너스레를 떨며 질문을 막았다. 혜정의 신입 사원 시절 얘기, 지난 프로젝트 얘기, 미윤의 지난 연애 얘기, 어제 터진 연예인 스캔들 얘기. 명확하지도 않은 주제로 화제가 5분 만에 한 번

씩 바뀌었다. 이 사람들, 술 마시는 회식은 잘 안 한다면서
왜 이렇게 잘 마시는 거야.

푸름은 정확하게 제 몫의 폭탄주 네 잔을 비웠을 때, 조용
히 몸을 일으켰다. 알딸딸한 기운 때문에 찬 바람이 필요했
다. 이대로 돌아갈 생각은 없었기에 가방도 없이 휴대폰만
챙겨 몸만 빠져나갔다.

이미 분위기와 알코올에 거나하게 취한 팀원들 중 유일한
기혼녀, 혜정은 첫 잔을 야금야금 비우며 푸름의 뒷모습을
살폈다.

"따라 나가야 하나."

이미 만취한 팀원들 중에 그녀를 따라 나가서 살필 사람
은 아무래도 없어 보였다. 저들끼리 벌써부터 2차를 상의하
고 있으니. 아직도 반이나 채워져 있는 첫 잔을 내려놓은 혜
정이 무릎을 세울 때였다.

"제가 나갈게요. 있어요."

가운데 앉아 있던 여준이 몸을 일으켰다. 푸름의 가방을
챙기는 것도 잊지 않았다. 얼떨결에 팀장을 내보내게 된 혜
정은 푸름을 따라나서는 여준을 보며 묘한 기분에 휩싸였다.
지난 회의 때도 평소 그답지 않은 모습을 보았다. 팀의 중심
인 그가 이제 막 들어온 경력직 사원을 챙기는 것쯤이야 대
수롭지 않은 일이라고 생각할 수 있었다.

그렇게 생각하면 그만이긴 한데.

"어라, 팀장님이랑 이 대리님 어디 가셨어요?"

이제야 두 사람의 빈자리가 보인 듯 미윤이 눈을 크게 떴다.

"잠깐 밖에. 우리 고기 더 시킬까?"

행여나 일이 커질까 싶어 혜정이 화제를 돌리자 팀원들은 또 그걸 덥석 물었다. 육회와 양념 갈비, 다양한 말이 오가는 사이에 혜정이 시원한 찬물을 주문했다.

아무래도 찜찜했다. 오늘 저 두 사람을 더는 보지 못할 것 같기도 하고.

그런데 내가 예민한 거야, 저쪽에서 티를 내는 거야?

5분. 꼼짝도 하지 않고 편의점 앞 냉동고를 내려다보며 가만히 서 있던 시간.

다섯 걸음 정도 뒤에 선 채 그녀를 기다리던 여준은 할 수 없이 걸음을 옮겨 옆으로 다가갔다. 아이스크림으로 꽉 찬 냉동고를 보며 무슨 고민할 거리가 있는지 궁금해졌고, 무엇보다 저대로 잠들 거라는 걱정 역시 하지 않을 수가 없었다.

"……."

종류도 몇 개 없는데 대체 뭘 고민하는 건지. 삐죽 튀어나온 입술이 귀엽기까지 했다. 여준이 소리를 내며 웃었는데도 반응이 없었다. 그저 오른쪽으로 향했던 고개가 왼쪽으로 옮겨질 뿐. 그래 봤자 내 눈에는 다 똑같은 아이스크림인데.

"골랐어?"

다정한 목소리에 반응하며, 푸름은 대답 없이 뚱한 얼굴로 고개만 들었다.

맙소사. 소리 나게 침을 꿀꺽 삼킨 여준이 그만 헛기침이 터져 나와 주먹 쥔 손으로 입가를 가렸다. 동그란 눈을 크게 깜빡이며 그를 올려다보는 푸름의 모습은 긴장이 풀려 있어 그 어느 날의 이푸름을 연상시키기에 충분했다.

무엇이든 가능할 것만 같은 열아홉, 몸에 딱 맞던 교복, 뻔뻔하고 당당한 고백이 더 사랑스러웠던.

"이푸름. 골랐어?"

그를 다시 만난 후로, 항상 경직되고 긴장된 얼굴을 한 푸름이었다. 취하면 이렇게 되는 구나. 뒷목을 긁적인 여준이 재차 물으며 생각을 정리했다. 그래 봤자, 푸름을 빨리 집에 데려다줄 생각뿐이었다.

"……없어요."

"뭐?"

"돈을 안 가지고 왔어요."

푸름의 작은 목소리를 뒤늦게야 알아들은 여준은 곧 차에 옮겨 놓은 그녀의 가방이 떠올랐다. 설마 그것 때문에 계속 고민하고 있었던 건가.

"내가 사 줄게. 그럼 돼?"

다정한 여준의 물음에 푸름은 그 대답을 기다린 사람처럼 열심히 고개를 끄덕였다. 열 살은 어려진 듯한 그녀의 행동 때문에 그의 입가에 미소가 짙어졌다.

"어떤 거?"

푸름이 손가락으로 아이스크림을 가리키고, 여준은 금방 계산하고 나올 테니 여기 가만히 서 있으라고 말했다. 푸름은 뭐 어려운 일이냐는 듯이 재차 고개를 끄덕였다. 아무래도 불안하지만 여준은 빨리 계산하고 나와야겠다는 생각에 서둘렀다.

아이스크림과 더불어 생수, 술 깨는 음료수까지 손에 쥔 여준이 편의점을 나섰을 때, 당연하다 생각될 만큼 푸름은 그 자리에 없었다. 너무 태연하게 고개를 끄덕이길래, 믿었던 게 화근이었다.

낮은 탄식과 함께 여준이 곧장 주변을 두리번거렸다. 다행히도, 푸름은 근방 벤치에 앉아 있었다.

은근 손 많이 간다니까.

여준이 단추를 풀어 재킷을 벗으며 푸름에게 다가갔다. 스커트를 입은 푸름의 새하얀 다리에 재킷을 덮어 준 여준이 시선을 마주치기 위해 그 앞에 한쪽 무릎을 세우고 앉았다.

"이푸름."

거의 무릎에 닿을 듯이 허리를 숙인 채 꾸벅꾸벅 졸고 있던 푸름이 가까이 느껴지는 귀에 익은 목소리에 천천히, 느리게 눈을 떴다. 다시 한번 이푸름, 하고 부르는 목소리가 들려 고개를 들었다. 한 번, 두 번 깜빡이는 눈동자 사이로 익숙한 얼굴이 가득 들어찼다.

"아이스크림 녹아."

눈앞의 여준을 알아본 푸름의 시선이 점점 더 또렷해졌다. 선생님, 아니 팀장님…… 아니, 선생님?

"선생님……."

홀리듯이 여준을 부른 푸름의 숨결은 그가 미처 피하지 못할 만큼, 미치도록 가까웠다. 푸름이 허리를 세우고, 비틀거리지 않기 위해 벤치 양옆 쪽을 손으로 붙잡았다. 몸을 바로 세우고 똑바로 여준을 내려다봤다. 음성은 유난히 느리고, 눈동자는 풀려 있었지만, 또렷한 발음 때문에 순간 취한 게 아니었나, 여준이 착각마저 들 정도였다.

"선생님."

"그래."

"……선생님."

어눌한 목소리에 바람 소리가 섞이고, 풀벌레 우는 소리가 섞였다. 망설임도 한데 섞였는지 그녀가 아랫입술을 몇 번이나 깨물었다. 저러면 피 날 텐데. 상처가 나진 않을까, 하는 걱정에 그가 입을 열었다.

"입술 그만……."

"학교는 언제 그만두셨어요?"

또박또박 내뱉어진 말. 여준의 미간이 살짝 굳어졌지만, 곧 아무 일도 없었다는 듯 그가 표정을 풀었다.

"그게 궁금했어?"

아이를 타이르는 사람처럼 그의 목소리는 한없이 다정했다. 그 때문일까. 평소보다 긴장이 풀린 푸름은 속에 있던 말들을, 그대로 꺼내 놓기 시작했다. 그녀도 자각하지 못할 만큼, 편해서.

"말씀을 안 하시니까. 혹시 나 때문인가 싶어서. 나 때문일 리가 없는데. 그러면 안 되는데. 나 되게 안심하고 있었는데."

푸름은 자꾸만 비슷한 말을 반복했다. 뭔가 숨겨진 듯한 그녀의 뒷말을 속으로 헤아리는데, 다시 선생님, 하고 부르는 소리가 들렸다. 말을 하면 할수록 어눌해지는 듯싶었다.

취한 게 맞구나. 여준은 다시 푸름에게 집중했다. 지금까지 그의 앞에서 지었던 얼굴 중, 가장 풀어진 얼굴로 그녀가 앙다물었던 입술을 열었다.

"결혼하셨어요?"

여준이 피식 웃음을 터트렸지만 그녀의 표정에는 변화가
없었다. 방금 전 던진 질문은 까맣게 잊은 모양이다. 아무도
그를 유부남으로 대하지는 않지만, 내심 불안했던 마음이 담
긴 물음일까. 그랬으면 좋겠는데.

얼마 전만 해도 절대 궁금해하지 않을 것처럼 굴던 그녀를
떠올리며 여준이 대답했다.

"아니."

"아아. 안 했구나."

"또 물어볼 건 없어?"

하나 더 있을 텐데. 내심 기대를 안고 여준이 되묻자 푸름
은 빤히 그를 내려다봤다. 왜 이 남자가 내 앞에 주저앉아 있
나, 궁금한 얼굴로.

"여자 친구도 없어요?"

"여자 친구 있다고 거짓말할 거면 하지 마세요. 없는 거 아니
까."

지나친 확신을 갖고 물어 오는 열아홉의 푸름과는 다르게
자신도 없고, 만약 있다고 하면 금방이라도 포기할 기세였

다. 풀이 죽은 어깨가 그래 보였다.

여준이 대답 대신 고개를 끄덕거렸다. 한순간, 뜸을 들여 볼까 했지만 당장이라도 그녀에게 마음에 드는 대답을 안겨 주고 싶었다.

"없어."

"진짜요?"

"응."

"뭐야. 서른다섯 먹을 동안 뭐했대."

마음에 들었는지, 정반대인지는 알 수 없지만 투덜거림과 도 같은 혼잣말에 여준이 조금 더 크게 웃음을 터트렸다.

"그러게, 나 뭐 했을까."

너나 열심히 찾아다닐걸. 정말 그래 볼걸. 그럼 우리는 조 금 더 빨리 시작할 수 있었을 텐데.

"근데 저한테 왜 그래요?"

마치 억울하게 누명이라도 쓴 사람처럼 푸름이 눈썹 사이 를 잔뜩 모았다. 마치, 어린아이가 '나 화났다'라고 표현하 기 위해 안간힘을 쓰는 듯싶었다. 그게 또 여준에게는 귀여 워 미칠 정도였다.

"내가 뭘."

"……결혼도 안 하고, 여자 친구도 없는데."

웅얼웅얼 마치 혼잣말을 하듯이 내뱉어진 작은 목소리에

여준이 귀를 기울였다. 벤치를 붙잡은 그녀의 팔이 밀려오는 졸음과 취기 때문에 미세하게 흔들렸다. 조금 있으면 자겠다 싶어 여준의 허리가 자동으로 펴졌다.

"나한테 잘해 준다고 하고, 출근하라고 하고, 막 웃어 주고."

꽤 실망했던 모양인지 푸름은 이때다 싶어 다다다 쏟아 냈다. 내가 언제는 또 안 그랬는데. 그리고 결혼도 안 하고, 여자 친구도 없는 남자가 너한테 왜 그러는지 정말 몰라서 물어?

여준이 따져 묻고 싶은 걸 꾹 참았다. 취한 이푸름이 풀어지는 이 순간이 꽤 즐거웠기 때문에 지금을 좀 더 즐기기로 했다.

"그럼 내가 당연히……."

푸름의 고개가 자꾸만 앞으로 향했다. 금방이라도 고꾸라질 것 같이 위태로웠다.

"착각하잖아요."

속에 참고 있었던 한마디를 내뱉은 푸름은 그대로 기절하듯이 앞으로 쓰러졌고, 여준은 두 팔을 뻗어 그녀의 어깨와 허리를 붙잡았다.

자신이 누구에게 안긴 줄도 모르고 여준의 넓은 어깨에 이마를 묻은 채 그새 잠이 든 푸름의 숨결이 그의 목 부근을 간지럽혔다. 어정쩡한 자세로 벤치에 앉은 그녀를 안은 그가 나지막한 웃음을 내뱉었다.

이럴 거면서 아이스크림 타령은 왜 한 거야.

이대로 그녀를 어떻게 옮겨야 하나, 싶은데 순간 한쪽 손이 푸름의 허리에 닿아 있는 것을 알아챈 여준이 얼른 손을 뗐다. 동시에 헛웃음이 터져 나왔다.

서른다섯. 순수할 수도 없는 나이에 대체 허리에 손 좀 얹었다고 얼굴이 빨개지는 건지 알다가도 모르겠다.

아마 너라서, 아마 이푸름이라서 이런 거겠지.

"이푸름."

이미 잠든 푸름에게서는 대답이 없었다.

"집에 가야지."

그의 목소리에 작게나마 반응한다는 게 그저 몸을 비트는 정도였다. 푸름이 기댄 어깨에 마치 그녀의 향이 스며드는 것 같았다. 숨소리가 들리고, 향기가 느껴졌다. 차마 그녀의 몸에 닿을 수 없는 그의 손이 허공 위를 배회했다.

지나가는 사람이 본다면 이상하다고 손가락질할 게 뻔했다. 안을 수도 없어 망설이는 손을 억지로 들어 푸름의 허벅지 아래로 팔을 뻗은 그가 단숨에 푸름을 안았다. 다리를 가린 자신의 재킷이 떨어지지 않도록 조심하는 것도 잊지 않았다.

인적 드문 길을 걸어 여준은 식당 뒤쪽으로 향했다. 사람은 없었지만, 차와는 오히려 가까웠다. 조수석에 그녀를 태우고, 안전벨트까지 매 준 여준이 운전석으로 돌아와 앉았다. 어느새 푸름의 다리를 가려 주던 재킷이 그녀의 발치에 떨어져 있었다.

주사도 있고, 잠버릇도 있어?

"술은 이제 마시지 말자, 푸름아."

작게 중얼거린 여준이 다시 푸름의 다리 위에 재킷을 덮어 줬다. 더운지 그녀가 재킷을 손으로 치우려고 하자 여준이 급하게 손을 잡아 행동을 막았다.

"아."

정말 얼떨결에 손을 잡아 버린 여준이 작은 손을 어색하게 내려다봤다. 아니, 이게 이렇게 쉽게 잡을 수 있는 거였어? 그래도 되는 거야?

서른다섯 먹고 손 하나 잡는 게 뭐가 유세냐고 하겠지만, 여준은 푸름과 애초에 시작점이 달랐다. 그래서 더 어려울 수밖에 없었다. 조금이라도 급하면 네가 도망갈까, 조금이라도 느리면 네가 지쳐 할까. 내내 어려웠는데 아무것도 아닌, 겨우 손잡는 거에 이토록 떨려 하면 나보고 대체 어쩌라는 건지.

마음이 간지럽다. 마치 첫사랑의 설렘을 겪는 스무 살처럼, 미치도록 떨리고 아프도록 애가 닳아온다.

이푸름을 보면, 이푸름과 함께면.

"미치겠다, 진짜."

너랑 다시 만난 지 얼마나 됐다고. 나 벌써부터 이러면 안되는데.

헛웃음처럼 중얼거린 여준이 손에서 살짝 힘을 빼자, 오히려 잠든 푸름이 힘주어 손을 잡았다. 잠결에 한 행동인지 푸름이 조수석 시트에 깊게 몸을 묻었다. 그러면서도 잡은 손은 절대 놓지 않았다.

꼬물꼬물 자신의 큰 손안에서 움직이는 작은 손을 바라보는 그의 입꼬리가 슬쩍 위로 올라갔다.

아, 나 이거 너무 좋아하면 안 되는데.

스르르 눈이 떠졌다. 텁텁한 입안. 뻐근한 듯 미간 쪽으로 몰리는 두통.

그리고 생각했다. 집에 오기는 왔구나. 안도와 동시에 한숨을 내쉰 다음, 싱글 침대에서 몸을 한 바퀴 구른 푸름이 베개를 안고 일어나 앉았다.

눈에 익어서 다행인 천장, 벽에 걸린 액자, 어제 아침의 흔적이 그대로 보이는 화장대. 무사히 집에 오기는 왔는데……

침대 옆 협탁 위에 올려놓은 자명종 시계로 자연스레 눈이 갔다. 오전 6시 30분. 다행히도 알람 없이 일어났다. 푸름이 끙 한숨을 내쉬며 눈을 감았다.

뭔가 이상했다. 머리가 아프거나 속이 부대끼거나 불편한 건 없었지만 뭔지 모를 찜찜함은 남아 있었다. 이불과 거의 한 몸이 된 푸름이 중얼거렸다.

"필름 끊긴 건 확실한데."

평소에도 터무니없이 술에 약한 그녀지만, 어제는 여기저기서 권하는 술을 받아 마실 수밖에 없었다. 그래도 천천히 마신다고는 했는데. 고작 폭탄주 네 잔밖에 안 마셨고.

그런데 나 집에 언제 왔지? 고깃집에서 끝난 건가, 그대로? 베개를 끌어안은 채 생각에 잠긴 푸름의 미간에 천천히 주름이 생겼다.

필름 끊기는 건 지윤과 술 마실 때 가끔 경험하는 일이라 색다를 것도 없었다. 처음이 무섭지, 두 번째 세 번째를 경험하면서 이제 필름 끊기는 일은 익숙한 일이었다.

그럼 도대체 뭐가 찜찜하냔 말이지. 이불을 만지작거리던 그녀가 번쩍 눈을 떴다.

"결혼하셨어요?"

설마.

"여자 친구도 없어요?"

미친 거야?

"나한테 잘해 준다고 하고, 출근하라고 하고, 막 웃어 주고."

중간중간 끊어지듯이 생각난 말에 푸름이 벌떡 몸을 일으켰다. 미쳤어, 돌았어, 약 먹었어! 대체 무슨 짓을 한 거야! 급하게 이불을 뒤진 푸름이 휴대폰을 찾았다. 다급한 움직임에 이불과 베개가 바닥으로 떨어졌다. 몸이 떨어지지 않은 게 다행일 정도로 성급한 몸짓이었다.

"얼굴을 어떻게 보려고. 와, 나 진짜."

침대 헤드 밑에서 겨우 휴대폰을 발견한 푸름이 서둘러 잠금을 풀었다. 통화 내역을 확인하는 그녀의 손가락이 빠르게 움직이는데, 그때 액정에 불이 들어오더니 전화벨이 울렸다.

"아, 진짜."

기본 벨 소리로 정해 놓은 음악이 이렇게 끔찍하게 들릴 수가 없었다. 멍하니 있는 사이, 전화가 한 번 끊겨졌다.

이대로 끝인가? 안심하려는 그녀를 벌주겠다는 듯이 다시 전화벨이 울렸다.

나보고 어떡하라고, 진짜.

목을 가다듬고 보는 이가 없는데도 헝클어진 머리를 빗어 넘긴 푸름이 조심스럽게 전화를 받았다. 차분하고, 아무 일도 없다는 듯이, 늘 그랬던 것처럼. 그래, 할 수 있어. 이푸름.

"네."

—일어났어?

"……방금요."

—속은 괜찮아?

다정하고 자상한 목소리는 여준의 것이 맞다. 그럼 나도 평소처럼 대해야 하는 걸까.

"네. 잘 들어가셨죠?"

—아니, 별로.

"아. 그러셨어요?"

응당 저렇게 물어보면 '잘 들어갔어'가 보통의 대답인데도 여준은 정반대의 대답을 내놓았다. 덕분에 푸름의 불안감은 배로 증폭했다.

—왜 그런지 궁금하지는 않아?

안 궁금해. 안 궁금하다고. 그러니까 죽어도 대답하지 마!

바싹 마른 아랫입술을 깨물다가 놓고, 깨물다가 놓으며 푸름은 애꿏은 천장에 시선을 두었다. 새하얀 천장은 오늘따라 짜증 날 만큼 흠결도 없었다.

"혹시…… 제가 어제 뭐 실수라도……."

—나 뭐라고 안 했는데, 혼자 찔리나 봐?

그녀가 숨을 들이켰다. 무슨 말을 해도 빠져나갈 구멍은 보이지 않았다. 어제 그게 다가 아닌가, 설마? 그때 없는 기억을 끄집어내느라 바쁜 푸름의 빈틈을 파고든 목소리가 들려왔다.

—출근하자. 천천히 준비하고 나와.

"네?"

—집 앞이야. 기다릴게.

툭 끊어진 전화. 곧장 창문 앞으로 달려간 푸름은 완주에 내려갔던 날 그랬던 것처럼 건물 앞에 세워져 있는 익숙한 차를 발견했다.

미쳤나 봐, 진짜.

모든 움직임이 신속하게 진행됐다. 10분도 채 걸리지 않아 머리도 감고, 샤워까지 마쳤다.

스킨, 로션을 바를 시간도 없어 수분 크림만 바른 푸름이 간단하게 기초화장을 했다. 입술에 립스틱을 바를 시간도 없

336

어 색깔 있는 립밤을 대충 바른 푸름이 블라우스와 스커트를 꺼내 입었다. 드라이기를 꺼내 순식간에 머리를 말리고 시계를 확인하자 평소보다 훨씬 빠르게 준비를 끝낸 것을 알 수 있었다.

사람 마음이 급해지면, 신의 손이 된다던데 딱 그 짝인가. 거울 앞에 선 푸름이 안도의 한숨을 내쉬고 매무새를 확인한 뒤 가방을 챙겼다. 휴대폰, 지갑, 보조 배터리, 태블릿. 큰 핸드백 안에 보이는 것은 전부 다 집어넣었다.

내가 이 인간을 진짜.

집을 나와 계단을 빠르게 내려간 푸름이 건물 밖으로 나온 순간, 너무나 멀끔한 모습으로 조수석 문 앞에 기대서 있는 여준이 싱그러운 미소와 함께 고개를 들었다.

"빠르네. 30분도 안 걸렸어."

그가 조수석 문을 열었다. 안에 타라는 뜻이겠지. 아직 다 마르지 않은 머리를 정리하던 푸름이 원망스러운 듯 그를 올려다봤다.

"여긴 왜 오셨어요?"

퉁명스러운 푸름의 말에 여준이 손목에 찬 시계로 시간을 확인했다.

"출근 같이하기로 했잖아."

누가. 우리가?

"언제요?"

"음, 어제."

기억이 안 난다. 정말로.

"그래요?"

"응. 그랬는데?"

뭐 잘못됐냐는 얼굴로 그렇게 쳐다보면, 이쪽에서는 할 말이 없다. 푸름이 침을 꿀꺽 삼켰다.

이건 정말 도무지 기억이 나지를 않았다. 대체 어제 얼마나 사고를 친 걸까.

"역시 기억 못 하네. 일단 타."

평소보다 연한 화장에, 충분히 준비되지 않은 아침. 가까이 있는 것도 어색하고 민망한데, 기억에도 없는 말이라니. 아까 그게 다가 아니라는 거야? 폭탄주 네 잔에 뜨문뜨문한 기억. 푸름은 대놓고 터트린 한숨과 함께 조수석에 올랐다.

그 순간, 여준의 입가가 느슨하게 기울어지는 것을 푸름은 보지 못했다.

회사가 아닌, 도살장에 끌려가는 개처럼 창문에 머리를 기댄 채 풀이 죽어 있는 푸름은 생각에 빠졌다.

어젯밤, 뜨문뜨문한 기억 사이로 떠오르는 그녀의 무수한 질문들. 결혼했냐고 물었고, 여자 친구 있냐고 물었던 건 기억이 난다.

하지만 정작 중요한 건, 그의 대답이 기억나지 않는다는 것.

그러니까 했다는 거야, 결혼을? 아니면 여자 친구가 있다고? 그럼 정말 지금 이 모든 행동들이 순수하게 옛 제자를 만난 반가움이라는 거야? 누가 내 끊긴 필름 좀 구해다 줬으면 좋으련만 그건 애초부터 불가능했다. 술이 원수라는 말이 딱 어울린 달까. 푸름은 저도 모르게 튀어나오려는 한숨을 억지로 삼켰다.

"아침 먹고 출근하자."

"아니요!"

회사 근처까지 왔는데 또 어딜 가! 무조건 안 된다는 얼굴로 푸름이 단호하게 고개를 저었다. 지나치게 강경한 반응에 여준이 소리를 내며 웃었다.

"나랑 밥 먹는 게 그렇게 싫어?"

"아니, 그런 게 아니라. 일도 해야 하고 다른 팀원들 출근도 했을 거고……."

"8시도 안 됐는데?"

그렇다면 할 말이 없다. 왜 이렇게 일찍 왔냐고 뭐라 할 수도 없고. 덕분에 푸름은 꿀 먹은 병아리가 돼서 더 이상 거절하지 못했다.

"밥 먹자. 순댓국 괜찮지?"

범수와 혹은 다른 팀원들과 종종 오는 곳이라며 여준은 회사 근처 단골 순댓국집으로 차를 돌렸다. 이른 시간, 그것도 회사 근처에서, 이제 막 출근하기 시작한 팀원과 아침 식사라니. 누가 보면 어쩌려고. 괜한 걱정을 껴안은 그녀와는 다르게 여준은 뭔가 기분 좋은 일이라도 있는 듯 표정에 여유가 넘쳐 보였다.

대체 뭐야. 왜 자꾸 사람을 들었다 놨다 하는 거냐고.

그를 따라 들어온 순댓국집은 장터 국밥집을 연상케 하는 24시간 영업점이었다. 이른 아침, 식사를 하는 사람들 사이로 섞여 앉은 푸름이 테이블에 젓가락과 숟가락을 꺼내 올려 놨다. 여준은 그녀에게 묻지도 않고 순댓국 두 그릇을 주문했다.

"너희 할머니 순댓국 생각나서 자주 오는데 할머님이 끓여 주신 것보다는 못해."

뜨끈뜨끈한 순댓국이 뚝배기에 담겨 나오기 무섭게 여준은 그녀의 앞으로 반찬을 밀어 주며 말했다. 쑥스러움과 민망함이 한곳에 섞인 표정으로 푸름이 어색하게 숟가락으로 국 안을 휘휘 저었다.

"뭐, 얼마나 많이 드셨다고……."

"많이 먹었지. 그 동네 내 유일한 단골집이었는데."

별거 아닌 말인데도, 상냥한 목소리 덕분인지 자꾸만 제멋대로 심장이 반응했다. 할 말을 찾지 못한 그녀는 대답 대신 그가 하는 행동을 따라 간을 맞춘 순댓국 안에 밥 반 공기를 말았다.

조용한 식사가 시작됐다. 여준은 깔끔하고 깨끗하게 뚝배기를 비워 갔다. 씹는 소리도 나지 않고, 한 번에 너무 많은 양을 입안에 넣지도 않았다. 군더더기 없는 식사 예절이었다.

그런 그와는 달리 상대적으로 느릿하게 식사를 하던 푸름은 언제쯤 얘기를 꺼내야 하나 눈치를 살폈다. 그리고 어느 정도 여준이 식사를 마무리했다고 생각했을 때, 아주 조심스럽게 입을 열었다.

"혹시요."

그가 고개를 들었다. 여준과 시선이 마주치자, 푸름은 얼떨결에 침을 꿀꺽 삼켰다. 아, 나 지금 왜 긴장하고 있지?

"제가 어제 무슨 실수를 하지는 않았나 해서."

"정말 필름 끊긴 거야?"

혹시나 연기가 아닌가 의심이 들었던 순간을 떠올리며 여준이 되물었다. 푸름이 고개를 끄덕였다. 술 마실 때마다 필

름이 끊긴다고는 덧붙여 설명하지 않았다. 뭐, 자랑은 아니
니까.

"전부?"

하지만 거짓말에는 재주가 없다.

"그건 아니고, 뜨문뜨문."

"뜨문뜨문 뭐?"

"……제가 뭘 좀 여쭤봤더라고요."

축축 처지는 목소리에 여준이 꾹 웃음을 눌러 참았다. 어
젯밤 내내 잠들기 전까지 이 순간만을 기다렸다. 그래서 오
늘 아침도 일찍 눈을 뜨자마자 그녀를 찾아왔다. 조금이라도
더 빨리, 이 모습을 즐기고 싶어서.

"응. 너 나한테 궁금한 거 많았나 보더라."

"아……."

"정확히 뭐가 기억나는데?"

심지어 정확하지도 않다. 순서가 맞는지도 모르겠고. 푸름
이 우물쭈물 대답했다.

"결혼했냐고, 여자 친구 있냐고……."

망설이다 내뱉은 푸름의 대답에 여준의 입가가 느슨하게
기울어졌다. 그 앞에 했던, 학교는 왜 그만뒀냐는 질문은 기
억하지 못하는 듯했다. 그녀의 말을 곱씹어 보던 여준은 제
눈치를 살피느라 바쁜 푸름에게 되물었다.

"그건 기억이 나는데, 다른 건 기억이 안 난다?"

푸름이 느리게 고개를 끄덕였다. 동시에 당신이 했던 대답도 생각이 안 난다고는 말하지 못했다.

"그럼 내 대답도?"

마치 그녀의 마음을 읽었다는 듯 여준이 물어 오자, 푸름은 눈을 크게 떴다. 긍정의 대답이었다.

"아쉽네."

"뭐가요?"

"기억 못 한다니까. 큰맘 먹고 대답했는데."

큰마음을 먹어야 할 정도로 어려운 대답인가, 그게? 혹시 자신이 또 어떤 헛소리를 내뱉었나, 그래서 여준이 착각한 건 아닐까 푸름의 머릿속은 또 저 혼자 바빠졌다.

반면, 나른한 표정의 여준은 끊임없이 그녀를 관찰했다. 알려 줄까, 말까. 아니면 조금만 더 괴롭혀 볼까. 하지만 눈앞에 앉은 그녀의 가여운 표정에 여준은 결국 백기를 들었다. 이푸름의 앞에서라면 5분도 버틸 자신이 없었다.

"결혼 안 했어."

"······네?"

"여자 친구도 없고. 이제 마음에 들어?"

"아."

푸름이 순간 아랫입술을 질끈 깨물었다. 그가 결혼을 안

했고, 여자 친구도 없다는 사실을 반가워할 틈도 없었다. 갑자기 파노라마처럼 지나가는 기억들이 조각조각 맞춰졌다.

왜 이놈의 기억은 이렇게 천천히 나는 거냐고!

"……결혼도 안 하고, 여자 친구도 없는데."

미쳤지, 내가.

"나한테 잘해 준다고 하고, 출근하라고 하고, 막 웃어 주고."

돌았어, 정말.

"그럼 내가 당연히…… 착각하잖아요."

당신 때문에 내가 지금 대단한 착각에 빠져 있다 동네방네 광고를 한 꼴이나 다름없다. 고백이나 다름없는 주사라니. 아니, 다름없지 않다. 고백한 거랑 대체 뭐가 달라, 이게! 푸름이 두 눈을 질끈 감았다.

여준은 고개를 떨구며 지난 기억에 허우적대느라 바쁜 그녀의 정수리를 물끄러미 바라보며 웃음을 참았다. 표정 위로 생각이 다 드러나는 이푸름은, 꽤 오랜만이라 반가웠다.

"내 대답이 마음에 안 드나 봐."

든다. 그것도 엄청. 근데 지금 그걸 내가 티를 낼 수 있는 상황이냐고!

두 손으로 얼굴을 가린 푸름은 붉어진 얼굴을 들지 못했다. 마주 앉은 거리도 가깝고, 아침이라 너무 환했다. 귀까지 붉게 달아오른 얼굴이 금방 들킬 것이다.

"저 보지 마세요. 창피하니까."

"그러고 밥 먹을 거야?"

"안 먹어요. 선생님 혼자 다 드세요."

쥐구멍이라도 있다면 찾아 들어갈 것처럼 푸름이 웅얼거렸다. 그런 그녀가 귀여워 죽겠다는 얼굴로 여준이 입꼬리를 올렸다.

"회사 밖에서는 선생님, 안에서는 팀장님. 뭐 나쁘지 않네."

"……선생님도, 아니 팀장님도 존댓말, 반말 섞어서 하시잖아요."

"네가 먼저 나한테 선 그었잖아."

그녀가 얼굴을 가리고 있던 손을 내렸다. 또 이런다, 또. 사람 잔뜩 헷갈리게 하는 말을 아무렇지도 않게 내뱉고, 한껏 여유로운 얼굴로 웃기까지 한다. 사람 속은 모르고. 내가 내 입으로 착각 중이라고 하니, 설마 더 그래야겠다고 마음이라도 먹은 걸까? 그럼 정말 못된 거잖아.

푸름은 대답 없이 손에 쥔 숟가락으로 크게 국물을 한 숟가락 떠서 입으로 가져갔다.

"근데 이푸름."

"왜요."

심란한 생각에 빠진 푸름이 삐딱하게 대답했다.

"너는?"

"네?"

"난 대답했잖아. 그럼 너도 대답해야지."

푸름의 입술이 살짝 벌어졌다. 무슨 소리인지 되묻기도 전에 그의 말뜻을 알아차렸다.

"남자 친구는."

그의 말이 유난히 느리게 들리는 건 왜일까.

"정말 없어?"

그녀의 눈이 크게 깜빡였다. 어, 아, 음. 입술 끝이 바싹 마르는 듯한 기분. 동시에 어디선가 전율이 일었다. 이건 기쁨일까. 아니면 그저 당황해서 머뭇거리는 걸까. 헷갈릴 정도로 심장은 세게, 그리고 빠르게 쿵쾅쿵쾅 뛰었다.

여준의 시선은 그녀에게 닿아 떨어지지 않았다. 시선을 피할 수도 없었다. 마치 그의 시선 안에 묶인 것처럼 꼼짝도 할 수 없었다.

"어제 다 같이 있을 때 대답했는데."

"더 확실히 하려고. 그래서 지금 있어, 없어."

분명히 말했잖아. 착각하고 있다고. 그런데 나한테 이러면, 나는 더 착각에 빠지잖아. 푸름이 입술 안쪽을 깨물었다.

"……없어요."

"정말이지?"

"네. 그런데 이게 중요해요?"

그녀가 정말 모르겠다는 듯이 되물었다. 대답을 하면서도 왜 순순히 대답을 하고 있는지 알 수도 없었다. 살짝 올라간 그의 입꼬리가 더 유연하게 곡선을 그렸다.

푸름이 훅 숨을 들이켰다. 발끝부터 간질거리는 미묘한 이 기운. 익숙하지만, 절대 익숙해서는 안 될 두근거림. 푸름이 손끝을 잔뜩 오므렸다. 온몸에 개미가 기어 다니는 듯한 이 찌릿한 기분을 들킬 것만 같았다.

열아홉, 그에게 첫눈에 반했던 순간이 동일시되어 떠오른다. 그때 이런 비슷한 감정을 느꼈다.

"중요하지. 없는데 들이대는 거랑, 있는데 들이대는 거랑 같아?"

"네?"

"먹어. 식는다."

방금 무슨 말을 들었는지, 제대로 들은 건 확실한지 전혀 알 수 없는 얼굴로 푸름이 귓가를 만지작거리는데, 여준은 마치 아무런 일도 없었다는 양 다시 식사를 시작했다.

멍하니 있던 푸름의 눈이 조금씩 커지다가, 시선 둘 곳을 찾지 못해 이리저리 눈동자가 흔들렸다. 머릿속을 관통당한 듯 아무런 생각을 할 수도 없었다. 희미하게 붉어지는 얼굴은, 그의 말뜻을 알아차렸다고 신호를 보내고 있었지만 입은 열리지 않았다.

여기서, 무슨 말을 대체 어떻게 하라고.

"얼었네. 나 아직 아무 짓도 안 했는데."

숙이고만 있던 고개를 들자 약속이나 한 듯이 서로의 시선이 맞물렸다. 한층 더 나직해진 그의 음성 때문일까. 둘 사이를 휩쓴 묘한 긴장감은 점점 고조되어 갔다.

도망치고 싶다. 하지만, 언제까지 그럴 수는 없잖아.

"……아니, 무슨 그런 말을 순댓국 먹다가 하세요?"

그가 크게 웃음을 터트렸다. 민망해진 푸름이 물컵을 입으로 가져갔다. 이 순간, 할 수 있는 말이 고작 이것뿐이었나 싶은 후회 가득한 얼굴로.

"학교는 언제 그만두셨어요?"

"말씀을 안 하시니까. 혹시 나 때문인가 싶어서. 나 때문일 리가 없는데. 그러면 안 되는데. 나 되게 안심하고 있었는데."

엘리베이터 벽 쪽에 기댄 채로 선 여준은 제 시선을 피하기 바쁜 푸름을 빤히 바라봤다. 정면을 향해 선 그녀는 고집스럽게 앞을 향하고 있지만, 엘리베이터 문에 비친 그의 시선이 자신에게 닿아 있는 것을 모를 수 없었다.

"언제까지 그렇게 보실 거예요?"

"네가 돌아볼 때까지."

푸름의 미간이 대놓고 찌푸려졌다. 이 남자, 원래 이렇게 밑도 끝도 없이 훅 들어오는 남자였던가?

"너 말이야."

"여기 회사거든요?"

"너 학교 그만두기 전에."

'너'라는 호칭에 발끈한 푸름의 기분은 상관없다는 듯 여준이 말을 이었다. 따지려던 푸름의 입술이 다물어졌다.

"혹시 누구 만났어?"

푸름의 눈동자가 요동치게 흔들렸다. 불현듯 떠오른 차디찬 얼굴을 지워 버리고자 고개를 저었다. 태연한 표정이 그녀의 얼굴을 덮었다.

"아니요. 누굴 만나요, 제가."

지나치게 빠른 대답. 심지어 음성 끝이 약간씩 떨리는 걸, 여준은 눈치챘다.

"갑자기 그건 왜요?"

"궁금해져서."

왜 내가 너 때문에 학교를 그만뒀다는 생각을 했을까. 왜 단 한 번의 언질도 없이 자퇴를 했던 건지. 네가 가진 여러 선택지 중에 정말 최선의 선택은 그것뿐이었을까.

식당에 화재가 발생한 후에 그 후처리 때문에, 푸름이 걱정돼서 등등의 이유로 방학 동안 여러 번 푸름을 찾아갔다.

통화도 곧잘 했다. 보험사에서는 뭐라고 하더냐, 혹시 다른 친척들이 찾아오지는 않았냐, 경찰서 조사는 다 끝난 거냐, 할머니 건강은 괜찮으시냐. 시도 때도 없이 찾아오는 걱정 때문에 물을 것이 너무나도 많았다.

그런데 푸름은 정말 하루아침에 사라졌다.

당장 어제만 해도 걸리던 전화가 계속 꺼져 있던 게 시작이었다. 식당은 비었고, 집은 이사를 했단다. 근처 상인들에게 물어도 어디로 갔는지 모른다고 했다.

과일 가게 주인만이 갑작스럽게 찾아와 가게 처분만 도맡아 도와 달라 했다고. 갑자기, 아주 갑자기 이사를 갔다는 말만 반복했었다.

그때부터 지금까지 이상하게 여겼던 점이지만 푸름의 말

을 되새겨 보니 더 이상해지기만 할 뿐 의문이 풀리지는 않았다.

그때의 너에게 내가 모르는 일이 있었던 걸까.

그동안은 모른 채로 살아도 상관이 없었다. 그녀가 눈앞에 없었으니까. 하지만 다시 제 삶에 나타난 그녀를 놓칠 이유가 없으니, 알아야 할 이유가 생겼다.

"너 떠나기 이틀 전에 나한테 할 말 있다고 했잖아. 내가 화낼지도 모른다고 했던 그거."

예상치 못했던 질문인 듯, 푸름이 어깨를 움찔거렸고 여준은 그 순간을 놓치지 않았다.

"혹시 이것도 말 못 해?"

"……."

"어렵네. 알고 싶은 건 많은데, 묻지를 못하게 하니."

그녀는 대답이 없었다. 마치 이 순간을 버텨 내면 큰 상이라도 주어질 것처럼.

너는 정말 모르는 걸까. 감추는 게 많을수록 의심은 짙어지고, 알고 있는 진실들이 진실이 아니라고 생각되면 당연히 걱정은 더욱 무거워지는 법이다.

지금의 그가 그랬다. 자꾸만 감추고, 숨기려 드는 푸름에게 화가 나는 것보단 걱정이 됐다.

"나 학교 너 때문에 그만둔 거 아니야. 그냥, 시들시들해졌어."

물론 네가 없었던 것도 한몫했고. 여준은 뒷말을 삼키고, 그녀의 대답을 기다렸다.

갑작스러운 고백에 당황한 푸름이 입술을 오물거렸다. 궁금해서 듣고 싶었던 이야기이긴 한데, 갑자기 들을 줄도 몰랐다.

예고도 없이 훅 들어온 말을 내뱉은 사람치고 여준은 평화로운 얼굴로 지그시 웃었다. 제게 해 줄 수 없는 말이라면, 시들해졌다는 거짓말로 그녀의 마음이라도 편하게 만들고 싶었다.

"갑자기 그런 얘기는 왜 하세요?"

"네가 불안해했잖아. 너 때문인 거 아니냐고."

이푸름. 너, 대체 취해서 무슨 짓을 한 거니. 파도 파도 끝없이 나오는 어젯밤의 이야기에 푸름이 한숨을 삼켰다.

보아하니, 여준이 뭔가를 눈치챈 것 같지는 않았다. 과거는 과거의 일일 뿐이다. 지금에 와서 그 일을 들추어 시끄러워지는 건 원하지 않았다.

"정말 아무도 안 만났어? 가령……."

"기억 안 나요. 어렸다니까요."

급하게 끼어든 말에 여준이 쓰디쓴 웃음을 참았다. 그때, 어떤 선택을 했든 그녀는 어렸다.

하지만 지금은 아니었다. 무엇보다 그가 이렇게 가까이 있다. 무엇보다 뭔가를 감추기 위해 애가 달아 있는 그녀의 모습은 그에게 확신을 주었다.

"아직도 그 변명이 통할 거란 생각은 마음에 안 드는데."

마치 이 순간을 노린 것처럼 엘리베이터 문이 열렸다. 벽에서 몸을 뗀 여준이 그녀를 지나쳐 밖으로 나갔다.

그러다 뒤가 허전하다는 걸 느꼈는지 곧 몸을 되돌렸다. 여전히 푸름은 엘리베이터 안에 있었고, 문은 닫히려고 했다.

그 순간 왜 그렇게 느꼈는지 모르겠다. 이대로 그녀가 멀어질 것만 같았다. 과거에 그랬던 것처럼.

그의 손이 재빠르게 움직였다. 열림 버튼을 누르자 닫히려던 문이 다시 양쪽으로 갈라졌다. 표정을 감춘 채로 무심하게 바닥을 내려다보고 있는 푸름은, 방금 전까지 부끄러운 듯 귓불을 붉히던 그녀가 아니었다.

"우리 지금 뭐 하는 거예요?"

참고 참다가 결국 물어 오는 질문에는 원망이 가득했다. 여준이 고개를 약간 기울였다. 확인받고 싶은 걸까. 안심하고 싶어서? 그렇다면 어려울 것도 없다. 더는 망설이지 않기로 했으니까.

네가 내 앞에 나타난 그 순간부터.

"그새 잊었어? 들이대는 중이라고 했잖아."

"왜요?"

왜라니. 이보다 더 멍청한 질문이 있을까. 억울하다는 듯이 되물어 오는 그녀에게 여준이 양어깨를 으쓱였다

"정말 잊었나 보네. 나 그때 엄청 떨었는데."

"……."

"너의 스무 살."

여준이 짧게 끊어 말했다.

"기다리겠다고 했는데 네가 없어졌잖아."

분명 그랬다. 그래서 내가 얼마나 설레었는지, 당신은 모르겠지.

푸름이 다물었던 입술을 열었다.

"그럼 들추지 마세요."

나직한 음성에 여준의 눈썹이 휘었다.

아직 아무것도 듣지 못했다. 의대에 가고 싶다던 네가 왜 그러지 못했는지. 야반도주를 하듯 사라졌던 이유가 무엇인지. 떠나기 바로 며칠 전, 내게 할 말이 있다던 너인데 그건 무슨 말이었는지. 그때 너는 대체 무슨 일을, 혼자 겪었던 건지.

스무 살이 돼서 고백하겠다던 너를 기다렸는데, 왜 우리는 이제야 만난 건지.

어쩌면 꽤 로맨틱한 순간일 거라고 상상했는데, 생각보다는 피가 튀긴다고 해야 맞을 것 같았다. 그들의 분위기가 딱 그랬다.

"저 옛날 얘기 싫어요. 정말 싫어요."

푸름이 고개를 들고 여준을 똑바로 마주 봤다. 그 간절한 시선에 여준은 할 말을 잃었다.

알면서도 이러는 걸까. 네가 이럴수록 난 더 묻고 싶어진다는 걸. 너와 함께하는 순간마다 의심하고 궁금해하고 파고들 거라는 걸.

심각했던 표정을 거두고 여준은 어깨를 으쓱였다. 아쉽지만 한발 물러서야 한다는 걸 알았다.

"그건 계속 들이대도 된다는 말로 들리는데."

장난스럽게 올라가는 그의 입꼬리를 바라보며 푸름은 말 없이 엘리베이터에서 내렸다. 마주 보는 시선들이 짧게 부딪쳤다.

"더 묻지만 않으시면요."

묻고 감추고. 또 의심하고 숨기고. 오가는 옅은 신경전 속에서 여준이 힘없이 웃음을 내뱉었다. 들이대도 된단다. 그렇다면야, 한 수 물러나 주는 것도 그녀를 위하는 일일 것이다.

"약았다, 이푸름."

"……이만 업무 회의 준비하러 가야 합니다."

역시 화제 돌릴 때는 일 얘기만 한 게 없다.

"그래요. 회의 준비합시다."

모른 척 시선을 피하는 푸름을 보며 여준은 고개를 끄덕였다.

"이푸름 씨."

8화/

온몸이 간지러운 우리,
무슨 사이?

"미윤 씨. 아까 준 자료 값들 오류가 조금 있는 것 같은데, 펀칭 프로그램* 다시 돌려서 줄래요?"

　"네, 대리님."

　"중간에 앞 문항이랑 로직이 안 맞는 데이터가 있어요. 그것도 확인해 줘요."

　라운코리아에 와서 맡은 첫 업무. 그간 했던 업무와 크게 다르지 않아 어려움은 없었지만, 처음 일하는 사람들과 첫 성과를 보여야 하는 프로젝트이기에 푸름은 더욱 긴장의 끈

---

*펀칭 프로그램:에러 방지 프로그램.

을 놓지 않았다. 단 하나의 오류 값도 걸러 내기 위해.

푸름에게 파일을 받아 든 미윤은 프로그램 돌리는 것보다 더 빠르고 정확하게 오류를 발견하는 상사를 보며 혀를 내둘렀다. 사수로서 앞으로 함께 일하는 일이 많아질 텐데, 배울 점도 많겠지만 피곤할 점은 더 많을 수도 있겠다는 생각이 동시에 들었다.

"그런데 대리님."

"네?"

"아까부터 팀장님이 자꾸 대리님을 보시는 것 같은데. 무슨 일 있으세요?"

푸름의 시선이 힐긋 팀장실 쪽을 향했다. 전면이 유리창인 팀장실은 블라인드가 걷어져 있어 그 안이 훤히 보였다. 고개를 들기 무섭게 여준과 눈이 마주친 푸름이 홱 고개를 돌렸다.

회식을 한 지도 벌써 일주일이 지났다. 그날 둘이 함께 사라진 건, 푸름이 너무 취해 술은 한 잔도 마시지 않은 여준이 데려다줄 수밖에 없었다는 핑계로 너무나도 쉽게 무마가 됐다. 팀원들과 함께 있던 혜정이 그 자리에서 설명을 해 준 덕분에.

그 후, 여준과는 어떤 진전이라고 할 것이 아무것도 없었다. 갑자기 잡힌 해외 출장 때문에 그는 3박 4일 동안 팀원인

민기와 홍콩에 다녀왔고, 오늘 5일 만에 얼굴을 보여 줬다.

전화할 시간도 없었던 걸까. 목소리라도 들려주지 않을까 했던 기다림이 무색할 정도로 조용했던 휴대폰을 떠올리며 푸름은 보고 있던 자료를 소리 나게 넘겼다.

"제가 오전에 보고서 제출할 게 있어서 그러신가 봐요."

"그러시구나. 일을 좀 쉬엄쉬엄하시지."

그랬겠지. 많이 바빴겠지. 그래서 전화 한 통 없던 거겠지.

소리 없는 불만을 터트린 푸름은 모른 척 고개를 숙였다. 들이대던 중이라면서 출장 중에 어떻게 전화 한 통 없을 수 있는지. 주말에 급한 준비로 바빴다 치더라도, 그 후에는? 정말 휴대폰 볼 시간도 없이 바빴다는 건 말이 안 된다.

자기 전에는 휴대폰 안 봐? 이동할 때 문자 한 통 할 시간도 없었어?

속으로 온갖 불만이 튀어나오려는 그때, 푸름은 제 팔을 꾹꾹 찌르는 미윤을 향해 고개를 들었다.

"대리님. 저기요."

미윤이 가리키는 곳으로 푸름이 고개를 틀었을 때, 그녀의 표정 위로 낭패감이 서렸다. 팀장실 문을 열고 문틈에 기대 선 채로 그녀를 바라보는 여준의 표정이 얄궂게 변했다.

"이 대리. 보고서 좀 봅시다."

오후에 올리기로 했던 보고서를 왜 지금 보자는 걸까. 물론 준비가 안 된 건 아니지만, 마음대로 시간을 당기니 더 불만이 쏟아졌다.

말만 던지고 팀장실 안으로 들어가는 여준을 소리 없이 쏘아보며 푸름은 보고서 파일을 찾아 들고 자리에서 일어났다.

"대리님 힘내세요!"

싸우러 가는 것도 아닌데 미윤이 두 손을 불끈 쥐며 푸름을 응원했다. 짧게 웃어 보인 푸름이 나지막한 한숨과 함께 팀장실 문을 열고 들어갔다.

심플한 에메랄드 유리 책상 앞에 서 있던 여준은 그녀가 들어오는 것과 동시에 사무실 안쪽이 훤히 보이는 전면 유리창의 블라인드를 내렸다. 차르륵, 소리를 내며 내려간 블라인드를 보던 푸름은 순간 어깨를 움찔거리며 그의 행동을 멍하니 바라봤다.

"뭐 합니까. 앉지 않고?"

마치 무슨 일이 있었냐는 듯 넓은 회의 테이블 상석에 앉는 여준을 내려다보며 푸름은 블라인드로 가려진 유리창과 그를 번갈아 봤다.

"블라인드는 왜 내리십니까?"

한껏 의심을 품은 눈동자가 떨리기까지 한다. 그에게 섭섭함이 폭발하는 지금, 목소리도 곱게 나오지를 않았다. 여준은 엷은 미소를 지어 보이며 말했다.

"보고받거나, 회의 중이니까 들어오지 말라는 신호입니다. 자기 사무실인 줄 알고 들어오는 사람이 하나 있어서."

"……아."

"이제 보고서 좀 봐도 됩니까?"

머쓱해진 푸름이 테이블로 다가가 그의 대각선 쪽으로 앉았다.

"지난번 말씀하신 교차 통계표와 일차원 빈도 분석 자료입니다. 교차 통계표 분석 자료는 뒤에 첨부했습니다."

라운코리아에서 하는 첫 보고였다. 괜히 떨려 보고서를 내미는 손짓마저 느렸다. 파일을 받아 든 여준은 표정 변화 없이 천천히, 꼼꼼하게 그녀의 보고서를 확인했다.

저렇게 오래 볼 내용은 아닌데. 마치 시험 결과를 기다리는 학생처럼 초조하기만 했다. 그렇다고 그녀가 학생일 때 점수를 기다리면서 초조해한 적은 단 한 번도 없었지만.

"보고서 맨 첫 장에 경기 선행 지수*를 추가하는 건 어떻습니까?"

"아, 미국 쪽과 한국 쪽 경기 선행 지수 그래프를 추가하겠습니다. 그러면 BSI(Bsiness Survey Index)*도 추가할까요?"

---

*경기 선행 지수:경기 종합 지수의 하나로 가까운 장래의 경기 동향을 전망하는 지표.
*Business Survey Index:기업 경기 실사 지수. 전반적인 경기 동향을 파악하기 위해 기업 활동에 대해 실제 기업가들의 의견을 조사하는 지표.

푸름이 다이어리에 메모를 하며 되물었다. 뒤이어 말하려던 여준의 입꼬리가 자연스럽게 올라갔다.

"좋네요."

여준이 다시 보고서를 내밀었다. 오후까지 준비하겠다는 말을 덧붙이려는데, 그가 먼저 몸을 일으켰다.

"이거 받아요."

책상 서랍에서 뭔가를 꺼낸 여준이 자리로 돌아와 작은 쇼핑백을 내밀었다.

"뭡니까, 이게?"

"출장 선물이요."

"……제 것만요?"

푸름의 눈동자가 동그래지자 여준의 눈썹이 희미하게 찌푸려졌다. 그 의미를 정말 모르겠냐는 뜻이었다.

"내가 지금 들이대는 사람은 이푸름 씨, 한 사람인데. 설마 잊은 건 아닐 테고."

"……."

"같이 점심 할래?"

"아니요!"

순간적으로 강한 부정이 튀어나온 푸름은 제가 지른 목소리에 스스로 놀라 눈을 크게 떴다. 그의 입가에 걸려 있던 미소가 짙어졌다.

"뭘 그렇게 대놓고 거절을 해. 서운하게."

계속해서 그의 반말이 이어졌다. 그의 사무실이고, 여기는 회사다. 자꾸만 사적으로 깊어지려는 감정을 잡아 두고 푸름은 고개를 흔들었다. 순간적으로 거절의 대답이 튀어나왔지만, 팀원들도 있고 출근하지도 얼마 안 됐는데 팀장인 그와 단둘이 식사를 할 수는 없었다. 작은 회사인 만큼 행동은 더 조심스러워야 한다.

그리고, 갑자기 점심을 같이하자니? 선물 살 시간에 전화할 수 있었던 건 아니야? 내 생각은 했으면서, 전화할 생각은 못 했다는 거야?

눈앞에 뻔히 드러나는 푸름의 감정을 모른 척하기 힘든 여준이 장난스러운 표정으로 말했다.

"내가 전화 안 해서 섭섭했어?"

그녀는 또 놀란 얼굴을 했다. 들이대겠다고 선언한 지가 벌써 언제 적인데. 갈 길이 구만리겠구나, 싶어 여준은 그녀의 대답이 나오기도 전에 입을 열었다.

"바쁘기도 했고 전화하면 징징댈 것 같아서 안 했어."

"……징징이요?"

"응. 보고 싶다고."

마치 무슨 신호탄이라도 터진 것처럼 푸름의 얼굴이 화르륵 달아올랐다. 그러다 곧 모른 척하는 게 낫겠다는 판단을 했는지 푸름은 보고서부터 챙겨 들었다.

"선물은 주는 사람 앞에서 풀어 보는 게 예의라고 하던데."

살짝 엉덩이가 들리기 무섭게 여준은 느긋한 음성으로 말했다. 멈칫한 푸름이 결국 자리에 다시 앉았다.

누가 달라고 했나. 자기 마음대로 줘 놓고 강요는 왜 하는 거야. 삐죽 튀어나온 입술을 보고 여준이 웃음을 참고 있다는 사실을 전혀 눈치채지 못한 푸름이 포장된 상자를 뜯었다. 속은 투덜거려도, 손길은 긴장으로 뻣뻣하게 굳어 있었다.

시계였다. 로즈골드 색의 메탈 시계로, 시계침 안쪽에 초승달 모양이 박혀 있었다. 반짝거리는 작은 크리스탈들이 촘촘하게 박혀 달을 이루는 게 마음에 쏙 들었다.

"마음에 들어?"

표정으로 드러났는지 여준은 곧장 물어 왔다. 푸름이 어색하게 고개를 끄덕이자 그는 대뜸 손을 뻗어 왔다. 뭐야. 설마 뺏는 거야? 순간적으로 든 생각은 어처구니없을 정도로 황당했는데, 어느새 그에게 손목까지 잡힌 상태였다. 허전한 손목 위에 시계가 채워졌다.

"살 좀 쪄야겠다. 겨우 맞네."

"직접 고르셨어요?"

"응. 홍콩 출장 여러 번 갔는데 쇼핑은 처음 했어."

마치 너 때문에 처음 했다는 말을 아무렇지도 않게 하는 여준을 보며 푸름은 아랫입술을 깨물었다.

"제가 밥 살까요?"

여준의 또렷한 눈동자가 그녀를 향했다. 설명을 요구하는 듯한 눈동자에 푸름은 변명하듯 느릿하게 말했다.

"아니, 선물도 받았고 감사 인사 겸으로……."

"내일 저녁 6시."

느려지는 그녀의 말에 혹시라도 마음이 바뀔까 여준이 말했다.

"데리러 갈게, 집 앞으로."

두 시선이 약속이나 한 듯이 부딪쳤다. 발끝부터 머리까지 느껴지는 간질거림에 푸름은 보고서 파일을 세게 붙들었다.

"예약은 제가 할게요. 뭐 좋아하세요?"

"너 좋아하는 거."

고민할 새도 없이 그가 대답했다. 다시 한번 그녀의 뺨이 붉게 달아오르는 찰나, 예고도 없이 팀장실 문이 벌컥 소리를 내며 열렸다. 굳이 확인하지 않아도 알 수 있는 상대에 여준은 미간을 팍 구겼다.

"어라. 이 대리랑 회의 중?"

블라인드 내렸을 때는 제발 들어오지 말라니까.

지난번 휴게실에서 들이닥쳤던 것과 비슷한 타이밍에 쳐들어온 범수는 팀장실 안으로 발을 들였다.

"이 대리, 열 있어요? 얼굴이 빨갛게 익었는데?"

"아, 아니요. 저는 이만 나가 보겠습니다. 보고서는 오후에 다시 제출하겠습니다."

뭐라도 들킨 사람처럼 푸름이 도망치듯이 팀장실을 나갔다. 푸름이 앉아 있던 자리를 차지한 범수가 이상하다는 듯이 그 뒷모습을 응시했다.

뭐지. 이 묘한 기운.

"왜 왔는데."

"아, 점심이나 하자고."

점심이라는 범수의 말에 시간을 확인한 여준의 얼굴이 어처구니없다는 듯이 변했다.

"이제 11시야."

"아침 못 얻어먹고 나와서 배고파. 딸이 셋이라 와이프가 내 뱃속 사정은 궁금해하지도 않는다. 그런데 이 대리, 이상하지 않냐?"

"뭐가."

"아픈 것 같지는 않고. 되게 부끄러워하는 얼굴 아니었어, 방금?"

그래. 그런데 그 좋은 타이밍을 네가 망쳤고.

바닥을 기는 저 눈치로 결혼은 어떻게 하고, 딸 셋은 어떻게 낳았을지. 여준은 한숨과 함께 몸을 일으켰다. 그의 발목에 족쇄라도 채워 대표실에 잡아 놔야겠다는 생각이 강하게 들기 시작했다.

"말하고 오지."

"난 너 당연히 약속 없는 줄 알았지. 주말에는 완전 집순이면서."

토요일까지 출근을 한 지윤은 오후 일찍 퇴근을 하기 무섭게 푸름의 집에 먹을 것을 한껏 들고 찾아왔다. 아예 자고 갈 생각으로 왔는지, 그 양이 어마무시했다.

"미안."

"네가 미안할 일은 아니지. 연락도 없이 온 건 난데. 그래서 그렇게 쫙 빼입고 선생님 만나러 간다?"

'쫙 빼입기는. 평소대로 입은 거야' 라고 대답하기에는 양심에 찔렸다. 평소보다 짧아진 치마, 높아진 구두, 잘 들지 않던 작은 핸드백. 귀찮아하던 귀걸이까지 했다. 할 말이 없어진 푸름은 정확히 두 번 고개를 끄덕였다. 차마 입 밖으로 꺼내기는 부끄러웠다. 하필 왜 이때 와서는.

"언제 오시는데?"

"곧. 이제 내려가려고 했어."

"나 인사해도 돼?"

"그럼. 당연하지."

괜한 부끄러움에 푸름이 열심히 고개를 끄덕였다. 묻고 싶은 것이 한가득이지만 지윤은 곱게 그녀를 보내 주겠다 마음을 먹었다.

"걱정하지 마. 인사하고 그냥 갈 거니까. 나도 안 끼어들어, 이제."

"내가 언제 뭐라 했다고⋯⋯."

계단을 내려가면서 푸름은 작게 기어들어 가는 목소리로 말하며, 한껏 쑥스러워했다. 건물 앞에는 언젠가 그랬던 것처럼 여준이 차에 기대어 서 있었다. 푸름에게 쭉 닿았던 시선이 지윤을 향하자, 여준의 눈가에 반가움이 스쳤다. 그건 지윤도 마찬가지였다.

"선생님. 안녕하셨어요?"

"그래. 오랜만이다."

여준이 반가운 듯 손을 내밀자 지윤이 금방 그 손을 맞잡았다. 뒤에서 그 모습을 지켜보던 푸름이 괜히 머쓱해져 목을 만지작거렸다.

"그때는 죄송했어요. 제가 너무 버릇없었죠."

"그럴 만했어. 괜찮아."

"아, 이거 푸름이는 모르는 얘기 맞죠?"

지윤이 얄밉게 웃으며 그녀를 살짝 돌아봤다. 뭐? 무슨 얘기? 푸름이 눈으로 물어도 대답은 돌아오지 않았다.

"어, 아마 그럴걸."

거기에 여준도 덩달아 웃으면서 대꾸하니 궁금증만 더 커졌다.

"뭐야. 무슨 일 있었어?"

"있었지. 너는 평생 몰라도 되는 일."

세상에 그런 게 어디 있냐고 따져 물으려던 찰나, 지윤은 유유히 왔던 길을 되돌아갔다. 역까지 태워다 주겠다는 여준의 제안도 단칼에 거절한 채로.

그가 직접 문까지 열어 준 차에 올라탄 푸름은 벨트를 채우며 궁금하다는 듯 다시 물었다.

"무슨 얘기예요, 진짜?"

"있어, 그런 게."

푸름의 표정이 뾰로통하게 변했지만 여준은 더는 말을 꺼내지 않았다.

"저도 몰라요."

"지윤아."

"자퇴서 내고, 전부 결정된 다음에 알았어요. 담임 선생님한테
도 들은 거 없고요. 이사를 어디로 갔는지도 몰라요. 자리 잡으면
전화 준다고 했는데 선생님한테 말씀드릴 생각 없어요. 그러니까
저한테 묻지 마세요."

　가장 친한 친구한테도 알릴 수 없는 그녀의 선택. 그때의
여준은 심장에 구멍이 뻥 뚫리는 것 같았다.

"저는 푸름이 아주 잘 알아요. 어렸을 때부터 둘도 없는 친구
라 푸름이가 어떤 애인지, 얼마나 착한지, 얼마나 선생님을 좋아
하는지. 그런데 그런 애가 갑자기 자퇴를 했대요. 이사를 해야 한
다는데, 이상하잖아요. 앞뒤가 안 맞잖아요."

　벼랑 끝으로 떠밀리고, 떠밀리는 기분. 이대로 영영 푸름
을 잃는 건 아닐까, 하는 두려움. 여준은 쏟아지는 비난 속에
서 아무런 말도 하지 못했다.

"불난 것 때문이면 이사만 하면 되지, 3학년이 무슨 자퇴를 해
요. 얼마 전까지 이사 갈 수는 있다고 해도, 자퇴 얘기는 안 꺼냈
던 애예요. 수시로 의대 원서 쓰겠다고 그렇게 아르바이트를 하
던 애가. 의사가 꿈이라는 애가! 뭐예요, 대체? 저는 선생님하고

푸름이 응원했는데, 왜 푸름이가 떠나야 해요?"

이유라, 이유. 8년이 지났는데도 꺼내지 못할 이유가 무엇인지 푸름은 묻지 말아 달라고 했다.

과거, 지윤은 그녀의 행방을 묻는 그에게 원망을 토해 냈다. 오히려 여준을 향해 왜 푸름이 떠나야 하냐며 울부짖었다. 심지어 푸름 역시 비슷한 말을 했었다. 나 때문일 리 없다고, 안심하고 있었다고.

알 것 같은데. 조금만 더 퍼즐을 맞춰 보면 답이 나올 것 같은데, 정확한 답을 만들어 줄 가장 중요한 걸 놓친 느낌이다.

내가 뭘, 놓쳤더라.

"제 말 듣고 계세요?"

정면을 향했던 여준의 얼굴이 옆으로 움직였다. 혼자 생각에 빠져 푸름의 말을 놓치고 있었다.

"베트남 식당 예약했는데, 괜찮냐고요."

"괜찮아."

"다행이다. 호불호 강한 음식이라 걱정했는데."

푸름이 옅게 웃으며 내비게이션에 직접 식당 주소를 입력했다. 그 모습을 힐긋 바라보던 여준의 시선은 다시 앞을 향했다.

좋은 날이다. 그녀와 첫 데이트를 하는 날이고, 어쩌면 그녀와 손을 잡을 수도 있는 날이다. 겨우 손잡는 일에 가슴 떨려 하는 서른다섯 살이라 꼴이 조금 우습지만, 오랜 시간을 돌아온 만큼 순서대로, 그녀가 놀라지 않게 다가가는 것도 필요하다.

"어? 선생님, 클래식 좋아해요?"

깍듯하게 팀장님 소리를 입에 달고 살 때는 언제고, 밖에서는 또 자연스럽게 선생님이라는 소리가 나오나 보지. 여준은 입꼬리를 올린 채, 흘러나오는 음악에 고개를 끄덕거리며 창밖을 보는 푸름을 감상했다.

좋아했어, 이푸름. 아니, 어쩌면 쭉 좋아하고 있었을지도 몰라.

하고 싶었던 말. 하지만 할 수 없었던 말.

이제 그에게는 열아홉 제자가 아닌, 어엿한 여자가 돼서 나타난 그녀를 놓칠 이유가 없다.

푸름의 불안한 시선이 자꾸만 여준을 향했다. 정말 상상도 못 했던 일이 벌어졌다. 하필 여기서 마주칠 줄이야.

정말 딱 한 번 같이 왔을 뿐이다. 그때 민재는 베트남 음식은 취향에 안 맞는다면서, 음식을 반이나 남겼다. 그다음에는 어땠더라. 푸름을 앞에 두고 한참 동안 휴대폰만 만지작거렸을 것이다.

"누구야?"

민재는 불쾌하다는 눈빛으로 여준을 가리키며 물었다. 무례하기 짝이 없는 행동이었다. 화를 꾹 참은 푸름을 지켜보던 여준은 지금의 이 상황보다, 자신을 누구라고 소개할지 더 궁금하다는 얼굴로 푸름을 응시했다.

"네가 무슨 상관이야. 너도 일행 있을 거 아니야, 가."

높낮이 없는 차가운 푸름의 목소리에 민재의 표정이 울긋불긋하게 변했다. 여준의 입장에서는 나쁘지 않았다. 그렇다고 기분이 아주 맑음도 아니었지만.

아무리 설명하기 애매한 사이라고는 하지만 요즘 애들 말로 '썸' 타는 사이가 아니던가. 그거 설명하는 게 그렇게 어렵나. 대신해 줄까? 아니, 그건 너무 드라마틱할까.

"왜 내 전화 안 받아? 내가 전화를 얼마나 했는지 알아? 회사는 어디로 옮긴 건데. 너 나한테 상의 한마디 없이……!"

"내가 너랑 상의를 왜 해. 너 미쳤어?"

민재의 목소리가 높아지려고 하자, 푸름은 곧장 제지를 걸었다. 만석으로 꽉 찬 식당 한가운데고, 여준이 눈앞에 있다. 더는 민재와 쓸데없는 대화로 시간을 낭비할 수는 없었다.

"누군데, 저 남자. 너 그새 다른 남자 생겼어?"

푸름과 마찬가지로 주변을 의식한 민재가 한껏 목소리를 죽였다. 그녀는 한숨을 억지로 삼키며 화를 억눌렀다. 딱 한 대만 쳤으면 좋겠는데, 눈이 많아도 너무 많다. 심지어 제일 중요한 건 여준이 앞에 있다는 사실이었다.

민재는 함께 신입 사원으로 입사한 동기로, 유머러스한 성격과 깔끔한 외모로 여직원들의 인기를 한 몸에 받았다. 그러나 푸름에게는 아니었다. 일에 미쳐 있던 푸름에게 다가오기 시작한 건 3년 전. 가벼워 보이는 민재의 성격이 마음에 들지 않았고, 푸름은 곧장 거절했다.

그는 2년을 내리 그녀만 쫓아다녔다. 아니, 모를 일이다. 겉으로 쫓아다니면서 헤어질 때처럼 뒤로 딴짓을 했을 수도 있다. 일을 제외하고 단조롭고 무료한 그녀의 생활을 집요하게 쫓아다니던 그를 받아 준 게 화근이었다.

단 6개월. 그를 만나면서 편하고, 즐거운 감정을 느낀 적은 있어도 대단한 감정을 느낀 적은 없었다. 오히려 그가 같은 팀 신입 사원과 소위 바람이 났다는 사실을 알았을 땐 헤어질 핑계가 생겼다는 사실에 절로 안도의 숨을 내뱉을 정도였으니까.

"그러니까 네가 무슨 상관……."

"맞습니다, 다른 남자."

잠자코 한 발짝 떨어져 상황을 관망하고 있던 여준이 입을 열었다. 푸름과 동시에 민재의 불쾌하다는 시선이 여준에게 향했다. 푸름의 옆에 바짝 붙어 서 있는 민재를 올려다보던 여준의 눈썹이 희미하게 찌푸려졌다. 가까워도 너무 가까워 거슬렸다.

　"뭐예요?"

　여유롭고 당당한 여준의 태도에 오히려 당황한 민재가 목소리를 높였다.

　"이푸름 씨가 만나는 다른 남자, 나 맞습니다."

　"……."

　"아무래도 그쪽은 예전 남자인 것 같은데."

　당황한 푸름이 아무 말도 못 하는 사이, 여준의 말이 묘하게 느려졌다. 명백하게 비웃음이 서린 말이었다.

　"예전이라뇨. 뭔가 오해가 있나 본데, 나는 푸름이랑……."

　"헤어진 거로 압니다."

　여준이 더는 듣기 귀찮다는 듯 민재의 말을 끊었다.

　"남자 친구, 없는 거로 아는데."

　그의 시선이 느릿하게 움직였다. 눈이 마주친 푸름이 꿀꺽 쓴 침을 삼켰다.

　"그래서 지금 우리가 같이 있는 거고."

　묘하게 느리면서 강압적인 말. 알고 있는 사실을 다시 확인하는 말에는 상대에게 죄책감을 갖게 하는 이상한 설득력이 있었다. 그가 원하는 대답을 할 수밖에 없게 만드는, 그런 것. 마치 홀린 사람처럼 푸름은 고개를 끄덕거렸다.

"……없어요."

"그럼 다행이고."

여준이 짧게 웃었다. 그의 시선은 곧장 아무 말도 못 하는 민재에게 옮겨졌다.

"혹시 남은 볼일 있습니까?"

여기 계속 있다가는 망신만 당하겠다는 생각에 민재는 큰 숨을 들이켜며 걸음을 뗐다. 세 걸음 정도 갔을까. 다시 되돌아온 민재가 지갑에서 명함을 꺼내 그녀의 자리 앞에 내려놨다.

"내 번호 지웠을까 봐. 전화할게, 받아."

그대로 민재는 식당을 나섰다. 자리가 멀었는데, 계산하는 도중에 자신들을 발견한 모양이라고 생각하며 여준은 물컵을 손에 들었다. 그 순간, 아랫입술을 깨물며 이리저리 눈동자를 굴리고 있는 푸름이 보였다.

"입술 그만 깨물어. 색깔 예쁜 거 발랐는데."

여준의 말에 놀랐는지 푸름이 아랫입술을 크게 말며 물컵을 입으로 가져갔다. 당황한 그녀의 모습을 물끄러미 바라보던 여준의 시선이 느리게 옮겨졌다. 민재가 두고 간 명함이 꽤 거슬렸다.

"그거."

"네?"

"버릴 거지?"

아, 명함.

"네, 그럼요. 찢어요, 지금."

푸름은 단 1초의 망설임도 없이 명함을 반으로 찢고, 또 찢었다. 처리가 꽤 마음에 든 듯 여준의 입가에 미소가 짙어졌다. 찢어진 명함들은 테이블 구석으로 향했다. 그는 가운데 놓인 똠얌꿍과 새우 요리를 그녀의 접시에 덜어 주었다.

"정리가 안 된 거야?"

"아니에요. 정리는 됐는데……."

"됐는데?"

그가 참지 못하고 되물었다.

"전화가 자꾸 오긴 하는데……."

"하는데?"

"안 받고 있어요. 진짜예요. 그리고 여기도 딱 한 번 같이 왔는데 정말 오늘 만날 줄은 생각도 못 했어요."

푸름의 해명이 길면 길어질수록 여준은 기분이 좋아져 웃음이 났다. 어쨌든 좋은 반응이다. 무엇이든 제게 꾸밈없어 보이고 싶다는 근거고, 오해 사고 싶지 않다는 증거니까.

하지만 즐거움도 잠시, 그가 장난스러운 웃음을 거두고 다시 미간을 좁혔다. 푸름의 표정이 덩달아 굳어졌다. 무언가에 겁을 먹고 있는 얼굴이다. 징조가 좋다. 자신의 감정 하나하나에 그녀가 반응하고 있다는 게.

"신경은 쓰이네."

"아."

"대체 연애를 얼마나 한 거야?"

"어, 얼마 안 했는데요?"

"그러니까 얼마."

"두 번. 아니, 세 번쯤?"

그녀가 손가락을 접으며 숫자를 헤아렸다. 오호라, 세 번씩이나. 그녀를 다시 만날 작정으로 연애와 담을 쌓고 살았던 건 아니지만, 여준은 내심 서운했다. 아니, 서운하다고 하는 것도 우스울 지경이지. 다행이라고 여겨야 마땅하다. 평범하고, 보통의 여느 20대처럼 청춘을 보낸 그녀는 다행이어야 한다.

치졸한 놈. 그럼 처음이기를 바랐어? 지금이 무슨 조선 시대야?

하지만 아쉬운 건 사실이었다. 어쩌면 그녀의 첫 연애 상대는, 푸름의 스무 살을 기다리던 자신이 될 수도 있었으니까. 우리가 그렇게 헤어지지만 않았다면.

대답을 하고도 스스로 놀랐는지 푸름이 다시 물컵을 들었다. 빈 잔을 내려놓자 여준은 기다렸다는 듯이 물을 따라 줬다. 이 상황이 못 견딜 정도로 부끄러운 건 오로지 그녀 몫이었다.

이푸름, 바보. 그걸 순순히 대답하는 여자가 어디 있어, 데이트하는 도중에.

"그중에 또 연락 오는 놈은 없고?"

"아, 네. 그럼요."

"나한테는 다행이네."

그의 말뜻을 알아차린 푸름은 푹 고개를 숙인 채 여준이 덜어 준 똠얌꿍 위에 고수를 추가로 올렸다. 향이 셀 텐데. 여준의 걱정이 무색하게 푸름은 아주 잘 먹었다. 마치 그와 마주 있기가 부끄럽다는 듯 허겁지겁, 아주 급하게.

그런 푸름을 빤히 바라보던 그의 눈에 가느다란 손목에 자리 잡은 시계가 비로소 눈에 띄었다. 마치 원래부터 제 것이었던 양 자연스럽고 잘 어울렸다. 선물한 이가 뿌듯할 만큼.

아, 시계 선물한 놈은 없었어야 하는데.

그 후로 둘은 카풀을 시작했다.

"근데, 나랑 정말 안 해?"

그 질문을 들었을 때 푸름은 심장이 철렁거렸다. 머릿속에
퍼뜩 떠오른, 온통 핑크빛인 두 글자. 푸름은 당황하지 않고,
부러 태연하게 뭘요? 하고 물었다.

"카풀. 진짜 안 할 거야?"

김샌다는 표현이, 바로 이런 거겠지? 푸름은 당황해서 웃
었고 여준은 갑작스러운 그녀의 웃음이 반갑지만 의아스럽
다는 얼굴로 되물었다.

"싫어? 나랑 카풀?"

카풀이라니. 대체 뭘 떠올렸던 거야, 이푸름. '연애'라는
두 글자를 상상하던 푸름이 어색하게 웃었다.

"저는 좋은데, 귀찮으실까 봐."
"난 좋아. 그럼 하는 거다?"
"……커피는 아침마다 제가 준비할게요. 차비 대신."

"자주 말고 가끔. 너 필요할 때."

"좋아요."

여준이 데리러 온 시간대에 맞춰 원룸 옆 건물에 있는 카페에서 커피를 사는 것이 일상이 된 푸름은 5분 정도 늦을 것 같다는 그의 문자를 확인하고, 카페 테라스에 앉았다. 항상 같은 커피만 주문하는 그와는 다르게 푸름은 늘 다양한 커피를 주문했는데, 오늘은 크림이 올라간 차가운 녹차 라테였다.

"달다."

테이블에 음료를 내려놓은 뒤 시간을 확인했다. 아무래도 차가 많이 막히는 듯싶다. 그래도 출근 시간에는 늦을 것 같지 않아 다행이었다.

안심한 푸름이 가방에서 거울을 꺼냈다. 혹시나 화장이 번지지는 않았는지, 립스틱은 전부 채워졌는지 꼼꼼하게 살폈다. 누구 보는 사람도 없는데 혼자 부끄러워진 푸름이 가방에 거울을 넣는 순간, 그녀의 맞은편에 그림자가 졌다.

"쿠키 좀 맛보시라고요. 어젯밤에 구운 거라 맛있을 거예요."

"네. 감사합니다."

서른을 갓 넘긴 듯한, 카페의 사장인 남자였다. 테이블에 예쁘게 포장된 쿠키 두 개를 올려놓은 남자는 그대로 돌아가려던 걸음을 멈추고, 다시 몸을 되돌렸다.

포장된 쿠키를 만지작거리던 푸름의 시선이 위를 향했다. 눈이 마주쳤다 생각한 순간, 남자가 쑥스러운 듯 시선을 내렸다. 아. 낮게 신음한 푸름은 먼저 눈치를 챘다.

"저희 카페 요즘 자주 오시는데 따로 인사를 드린 적은 없는 것 같아서요."

"아, 네."

"혹시 남자 친구 있으세요? 매일 두 잔씩 사셔서."

그의 시선이 힐긋 커피를 향했다. 커피의 주인이 누군지를 묻고 있었다. 순간 할 말이 없어진 푸름이 대답을 망설였다.

남자 친구? 남자 친구라고 할 수 있나? 거의 이틀에 한 번 꼴로 저녁을 같이 먹고, 매일 아침 출근을 같이하는 사이.

벌써 열흘 넘게 이런 관계가 지속되고 있는데, 이걸 남자 친구라고 하나? 아니, 보통 남자가 됐든, 여자가 됐든 '사귈래?', '사귀자'라는 말을 던지고 대답을 듣는 거 아닌가? 아니야. 이건 너무 구식인가?

푸름은 눈앞에 질문을 던진 사람에게 대답할 생각도 못 하고 저 혼자만의 생각에 빠져 버렸다. 그 순간, 그녀의 휴대폰이 울렸다. 액정에 뜬 '김여준 팀장님'이라는 삭막한 글자를 남자도 봤다. 그 순간 그의 입가가 느슨하게 기울어졌다.

"직장 상사분이랑 같이 출퇴근하시나 봐요."

"아, 뭐."

"얼른 받으세요. 그럼 다음에 뵙죠."

혼자 무슨 확신을 한 건지 모르겠지만, 남자는 한결 편해진 얼굴로 카페 안으로 들어갔다. 중간에 잠깐 눈이 마주치자 그는 아까보다 더 짙게 웃으며 고개까지 숙여 인사했다. 시선을 뺏긴 푸름이 어쩌지도 못할 때, 뒤편에서 클랙슨 소리가 들렸다. 여준의 차였다.

"아."

여준이 차에서 내렸다. 그녀가 아닌 카페 안을 노려보는 듯한 그의 시선에 푸름이 벌떡 몸을 일으켜 차로 다가갔다.

"오셨어요?"

"누구야?"

"어, 카페…… 사장님이요."

그녀가 느리게 말끝을 흐리자 반듯했던 그의 눈썹이 구부려졌다. 푸름은 일부러 모른 척하며 커피를 내밀었다. 그리고 그가 말을 더 붙일까 서둘러 차에 올라탔다.

"원래 인사하는 사이야?"

할 수 없이 그녀를 따라 운전석에 오른 여준은 벨트도 채우지 않고 그것부터 물었다. 그의 시선은 여전히 카페 안을 향해 있었다.

"아니요. 처음이요."

뭐지. 그냥 인사만 한 건데, 큰 실수라도 한 것처럼 기분이 찝찝했다. 여준의 눈치를 살피며 푸름은 벨트를 채웠다. 딸깍거리는 소리와 함께 그가 그녀를 돌아봤다.

"앞으로 커피 사지 마. 내가 사 올게."

"아니에요. 제가 차 얻어 타는데……."

그가 아주 희미하게 눈썹을 찌푸렸다. 그녀의 대답이 마음에 들지 않는 듯했다. 내가 잘못한 건 없는데. 푸름이 손에 쥐고 있던 쿠키를 만지작거렸다. 바스락거리는 소리에 여준의 시선이 아래를 향했다.

"아, 이건……."

"저 카페 가지 말라는 소리야."

"……."

"너한테 관심 두잖아. 난 그게 싫고."

분명 강요하는 거고, 강압적인 거고, 그러면 기분이 나빠야 하는데 온몸에 풀벌레가 스치는 듯한 간지러움이 번졌다. 분명 방금 전까지는 기분이 나빴다. 마치 예전처럼 선생님한테 혼나는 학생이 된 듯한 기분에 마음이 상했다.

그러나 여준의 행동은 누가 봐도 명백한 질투였다. 푸름은 질투하는 그의 모습을 보자니 눈 녹듯이 마음이 풀렸다. 웃음도 참아지지 않는다. 아, 대답하고 올걸. 남자 친구 삼고 싶은 사람이라고.

푸름이 느리게 고개를 끄덕이자 그의 입가가 느슨하게 풀어졌다. 그리고 단숨에 그녀의 손에서 쿠키를 빼앗았다.

"이건 먹지 마. 기분 나빠."

"그냥 먹으면 안 돼요?"

"안 돼."

"음식이 무슨 죄가 있어요."

"네 손에 들어간 것부터가 죄야."

푸름이 꾹 웃음을 참았다. 스스로의 말과 행동이 낯간지럽다는 것을 깨달았는지, 여준은 말없이 시동을 걸었다.

"지금 좀 창피하죠?"

"네가 날 이렇게 만들었어."

"그래서 더 창피한 것 같은데?"

"몰라. 말 걸지 마."

그가 한 손으로는 핸들을 잡고 다른 손으로는 커피를 가져가 스트로를 입에 물었다. 그의 귓불이 붉게 물들어져 있는 것을 확인한 푸름이 입술 끝을 꼭 깨물었다. 금방이라도 웃음이 터질 것 같았다.

하지만 부끄러워하는 그를 위해 참아야 한다. 그는, 제게 항상 멋있어 보이고 싶은 남자니까 말이다.

"미팅은 몇 시로 잡혀 있습니까?"

"내일 오후 3시입니다."

"저쪽은 담당자랑 부장이 직접 나온다고 하니까 긴장 좀 해야 될 거예요. 뭐, 말 안 해도 잘하겠지만."

"명심하겠습니다."

그녀가 내민 보고서를 한 장씩 넘기던 여준의 입가가 기분 좋게 기울어졌다. 마주 앉은 푸름은 그의 표정이 부드럽게 변하는 것을 지켜보며 속으로 기쁨을 감췄다. 거의 밤을 새워 준비한 보람이 있었다.

"변동 계수 수식 추가한 건 좋네요. 오차 표준 편차도 줄 어들 거고. 평균 반응 값 측정도 쉬울 거고."

"네."

"숫자를 좋아하는 건 알고 있었는데."

여준이 보고서를 덮으며 그녀와 시선을 맞췄다. 푸름의 어깨가 살짝 경직됐다. 이 순간, 아침에 카페 사장이 남자 친구냐 묻던 말은 왜 생각나는 걸까.

푸름은 괜히 그의 시선을 피했다. 팀장실에 들어오기 전, 화장을 확인하지 않은 게 후회가 됐다. 내가 입술을 언제 발랐더라. 너무 창백해 보이지는 않을까.

"잘하는지는 또 몰랐네."

"……."

"하나만 물어볼게. 이건 대답해 줬으면 좋겠어."

누가 듣는 것도 아닌데, 회사에서 듣는 그의 반말은 묘하게 설레고 긴장됐다. 푸름은 대답 없이 고개만 끄덕였다.

"의대는 왜 안 갔어?"

긴장이 무색할 만큼 싱거운 질문에 푸름은 순간 맥이 빠졌다. 아, 대체 무슨 생각을 한 거야. 사귀자는 고백을 기대했었나?

"그게 아직도 궁금하세요?"

"나 너한테 궁금한 거 많아. 네가 싫어하니까 참는 거지."

거기에 대해서는 할 말이 없다. 사실이니까.

푸름의 대답을 여준은 조용히 기다렸다. 만약 그녀가 의대에 갔다면, 혹시 더 빨리 만났을지도 모른다. 이미 지나간, 잃어버린 시간이지만 그래도 아깝고 아쉬웠다. 지금 그녀와 함께 있는 시간들이 너무 좋아 더 그런 생각이 드는 것일 수도 있다.

후회, 미련, 안타까움. 너와 더 오래 있어야 했다는 아쉬움.

"이푸름."

푸름이 대답을 망설이자, 여준은 재촉하듯이 그녀의 이름을 불렀다. 역시 기다림은 길지 않았다.

"모르겠어요. 저도 왜 그랬는지."

"……."

"제 꿈이 아닌 할머니 꿈이었고, 그래서 이뤄 드리고 싶었는데."

노력은 했다. 동기가 없었을 뿐. 할머니의 꿈이라는 동기만으로 부족하다고 느껴진 순간은 갑작스럽게 찾아왔다. 자퇴를 했고, 곧장 대입 검정고시를 봤다. 정시 원서를 쓰기 시작하면서 갑자기 수학과에 눈을 돌리게 됐고, 원하던 대학의 응용통계학과에 입학했다.

그와의 연결 고리를 떠올렸던 걸까. 그러나 이런 만남을 기대한 적은 없다. 교직에 가지도 않을 거고, 구체적인 목표도 없었다. 그저 그가 좋아하는 수학을 원하는 만큼 공부해 보고 싶었다. 단지 그뿐이었다.

"누구 영향이 있긴 했죠."

"나는 그게 왜 나 때문인 걸로 들리지."

"부정은 안 할게요."

나긋한 속삭임인데, 여준은 그녀의 목소리가 오늘따라 더 달콤하게 느껴졌다. 그녀가 혼자 보냈을 8년 동안 자신이 자리 잡은 흔적 하나를 발견했다는 반가움 때문에.

"나 어깨 되게 으쓱해, 지금."

"보통은 잘난 척이라고 해요."

내내 피하고 있던 시선을 들자, 푸름과 여준의 눈이 약속이나 한 듯 부딪혔다.

"내일 미팅 끝나면."

여준의 입가에 걸린 미소가 짙어졌다.

"바다 보러 갈까?"

"네?"

놀란 그녀가 눈을 크게 뜨며 되물었다.

"해돋이 본 적 있어? 나랑 보고 오자."

"아⋯⋯."

"저녁 먹고 출발하면 자정 전에 도착할 것 같은데. 어차피 내일 지나면 주말이고."

자정 전에 도착하면, 뭐. 그게 왜 중요한 건데? 어차피 주말이면 뭐? 설마 자고 오자고? 깜짝 놀란 푸름의 눈동자가 정처 없이 흔들렸다. 여준의 입꼬리가 장난스럽게 올라갔다.

"이상한 생각하는 모양이네. 그런 생각 하나도 안 했는데."

무언가를 연상케 하는 그의 말에 그녀의 얼굴이 화르륵 붉어졌다. 테이블에 놓인 보고서를 가슴으로 가져간 푸름이 그게 무기라도 되는 양 꼭 껴안았다. 장난기를 품은 여준의 눈이 그녀를 따라 움직였다.

"저 별생각 안 했는데요?"

이미 늦었지만, 발뺌이라도 해 보자는 심리로 푸름이 고개를 저었다.

"별생각 해야지, 남자가 바다를 보러 가자는데."

하지만 상대는 김여준이었다. 그녀가 좋아해 마지않던 첫사랑이고, 그녀의 팀장이 된.

푸름의 표정이 볼만해지자 여준은 조금 더 크게 웃음을 터트렸다.

"생각만 해, 걱정은 말고. 순수하게 놀다 오자는 거니까."

"……아."

"실망했어?"

"아니요! 이만 나가 보겠습니다."

더는 항변이 어렵겠다고 생각한 푸름은 후퇴를 결심했다.

"갈 거지?"

그녀가 몸을 일으키기 무섭게 여준은 본래 목적을 상기했다. 푸름을 놀려 먹는 건 물론 기분 좋은 일이고, 부끄러워하는 모습을 보는 건 밤잠을 설치게 만드는 원인이 되겠지만, 그녀와 오래도록 같이 있을 구실을 만드는 것이 지금의 그에게는 더 중요한 일이었다.

"생각해 볼게요."

"난 내일 준비해서 온다?"

"……가 보겠습니다."

결국 자신도 오늘 밤 집에 가서 입을 옷을 고르며 날밤을 새우겠지만, 푸름은 대답을 삼키고 팀장실을 나섰다.

뒤에서 이 상황이 즐거운 듯 웃고 있는 여준을 다시 돌아보고 싶은 걸 꾹 참은 푸름이 책상 앞에 앉았다. 온몸에 힘이 빠진 순간이었다. 그때, 푸름의 결재를 기다리고 있던 미윤이 옆자리로 바짝 다가왔다.

"대리님. 열 있어요? 얼굴 엄청 빨개요."

푸름도 알았다. 거울을 보지는 않았지만, 방금 전의 부끄러움이 전신으로 느껴졌으니까.

"담당자가 바뀐 건 소식 들어서 알고 있었는데, 이런 미인일 줄은 몰랐습니다."

미팅이 끝나고, 만족스러운 성과라도 얻어 냈는지 YS인터내셔널 측의 담당자인 한성훈 부장이 사람 좋아 보이는 미소로 말했다.

마주 앉은 푸름이 어색하게 웃는 것으로 대답을 대신하자 덩달아 여준의 눈썹이 삐죽 산을 그렸다. YS 측에서 추천한 지표가 타당하지 않고, 확률적으로 제시되는 강한 근거가 없다고 당당하게 어깨를 펴며 말할 때는 언제고 저렇게 두루뭉술한 얼굴이라니.

마음에 들지 않다. 그것도 아주.

또 한성훈은 어떤가. 미팅하는 내내 제시하는 조건마다 딴지를 걸 때는 떨떠름한 얼굴로 앉아 있더니, 표정이 싹 바뀌는 건 한순간이었다. 그것도 푸름을 볼 때마다 올라가는 저 입꼬리를 보라. 여준은 그녀의 머리부터 발끝까지 훑어 내리는 눈을 단숨에 찢고 싶은 충동에 사로잡혔다.

저 자식, 아직 미혼인 거로 아는데.

거기까지 미치자 더 이상 생각은 곱게 흐르지 않았다.

"앞으로도 미팅 때 계속 오시는 거죠?"

"네. 아마도요."

"잘 좀 부탁드리겠습니다. 아, 이건 제 명함입니다."

한성훈 부장이 품에서 명함을 꺼내 푸름에게 내밀었다. 벌써 미팅만 수차례째인 여준도 받은 명함이지만, 뭔가 기분이 나빴다.

왜 남자들은 그녀에게 명함을 못 줘서 안달일까.

"제가 아직 명함이 안 나와서요."

"아, 그러면 연락처를 따로 알려 주시겠어요?"

"네?"

어쭈.

푸름은 당황했고, 여준은 짜증이 났다. 대체 요 며칠 새에 몇 놈째인지. 앞으로도 이럴 거라는 생각에 여준은 머리부터 아파 왔다. 주머니에 넣고 다닐 수도 없고, 임자 있다고 써 붙이고 다닐 수도 없고. 그야말로 유치한 소유욕이 따로 없었다.

"두어 달은 일 진행될 테고 유선으로 연락드릴 일도 많을 것 같아서요."

"아……."

일 얘기를 하니 안 줄 수도 없어 망설이는 푸름을 눈치챈 여준이 파일을 탁 소리 나게 닫았다.

성훈과 푸름의 시선이 동시에 여준을 향했다. 부장인 네가, 나도 아니고 우리 이푸름 대리한테 전화 걸 일은 별로 없지 않느냐는 말을 할까 말까 정말 수십 번을 망설였다.

"한 부장님, 맡으신 프로젝트도 많으실 텐데. 이 프로젝트 진행 상황까지 일일이 전부 체크하시나 봅니다."

"아, 뭐. 저희 팀 담당자가 아직 일이 서툴기도 하고, 또……."

한성훈 부장의 시선이 옆에 앉은 부하 직원을 향했다가 애꿎은 보고서로 향했다. 당황한 기색이 역력한 낯이 붉게 물들어 갔다. 헛기침까지 하며 시선을 피하는 남자를 빤히 보던 여준이 비틀린 웃음과 함께 몸을 일으켰다.

"걱정하지 마십시오. 이 대리가 알아서 잘 처리할 겁니다."

"예, 그러시겠죠. 제가 뭐 다른 뜻이 있어서 그런 건 아니고. 하하……."

"저희가 다른 일정이 있어서 먼저 일어나 보겠습니다. 미팅 결과 보고서는 다음 주에 보내 드리고, 다시 연락하겠습니다."

뭔가 급하게 일어나는 느낌이 막 드는데.

얼떨결에 여준을 따라 일어선 푸름이 짐을 챙겼다. 노트북과 파일, 휴대폰을 챙기는 손길이 덩달아 다급해졌다.

엘리베이터까지 배웅을 받고 한성훈과 그 옆에 총총거리던 부하 직원은 사무실로 돌아갔다. 지하 주차장까지 내려가는 엘리베이터 안에서 푸름은 괜히 여준의 눈치를 살폈다.

뭐지, 뭐가 문제야. 내가 미팅 때 뭐 실수라도 했나.

괜히 불안한 푸름은 한 시간여 진행된 미팅에서 자신이 무슨 말을 했는지를 차근차근 떠올렸다. 없다. 자신이 무슨 말을 할 때마다 그는 만족스러운 듯 몇 번이나 고개를 끄덕이지 않았던가.

그런데 왜 기분이 저조해 보이지?

마땅히 할 대화도 없고, 엘리베이터도 느린 상황에서 푸름은 들고 있던 짐을 핸드백에 넣었다. 다이어리와 휴대폰이 들어가고, 파일은 그대로 손에 남겨졌다.

"아, 명함."

푸름은 그제야 받은 명함을 잃어버렸다는 것을 깨닫고 작게 중얼거렸다. 그 순간, 마치 그래야 한다는 듯 자연스럽게 여준과 시선이 마주쳤다.

"필요해?"

"네?"

"명함. 필요하냐고."

말투가 부드럽지 않다. 심지어 화가 난 것도 같다. 그러니까 대체 이유가 뭐냐고!

"팀장님이 가져가셨어요?"

"어."

"왜요?"

"설마 진짜 필요해서 묻는 건 아니지?"

이 남자, 공석에서는 존댓말 쓰기로 한 걸 완전히 잊은 걸까.

"필요하죠. 거래처 사람인데."

거래처라는 말에 여준의 입이 다물어졌다. 말을 하기 싫어서 그런 게 아니라, 할 말이 없기 때문에. 마침 때맞춰 열린 엘리베이터 문이 이렇게 감사할 수가 없어 여준은 푸름보다 먼저 앞으로 향했다.

엘리베이터 내부 거울에 비친, 여준의 팍 구겨진 얼굴을 보고 푸름은 조용히 웃음을 삼켰다. 이제 보니, 그의 기분이 갑자기 가라앉은 이유를 알 것도 같았다.

주차장에 도착하자 여준은 또 그녀를 모른 척하고 먼저 걸어 나갔다.

아까와는 다르게 조수석 문도 열어 주지 않고, 운전석에 오르는 그를 보며 푸름은 자꾸만 새어 나오려는 웃음을 꼭 참았다. 혹시라도 그가 기분 나빠 하면 그건 그것대로 큰일이니까.

"저는 완전 공적으로 대하는데, 팀장님은 완전 사적으로 저를 대하시는 것 같아요."

정말 은근 애라니까. 안전벨트를 채우며 말하는 푸름이 벨트에 걸린 뒷머리를 빼냈다. 가슴 앞으로 머리를 정리하는 그녀를 말없이 응시하던 여준은 재킷 주머니 속에 감춘 한성훈 팀장의 명함을 떠올렸다.

그 양반은 왜 명함을 줘 가지고 사람을 치졸하게 하는지. 그녀가 달라고 할 것 같지도 않지만, 내놓으라고 해도 얌전히 줄 생각은 없었다. 갈기갈기 찢어서 어디 버려야 할 것 같은데 공과 사를 들먹이니 더 치사한 놈이 되는 것 같다.

그녀가 좋아하는 식당에 턱 하니 나타난 전 남자 친구는 물론이거니와 그녀가 사는 바로 옆 건물 카페에는 기생오라

비같이 생긴 사장이 있다.

그런데 이제는 거래처 직원까지. 뭘 어떻게 해야 들러붙는 놈들이 없어지나. 24시간을 곁에 끼고 있을 수도 없고.

고민하는 주제와 걸맞지 않게 여준의 표정은 진지했다. 그는 끝도 없이 자기 합리화에 빠졌다. 며칠 사이에 벌써 세 놈을 만났는데, 안 그러는 게 더 이상하다는 것이 그가 내린 결론이었다.

"무슨 생각해요?"

너 잡아먹을 생각.

"팀장님."

그런데 당장은 힘드려나.

"눈 뜨고 주무시는 거 아니죠?"

안 자. 널 옆에 두고 내가 어떻게 자.

"명함은 진짜 안 주실 거예요?"

그의 눈썹이 사정없이 찌푸려졌다.

달라고? 명함을? 대체 왜?

"이푸름, 명함 얘기 한 번만 더 해."

"하면요?"

"나도 모르지. 내가 무슨 짓을 할지."

토라진 게 그대로 드러난 여준을 보니, 명함은 아무래도 포기해야 할 듯싶었다.

그런데 이 남자, 원래 이렇게 유치했었나.

"정말 안 주시게요?"

"어. 안 줘."

여준의 말에 푸름은 결국 참지 못하고 웃음을 터트렸다.

너에겐 푸름 2권에서 계속……